MIN Y MÔR

Min y Môr

Mared Lewis

Gwasg
Gwynedd

Argraffiad cyntaf — Ebrill 2012

ISBN 978 0 86074 279 1

Mae'r cyhoeddwyr yn cydnabod cefnogaeth ariannol
Cyngor Llyfrau Cymru.

Dychmygol yw'r holl gymeriadau
a'r sefydliadau a ddisgrifir yn y nofel hon.

I Daf a'r hogia

1

Roedd yn fora perffaith, a'r haul wedi codi'n braf uwch Traeth Llydan. Wrth gerdded i lawr y lôn gul a arweiniai o Min y Môr at y llithrfa, meddyliodd Ruth eto na fasa hi'n dewis byw yn unlle arall, mewn gwirionedd, er bod y lle'n teimlo'n gynyddol fel rhyw 'dre dwt' oedd yn bodoli ar gyfer y criw cychod la-di-da yn unig. Crynai amball jireniym yn ei botyn wrth iddi fynd i lawr heibio'r tai bach gwyngalchog â'u henwau Saesneg, neu enwau Cymraeg hawdd-eu-deud a ganiatâi i'w perchnogion ryw lun ar goelio eu bod nhw'n frodorion.

Roedd y llenni tenau neith-tro-i-dŷ-ha i'w gweld yn llonydd y tu ôl i'r rhan fwya o'r ffenestri, ac ambell bâr o sgidia dŵr wedi'u gadael yn yr hances boced o ardd flaen – rhai wedi'u gosod i bwyso yn erbyn y wal fel tasa'r perchnogion wedi ystyried dringo'r wal fel Spiderman, cyn ailfeddwl. Mewn ambell ardd ffrynt crogai siwtiau dŵr ar leiniau dillad a gawsai eu codi ar frys, a byddai Ruth wastad yn cofio am Math chwech oed yn gofyn wrth iddyn nhw gerdded law yn llaw at lan y môr un tro, tybed a oedd perchnogion y siwtiau wedi cael eu sugno allan ohonyn nhw'n un cwmwl mawr a'u hyrddio i fyny i'r awyr yn rhywle. Unwaith roeddach chi 'di gadael Doctor Who i mewn i'ch stafell fyw, roedd ei ddylanwad yn aros efo chi, yn gwmni parhaol rownd y bwrdd.

Eisteddodd Ruth ar ei hoff fainc ac edrych allan dros ehangder y traeth. Tynnodd ei sandalau a theimlo'r glaswellt yn pigo o gwmpas ymylon ei fferau, a dechreuodd gribo bysedd ei thraed yn y patshyn llyfn o dywod lle bu pobol o'i blaen yn eistedd trwy'r haf.

Doedd dim rhyfedd bod fisitors wedi bod yn heidio i Rosneigr ers blynyddoedd. Yn y dauddegau cafodd tai anferth eu codi gan 'bobol fawr' ar erchwyn y traeth, er mwyn i'w teuluoedd gael drybowndian yn ddidrafferth yn un haid i lawr at lan môr. Roedd y Palethorpes, pobol y sosejys, yn arfer bod yn berchen un, a phobol fusnes eraill o Fanceinion ac ati yn arfer dŵad i'r gweddill. Pawb isio teimlo'r gwynt yn chwipio'u bochau – yr un gwynt yn hisian siarad yr un iaith efo pawb, fel bod pawb yn credu bod ganddyn nhw'r hawl i deimlo'r gronynnau tywod rhwng bodiau eu traed, a'i bod hi'n iawn iddyn nhw i gyd gael dianc i'r patshyn bach yma o nefoedd.

Roedd hi'n rhy gynnar yn y dydd i'r syrffiwrs, er bod Ruth wedi gweld rhai'n forgrug duon yn y pellter mor gynnar â hyn cyn heddiw, eu symudiadau'n feim du, llyfn, a'u sŵn wedi'i lyncu gan y pellter rhyngddi hi a nhw.

Cododd a gafael yn ei sandalau yn ei llaw chwith i gerdded i lawr y llithrfa. Aeth yn ei blaen am ychydig cyn troi'n ôl ar hyd y traeth i gyfeiriad y pentre. Roedd 'na glympiau o greigiau fel tasan nhw'n tyfu allan o'r tywod, a'r pyllau bach dwfn rhwng y creigiau a olchid gan y llanw yn hafan i blant bach efo'u rhwydi ganol ha. Edrychodd i fyny ac i lawr y traeth, ac yna i fyny tuag at y tai oedd yn nythu ar ben y clogwyn bach ac yn wynebu'r môr. Neb.

Cyn pen dim roedd ei dillad yn un swp ar y llawr wrth ei thraed. Cododd nhw a'u cuddio'n ofalus y tu ôl i garreg. Anadlodd yn bwyllog, i mewn ac allan. I mewn ac allan. Teimlai ias diwedd Medi yn yr awel a chwaraeai efo'i gwallt. Llwynog o dywydd oedd haul oren-felyn Medi. Gan edrych i fyny ac i lawr unwaith eto, rhedodd i lawr at y môr, gan deimlo clecian ei thraed yn erbyn y traeth gwlyb yn diasbedain trwy'i phen.

Doedd ganddi ddim amser i anadlu i mewn er mwyn

ceisio lleihau effaith oerni'r dŵr, a ph'run bynnag roedd hi wedi dysgu ers pan oedd hi'n hogan fach mai plymio'n syth i'r môr oedd y peth gorau, yn hytrach na swatio a rhincian dannedd fel byddai Mairwen a'r genod eraill o'r ysgol yn arfer ei neud, gan lapio'u breichiau'n dynn am eu cyrff crynedig. Plymiodd Ruth i mewn dros ei phen nes bod y byd i gyd yn un 'slwshhh' atseiniol a'r heli'n llenwi'i chlustiau a'i ffroenau ac yn cripio'i bronnau a'i chedor, a gadael i fwmian y byd-newydd-dan-dŵr yma ei llyncu a'i meddiannu. Agorodd ei llygaid, a gweld y gwymon a'r cerrig mân a'r pryfetach a'r pysgod bach lliw tywod yn gwibio fel rhith o'i chwmpas, yn ei derbyn i'w byd.

Daeth 'nôl i'r wyneb yn y diwedd a llyncu'r awyr iach yn awchus. Byddai wastad yn teimlo'i bod wedi bod o dan y dŵr am funudau lawer, ond mater o eiliadau oedd o, fwy na thebyg. Unwaith fe arhosodd hi'n hirach nag arfer, a dim ond yr hen dincian poenus yn ei harennau yn arwydd iddi ei bod wedi aros yn rhy hir yno.

A hithau'n dal ar ei chwrcwd, a dim ond top ei phen a'i llygaid uwchlaw'r dŵr, edrychodd draw tuag at y pentre ac ar y clwstwr o dai gwynion fel ffrinj ar hyd y traeth. Teimlai'r dŵr yn gynnes o'i chwmpas, wedi'i derbyn yn llwyr. Eisteddodd yno am ychydig, yn bobian i fyny ac i lawr yn ysgafn ac yn edrych ar y traeth.

Roedd 'na rywbeth yn wahanol heddiw. Allai hi mo'i esbonio, ond roedd ganddi ryw hen deimlad annifyr fod rhywun yn sbio arni. Ond doedd 'na neb i'w weld yn llechu yn ffenestri'r tai nac ar y lôn fechan uwchben. Roedd y traeth ei hun hefyd yn hollol wag. Hi oedd yn dychmygu pethau, meddyliodd.

Tua blwyddyn yn ôl, roedd wedi gorfod rhannu'i llecyn bach hi o'r môr mawr hefo morlo. Mi fydda'n disgwyl amdani'n ffyddlon fel ci am foreau lawer, fel lwmpyn du o graig a'i ddwy lygad yn ddisgwylgar uwchben y dŵr. Roedd o'n deimlad arbennig – nofio, a'r morlo bach yn symud yn gyfochrog â hi. Mi ddiflannodd o wedyn, a welodd hi byth mohono ar ôl hynny.

Roedd penderfynu dŵad allan o'r dŵr yn anos o lawer na phenderfynu plymio i mewn heb ei dillad. Teimlai Ruth fod hynny'n beth rhyfedd – ei bod yn fwy cartrefol yn y byd gwlyb yma nag ar y tir sych lle treuliai'r rhan fwya o'i bywyd – ond o'r safle yma gallai neud yn siŵr nad oedd neb yn dŵad ar hyd y traeth o unrhyw gyfeiriad. Doedd hi rioed wedi gweld unrhyw un yn y tai gwyliau yr amser yma o'r bora. Cododd ar ei thraed a dechrau cerdded yn bwyllog tuag at y lan, gan symud yn llyfn trwy'r dŵr, ei llygaid yn chwilio'r traeth o hyd.

Wedi iddi gyrraedd y garreg lle roedd wedi cuddio'i dillad, gwisgodd yn frysiog gan ddefnyddio'r dillad i'w sychu'i hun yn gynta. Fyddai cario tywel i'r pwrpas hwnnw trwy'r strydoedd gwag ddim wedi teimlo'n beth iawn i'w neud, rywsut. Nid ei bod ofn cael ei gweld, roedd o jest yn rhy fwriadol. Fyddai dim raid iddi fod yn y dillad tamp trwy'r dydd, beth bynnag, felly doedd dim llawer o ots. Gwasgodd ei gwallt yn rhaff i lawr un ochr i'w phen, a'i droi er mwyn cael y rhan fwya o'r gwlybaniaeth allan ohono. Gwyliodd y dafnau dŵr yn gorwedd yn gylchoedd ar y tywod am eiliad cyn diflannu.

Rhyfedd sut roedd y daith yn ôl i fyny'r pentre cysglyd yn teimlo'n ysgafnach, yn gynt rywsut, gan ei bod wedi cerdded ar hyd y traeth cyn mynd trwy'r bwlch rhwng dwy wal isel. Llwybr digon blêr oedd o erbyn hyn, a'r concrit taclus fuo yno rywdro wedi hen ildio'i le i laswellt a thywod. Ymlwybrodd dan gesail y tai, gan daflu golwg yn ôl dros ei hysgwydd bob hyn a hyn, a damio'i hun am fod mor nerfus.

Cyn pen dim roedd hi wedi cyrraedd y tu allan i'r drws glas â'r ffenest fach gron, fel ffenest llong. Roedd cnocar efydd y drws ar siâp angor. Fyddai hi byth wedi dewis y fath beth – roedd o'n rhy hunanymwybodol, yn ormod o sbïwch-arna-i-efo-tŷ-reit-wrth-lan-môr – ond dyna fo, nid hi oedd yn byw yma, naci? Roedd hawl gan Steve i ddewis pa gnocar bynnag a fynnai!

Gafaelodd ym metel trwm y nocar rhwng ei bys a bawd, i gael gwell rheolaeth ar y sŵn, ond roedd y gnoc yn dal i swnio fel tasa hi'n atseinio fel gong ar hyd y pentre. A bora 'ma roedd 'na frys tu ôl i'r sŵn, braidd. Edrychodd o'i chwmpas eto. Cafodd y drws ei agor iddi o fewn eiliadau.

2

Dim ond newydd orffen clirio llestri brecwast y fisitors oddi ar y bwrdd mawr yn stafell ffrynt Min y Môr yr oedd Ruth pan glywodd y drws ffrynt yn agor, a'r cyntedd heulog yn tywyllu fymryn wrth i Math ddod i mewn.

Cododd ei phen a gweld ei mab yn pwyso ar ffrâm y drws, yn syllu arni. Ond toedd ganddi Dŵr Pisa o lestri yn ei dwylo? Baich dyn diog. Baich dynes brysur, debycach. Baich dynes oedd angen clirio tair llofft a mynd i nôl neges ar gyfer brecwast bora fory, a thrio mynd draw i gyfarfod y Dysgwyr yn y neuadd, a rhedag â Math i ble bynnag roedd hogia pymtheg oed isio mynd rownd y ril. Nid bod Math isio mynd i lawer o nunlle'r dyddia yma, chwaith, erbyn meddwl.

Teimlodd Ruth y pentwr yn syrthio o'i gafael yn ara deg bach, a'i chalon hefo fo.

'Hei, Math! Gafal yn hwn, nei di, 'cofn 'mi oll. . .' Diflannodd diwedd y frawddeg yn sŵn llestri'n tincial yn un symffoni aflafar ar lawr. 'Go damia! Sbia be . . .'

Ond roedd Math wedi hen fynd, a'r stafell ffrynt oedd yn gneud dros dro fel stafell frecwast i ymwelwyr yn un ffrwd o olau unwaith eto. Edrychodd Ruth ar y drws ac yna ar globen o ffeuen bôb oedd wedi glynu ar gefn y gadair. Syllodd am funud ar ei chwymp ara, anochel.

Ychydig oriau ynghynt roedd hi wedi bod yn chwarae gronynnau tywod rhwng bysedd ei thraed. Ychydig oriau ynghynt roedd hi wedi teimlo coflaid y dŵr wrth i haul cynta'r bora danio ffenestri'r tai uwchlaw'r traeth. Dim ond ychydig oriau ynghynt roedd hi wedi bod efo Steve, groen ar groen, anadl ar anadl . . .

'Reit!' meddai wrthi ei hun, a mynd am y gegin i chwilio am gadach a brwsh.

Roedd hi'n eistedd wrth fwrdd y gegin, ac yn dechrau meddwl be rôi hi amdani i fynd draw at griw'r Clwb Siarad Cymraeg. Swishiai'r peiriant golchi llestri'n hunanfoddhaus yn y gornel, a'r llanast tragwyddol ar fwrdd y gegin wedi'i sgubo i'r naill ochr i neud lle i'w phanad. Roedd bag cefn a bag chwaraeon Math wedi'u taflu ar y llawr wrth droed un gadair ers iddo ddŵad adra o'r ysgol y diwrnod cynt, y graffiti fel pryfaid cop ar hyd-ddynt. Lle roedd Math 'di bod heddiw, ac yntau wedi mynd allan mor fuan?

Torrodd llais bas ar draws ei meddyliau.

'*Vacancies*?'

Roedd Cledwyn wedi dŵad i mewn i'r gegin ac estyn am y tegell cyn i Ruth sylweddoli pwy oedd yna, bron.

'Cei, mi gei di neud panad i chdi dy hun,' meddai wrtho, gan ddifaru'n syth bod tinc bach piwis yn ei lais. Doedd cael ei ffrind yn dŵad i mewn i'w chegin a helpu'i hun fel tasa fo'n byw yno ddim yn beth newydd, wedi'r cwbwl. Ond heddiw? Gwgodd.

'Ma hi'n ddistaw, ma raid 'lly,' meddai Cled, gan droi ei gefn ar y tegell a llithro at y gadair gyferbyn â hi, yn ddenim ac yn gonsýrn i gyd fel arfer. Pwysodd 'nôl ar y gadair gan ledu'i goesau fel cymeriad oedd newydd gael ei saethu mewn ffilm. Plethodd ei freichiau a syllu ar Ruth, ei ên wedi crychu mewn cydymdeimlad.

'Welish i gar tu allan. Rover.'

'Y cwpwl o Birmingham, ma siŵr,' atebodd Ruth. 'Ma nhw'n bwcio'r penwythnos yma ym mis Medi bob blwyddyn. Ti'm yn cofio?'

'Fydda i'm yn sylwi arnyn nhw, sti,' meddai Cled, yn cogio

bod yn cŵl a didaro. Fedrai Ruth ddim llai na gwenu iddi'i hun. Toedd Cled yn sylwi ar bawb?

'Mond y nhw sgin ti, ia?'

Cododd ar ei thraed. Roedd Cledwyn Jones yn gariad o foi ond doedd hi'm yn licio pan oedd o'n syllu arni hi fel hyn, ac yn gweld problem lle nad oedd na 'run.

'Dwi'n llawn tan nos Lun, fel ma'n digwydd,' meddai Ruth. 'A llawn eto o nos Iau ymlaen am wsnos. Wedyn, gei di stopio sbio arna fi fel'na, ocê?'

'Fisitors mwyar duon,' meddai Cled.

'Motsh gin i *be* ydyn nhw os 'di lliw 'u pres nhw'n iawn!' meddai Ruth. Yna, yn addfwynach, 'Yli, ma raid 'mi fynd. Be 'di dy blania di heddiw?'

Anadlodd Cledwyn allan yn ddwfn, a thynnu'i fysedd trwy gudynnau hir ei wallt wrth ddwys ystyried.

'Wel, gawn ni weld 'ŵan, 'ta . . . Cwpwl o alwada ffôn. Gweld sut ma'r siârs yn mynd. Galw i weld y conciwbeins yn Niwbwrch . . .'

'Wel, os ti'n rhydd,' torrodd Ruth ar ei draws, ''sa ti'n meindio tendiad y lle 'ma i mi? Dwi'n disgwl rhywun i mewn tua amsar cinio, a dwi fod yn y dosbarth 'na tan un, tydw?'

'Dosbarth Dysgwrs!' medda Cled, rhyw hanner cwestiwn a hanner ebychiad.

Anwybyddodd Ruth yr abwyd. O un oedd yn ymfalchïo yn ei statws fel enaid rhydd, ac a wrthodai fod yn gaeth i unrhyw gulni, roedd Cled yn medru bod yn hynod o gysetlyd ar brydiau – fel y tystiai ei agwedd ddrwgdybus o'r rheiny oedd yn fodlon dysgu Cymraeg.

'Mond am ryw awr a hannar, tan ddo i 'nôl. 'Swn i'm yn gofyn 'blaw . . .'

'Ond 'di Math ddim o gwmpas lle?'

Gwridodd Ruth fymryn. Er ei bod hi'n nabod Cled ers blynyddoedd, doedd hi wir ddim isio trafod ei phryderon am Math efo fo. Ddim a hithau heb benderfynu sut roedd hi'n mynd i ddelio efo'r Math newydd yma oedd wedi newid dros nos, bron. Os oedd angen delio o gwbwl hefo fo.

'Mae o ar ganol sgwennu rhyw gân newydd, medda fo, a ddim isio ca'l 'i styrbio. Beryg 'sa fo'm yn clywad neb 'sa nhw'n cnocio'r drws, beth bynnag. Ti'n gwbod sut mae o pan mae o'n dechra arni.'

'Dallt yn iawn. Fel'na'n union o'n inna yn 'i oed o – ti'm yn cofio?'

Gwnaeth ystum chwarae gitâr anweledig, ei lygaid wedi cau mewn ecstasi.

''Sa fiw i'r hen ddyn fod wedi dŵad yn agos ata fi, a finna wrthi'n creu. Tasa chdi'n un *creative* dy hun, 'sa chdi'n dallt, yli!'

'Wel, nei di 'ta be?' gofynnodd Ruth yn swta. Agorodd Cled ei lygaid, ei gorff wedi'i fferru am eiliad, cyn iddo ymlacio a nodio'i ben.

'Pryd 'nes i dy wrthod di rioed, Ruth?'

'Cled, ti'n annwl. Stafall nymbar 2 sy 'na iddyn nhw.'

Cododd Ruth a dechrau pentyrru'r llestri o'r bwrdd i'r peiriant golchi llestri.

'A be os 'dyn nhw'n cwyno bo nhw'm yn wynebu'r môr?' meddai Cled gan gymryd dracht arall o'i banad.

'D'wad wrthyn nhw am 'i heglu hi o'ma am rwla arall, 'ta. Chawn nhw nunlla yn pentra ar fyr rybudd. Ddim â'r Smiths 'di mynd draw i Ganada i aros at y ferch, a 'di cau'r B&B am fis.'

'Twll eu tina nhw, 'lly. Cofia fi at y Saes. . . – y Dysgwrs. Lot o'r diawlad efo gwell Cymraeg na chdi a fi, 'chan!'

'Fawr o waith, Cled!' chwarddodd Ruth, ac ychwanegu 'Paid â mwydro!'

'Dwi'n deud 'tha chdi!' mynnodd Cled, yn dechrau mynd i hwyl. 'Cymraeg dre sgin i, 'de? Dwi'n dallt dim arnyn nhw a tydyn nhwtha'n dallt dim arna i, 'li. Dwn 'im be ti'n ga'l efo nhw. Os na . . .'

'Os na be?' Ruth oedd yn dychmygu'r newid yn nhôn ei

lais. Feiddiai hi ddim edrych arno. Pesychodd Cled, fel bydda fo'n arfer neud bob tro roedd o'n anghyfforddus.

'Os na . . . O, methu dallt be ti'n ga'l o fod efo nhw dwi. 'Na'r cwbwl dwi'n ddeud.'

Penderfynodd Ruth lywio'r sgwrs i ddyfroedd saff pwnc cyffredinol.

'Os 'dyn nhw'n dangos y cwrteisi i ddysgu'n hiaith ni, Cled, y peth lleia fedran ni neud ydi trio'u helpu nhw.'

'Dywad ti!'

'Dwi *yn* deud!'

Tynnodd Ruth ei ffedog yn frysiog a'i thaflu dros ochr y gadair. 'Cled, nei di . . .?'

'Be?'

'Nei di gadw llygad ar Math i mi?'

'Cadw llygad? Sut 'lly?'

'Dwn 'im. Galw efo fo weithia. Gofyn 'dio isio panad ne rwbath. Tamad o dôst.'

'Panad. Tamad o dost.'

'Ia . . . ne' rwbath.'

''Dio 'di colli nabod ar y gegin?'

'Nacdi. Jest . . . g'na, nei di? Iddo fo gael gwbod bod o ddim 'i hun yn tŷ.'

Distawrwydd.

'Ti o ddifri? Be sy?'

'Dim!' meddai Ruth braidd yn rhy sydyn. ''Sdim byd yn bod, jest . . . O, anghofia fo! Ddo i adra gynta medra i!'

'Ruth . . .?'

'Wela i di wedyn!'

Edrychodd Cled arni am eiliad, yna troi i ffwrdd, a'i wyneb yn gwestiynau i gyd.

3

Nid Ruth oedd y gynta i gyrraedd y neuadd. Gallai glywed hynny cyn iddi wthio'r drws a'i deimlo'n rhwbio agor ar hyd y llawr. Llais George roedd hi'n ei glywed yn benna, fel arfer, a bonllefau o chwerthin ar ôl iddo ddŵad â'i stori fach i ben. Llais Gwendolyn, y tiwtor, ddaeth wedyn, yn dwrdio'n ysgafn y dylai fod wedi deud ei stori yn Gymraeg, a George yn tuchan ac yn bodloni ar ailadrodd cynffon y stori yn Gymraeg i gadw Gwendolyn yn hapus.

'Dyna'r tro olaf i fi wneud hynna! *Won't catch me . . .*' Ffrydiodd y golau yn un rhuban llychlyd ar draws y stafell wrth i Ruth agor y drws yn lletach i ddod i mewn. Roeddan nhw'n eistedd yn hanner cylch ynghanol y neuadd, a'u dillad ysgafn lliwgar yn bradychu'r ffaith mai criw wedi ymddeol oedd y rhain, wedi dŵad i Rosneigr i ymlacio a thrio llenwi'u horiau mewn trowsusau bob lliw. Trodd pawb tuag ati, a chlapiodd rhywun ar fympwy.

'Haia, Ruth!'

'Bore da, Ruth!'

'Sut dach chi? Dewch i mewn! Dewch i mewn!'

Meddyliodd Ruth unwaith eto y dylai drio cyrraedd yma'n ddigon cynnar i osgoi'r ffanfer o groeso oedd yn disgwyl pob hwyrddyfodiad. Tasa Steve yma, fe fyddai'n ei herian am 'The arrival of the Queen of Sheba' neu rywbeth o'r fath.

'Helô, pawb! Hwyr eto, sorri!' mwmiodd, a llusgo un o'r cadeiriau oedd yn swatio wrth odre'r wal yn nes at y criw.

'Ruth yn brysur, brysur! *Very busy girl, our Ruth,*'

cyhoeddodd George, fel petai'r esboniad yn rhywbeth y dylai o a neb arall ei gyflwyno.

'Llawer o ymwelwyr heddiw eisiau brecwast, Ruth?' gofynnodd Annie, un o'r merched ieuenga oedd wedi dechrau dŵad at y grŵp sgwrsio ers blwyddyn. Gan ei bod yn ieithydd naturiol, roedd ei Chymraeg yn well na sawl un oedd wedi bod yn dŵad yma ers blynyddoedd. Ac ymhen eiliadau roedd Ruth wedi'i thaflu i mewn i ganol eu rhialtwch cynnes, ac wrthi'n adrodd sut roedd ganddi chwech i frecwast fora ddoe, a phedwar o'r rheiny wedi gofyn am gael brecwast am chwarter wedi chwech gan eu bod wedi trefnu i ddal cwch i Enlli. Murmur o gydymdeimlad; ambell un yn deud fod y fisitors yn anystyriol, a thybed fasa hi ddim 'di bod yn well iddyn nhw i gyd golli brecwast, a thrio stopio yn rhywle ar y ffordd rhag gneud trafferth?

'Troed i lawr, Ruth. Rhaid i ti . . . *tell 'em where you stand*. Lle ti'n eistedd, *is it*?'

'Deud yn . . . gadarn,' meddai Gwendolyn, yn ansicr. 'Bod yn gryf.'

'*What's bugger off in Welsh, then*?' bloeddiodd George. '*They're taking liberties, aren't they? Ordering this and ordering that. That's the trouble with* pobol heddiw. *Say "bugger off if you don't like it!"*'

'*I'm not sure we'd say that* . . . ddim yn siŵr fasa ni'n deud hynny, a deud y gwir, George,' meddai Gwendolyn yn amyneddgar, heb ddal llygad Ruth. Dyna 'di'n drwg ni, meddyliodd Ruth – dim digon o ymadroddion yn neidio i'r meddwl i gyfleu 'bugger off'! Ddim nes bod pobol wedi neidio droston ni a'n sathru . . .

Gwingodd fymryn yn ei sêt. O ble daeth y syniad yna? Syniad y basa'r Ruth ddeunaw oed wedi ymfalchïo ynddo fo a'i ddefnyddio i herio athro gwrth-Gymreig yn yr ysgol, neu o flaen dynes y siop flodau oedd yn gwrthod ei hateb yn Gymraeg er bod Ruth wedi bod yn yr ysgol gynradd efo hi, ac yn gwbod yn iawn fod y sguthan yn dallt 'Ga i fwnsiad o rosod, plis?' yn iawn. Doedd Ruth ddim wedi t'wyllu'r siop ers y diwrnod hwnnw, ac erbyn hyn yn prynu'i blodau o'r swyddfa bost wrth ymyl y fynwent, er bod y ddau oedd yn cadw fanno'n Saeson hefyd erbyn hyn.

'Ruth!'

'O, sorri? Be?'

'Sut mae Math? Ydi o'n gneud TGAU y flwyddyn yma – eleni? Ydi Math yn gneud TGAU eleni?' gofynnodd Annie.

'TGAU?!' ebychodd George. *'What's that? Coughing, isn't it? Or is that sneezing? I can never remember!'*

'"Tagu" ydi *coughing*, George!' meddai Annie'n amyneddgar. 'TGAU *is the old O Level.*'

'Oh, you've lost me now, love!' meddai George gan chwerthin yn harti.

'Ydi, Annie, mae Math newydd fynd i Flwyddyn 11 – *Form V to you and me!*' atebodd Ruth, gan ddiawlio'i hun am droi i'r Saesneg. 'Ac mae Math yn dalach – *taller* – na fi rŵan!'

'O!' medda pawb yn glên, yn rhyfeddu at y darlun o'r Adonis ifanc oedd yn ymddangos o'u blaenau wrth iddi siarad. Math, mab Ruth, yn bymtheg oed – a hwnnw'n arfer bod yn beth bach aflonydd bochgoch a chwmwl o wallt cyrliog o gwmpas ei wyneb. Doedd y rhan fwya ohonyn nhw ddim wedi cael sgwrs iawn efo fo ers blynyddoedd, a fasa Math yn nabod dim ar y rhan fwya ohonyn nhw. Doedd hi byth yn sôn am y cymeriadau yn y grŵp wrtho fo erbyn hyn, er ei bod yn dal i dynnu'r 'syniad' o Math allan o'r bag o'u blaenau ambell waith, fel cwningen wen, pan fyddai'r sgwrsio'n mynd yn denau. Roedd hi wedi rhoi'r gorau i deimlo'n euog am y peth. Toedd pawb ohonyn nhw'n gneud yr un fath? Ond doedd hi ddim isio meddwl am Math y munud yma, na'i drafod mewn unrhyw fanylder efo neb. Ceisiodd beidio edrych ar wyneb y cloc ym mhen draw'r neuadd.

Roedd hi'n mwynhau dŵad yma atyn nhw am banad a sgwrs, ond ar fora fel heddiw, pan oedd hi wedi bod yn mynd a mynd ers iddi agor ei llygaid, bron, roedd rhyw fân siarad fel hyn yn mynd dan ei chroen. Hen griw digon cyfeillgar oedd y rhan fwya ohonyn nhw – pobol reit ddeallus hefyd, at ei gilydd, oedd yn brwydro yn erbyn gwacter meddwl a dim byd i'w cadw'n ddiddan. Ac yn hen bobol iawn oedd â diddordeb gwirioneddol yn yr iaith hefyd, a bod yn deg. Ond wedyn roedd 'na ambell un fel George oedd yn saff o ffendio criw yn rhywle lle gallai fod yn ddraenen yn yr ystlys a chwarae'r *maverick*, a hynny ar dop ei lais.

Doedd 'na ddim golwg o Steve byth. Cododd Ruth ar ei thraed.

'Panad! Coffi i bawb fel arfer?' meddai, a chyn i neb gael cyfle i ofyn dim byd arall iddi hi, dyma hi'n ei gneud hi am y gegin fechan yng nghefn y neuadd. Agorodd ddrws y cwpwrdd, ac ymestyn heibio'r cwpanau tsieina a 'Rhosneigr' wedi'i brintio arnyn nhw mewn lliw gwyrdd oedd bellach wedi colli'i gryfder. Roedd 'na sôn wedi bod am archebu set newydd o lestri, ond roedd y syniad wedi'i suddo ar ôl iddi fynd yn flêr rhwng Mrs Peers-Brown ac Annie ynglŷn â chael wynebau William a Cêt i addurno un ochr i'r cwpanau. Dadl Mrs Peers-Brown oedd y byddai cael gwep 'our future king' ar y tsieina rŵan yn arbed gorfod prynu set arall yn y dyfodol, ac Annie wedyn yn gobeithio y byddai'r frenhiniaeth wedi hen ddod i ben cyn i hynny ddigwydd! Roedd gan Ruth dipyn o feddwl o Annie byth ers hynny.

Pan aeth Ruth yn ôl i eistedd at y lleill, roedd Steve wedi ymuno efo nhw. Roedd o'n sefyll allan fel adyn ynghanol y criw afieithus yma, a'i goesau denim hirion yn ymestyn yn ddau benrhyn hir o'i flaen.

'Steve! Ti'n iawn?' meddai Ruth yn ddidaro, gan ddal ei lygaid jest yn ddigon hir.

'Iawn, diolch. A ti?' meddai yntau'n ôl, a gwenu'n swil.

Roedd o'n amlwg wedi gwisgo ar frys, a godre'i wallt yn wlyb ac yn cyrlio dros y sgarff oedd wedi'i chlymu rownd ei wddw.

'Steve wedi cysgu'n hŵr,' meddai Maisie, un o'r merched yr oedd lliw ei gwallt yn llawer mwy diddorol na hi ei hun.

'Steve wedi cysgu'n *hwyr*, Maisie!' meddai Gwendolyn yn amyneddgar, a chyfarfu ei llygaid â Ruth am eiliad i gydnabod yr eironi.

'"Hŵr" *is a lady of the night!*' meddai Steve, dan wenu. Chwerthin mawr. A Maisie druan yn mynd cyn goched â'r un bwlb mewn hwrdy.

'Braf – bod yn ifanc fel ti, Steve!' ymbalfalodd Maisie wedyn, i drio troi'r sgwrs.

'Nid yn ifanc iawn!' protestiodd Steve, a stwyrian yn anghyfforddus. 'Bron iawn yn ganol oed rŵan, yn anffodus!'

Aeth pawb yn ddistaw, yn dal i syllu ar Steve, bron fel tasan nhw'n disgwyl i'r cyfieithiad ymddangos fel rhith ar ei dalcen.

'Canol oed?' gofynnodd Gwendolyn yn amyneddgar. 'Pwy sy'n cofio be ydi "canol oed"?' Dim ymateb. 'Be ydi "canol"?'

'*Centre!*' meddai George yn fuddugoliaethus. 'Canol y pentref – *that's the centre of the village, isn't it? The clock, in this case!*'

'Da iawn, George! *Middle-aged* ydi canol oed,' meddai Gwendolyn. 'Mae Steve yn deud ei fod yn ganol oed!' Cafwyd bonllef o ymateb amrywiol ond unffurf ei neges.

'O, na! Ddim o gwbwl! Sbwriel! Steve yn ifanc iawn!'

Disgynnodd llygaid Ruth am eiliad ar fysedd Steve yn gwasgu i mewn i'w gluniau ac yna'n ymlacio, yn fysedd hir, tenau a'r migyrnau'n fawr ac yn drwsgwl, fel migyrnau hogyn yn ei arddegau. Brathodd ei gwefus. Mae'n rhaid ei fod o wedi synhwyro'i bod hi'n edrych arno, achos mi gododd ei ben a hanner gwenu arni, a rhyw ddireidi yn y wên. Y diawl iddo fo! Ro'dd o'n gwbod yn iawn yr effaith roedd o'n ei gael arni. Wedi'i gweld hi'n ysu a thuchan ac ochneidio efo fo ar y gwely bach cul yna yn y tŷ nocar angor, a sŵn y môr a'r gwylanod byth yn bell iawn i ffwrdd. Y diawl iddo fo! Yfodd weddill ei phanad.

'Ma'n rhaid i mi fynd, sorri!' meddai, a tharo'r gwpan ar y llawr. Nid ei thro hi oedd hel y llestri i'w golchi heddiw. 'Llawer o waith i'w neud a dim digon o oriau yn y dydd!'

'Ti angen brêc bach,' meddai Annie. 'Ymlacio!'

'Dyn!' cyhoeddodd George. 'Angen dyn . . . *Oh, what's "handsome"?* Ti angen dyn i fynd â ti i ffwrdd ar . . . ar ceffyl gwyn. Rhamantus, *is it*?'

'Sgin i ddim amser i ddyn, George bach,' meddai Ruth. 'Gormod o helbul.'

'Helbul? Beth ydi . . .?'

'*Too much hassle,*' meddai Steve, ac edrych i fyw llygaid Ruth. Ac yna trodd at Gwendolyn. 'Beth ydi *commitment phobe* yn Gymraeg, Gwendolyn?' holodd.

Gadawodd Ruth y criw i gyfeiliant bonllefau o chwerthin. Fentrodd hi ddim edrych eto ar Steve cyn gadael.

4

Gallai Ruth glywed y cwmwl chwerthin o hyd, fel tasa fo'n ei dilyn i lawr y stryd. Doedd dim raid iddi gyffwrdd ei bochau i wybod eu bod yn wenfflam, fel tasa hi'n blincin hogan bymtheg oed!

Mae'n siŵr fod y gweddill wedi sylwi ar ei hymadawiad ffwr-bwt, ond fasan nhw byth yn deud dim am y peth. Beth oedd yn ei chnoi oedd ei bod hi'n berffaith amlwg fod Steve wedi sylwi i'w eiriau gael effaith arni. Byddai'n rhaid iddi ddysgu'r ymadrodd 'taro'r post i'r pared glywed' i'r diawl tro nesa. Os byddai 'na dro nesa.

Roedd Ruth wedi sylwi ar ryw newid ynddo fo'r bora 'ma, pan lithrodd hi i mewn i'w dŷ fel lleidr. Rhan o apêl Steve cyn hyn oedd ei fod yn enaid rhydd, yn rhywun oedd yn byw ar gyfer syrffio, ac yn gwylio'r llanw ac arwyddion y tywydd fel tasa'i fywyd o'n dibynnu arnyn nhw, nid ei fywoliaeth yn unig. Er ei fod o'n edrych yn debyg iawn i'r syrffiwrs eraill a ddôi draw i Rosneigr yn uchel eu cloch, roedd 'na rywbeth llawer mwy addfwyn a diymhongar amdano fo. Ar ôl iddi daro arno yn un o dafarndai'r dre un noson, roedd o wedi deud fod ganddo ddiddordeb mewn dysgu'r iaith, a'i fod wedi synnu bod ambell gornel o'r ynys mor ddi-Gymraeg. Gallasai hynny fod yn llinell fachu go soffistigedig, roedd hi'n ymwybodol o hynny. Ond roedd rhywbeth amdano oedd yn gneud iddi gredu ei air. Ac roedd ei greddf wedi bod yn iawn. Nid un am siarad gwag oedd Steve, a doedd o ddim yn medru celu unrhyw fath o emosiwn. Dyna pam roedd y newid diweddar yma ynddo fo yn ei hanesmwytho.

Trodd Ruth o gyfeiriad y pentre ac am adra, a'r lôn yn culhau fel nad oedd modd i ddau gar basio'i gilydd heb i un grafu paent y llall. Roedd wrth ei bodd efo'r patshyn yma o'r pentre, llecyn oedd wedi cael llonydd am ei fod mor atyniadol fel roedd o, mae'n siŵr. 'Quaint' oedd y gair mawr gin y fisitors. Fel arfer, roedd Ruth yn gorfod brathu'i thafod wrth i ddiffyg datblygiad y pentre gael ei glodfori fel rhinwedd gan y bobol ddŵad a'r ymwelwyr, ond roedd hi'n falch fod Lôn Traeth Llydan yn rhywle fyddai wedi bod bron yn union 'run fath dros ganrif yn ôl.

Daeth hen wraig mewn cadair olwyn a dynes yn ei chwedegau yn ei gwthio i'w chyfarfod. Ond nid golygfa'r haul yn wincio ar wyneb y dŵr oedd yn mynd â bryd y ddwy yma. Roeddan nhw wedi oedi o flaen Neigr Villa ac yn craffu'n arw ar y drws mawr llydan a'r ffenestri mawr braf oedd a stamp y saithdegau arnyn nhw. Fel dwy'n craffu ar grair mewn amgueddfa, rywsut.

'Hwn!' meddai'r hen wreigan, a phwyntio bys esgyrnog tuag at y tŷ.

'Hwn? Dach chi'n siŵr, Mam?'

'Hwn ydi o, saff 'ti. Mam druan . . .'

'Graduras.'

Edrychodd Ruth hithau ar y tŷ, fel petai'n ei weld am y tro cynta. Roedd yn amlwg o'r gwaith plastar uwchben y drws fod hwn wedi bod yn dŷ crand iawn ar un adeg, a rhyw gath neu lewpart neu rywbeth wedi cael ei naddu i mewn iddo, er bod y garreg yn frith o gen gwyn yma ac acw. Doedd y llenni glas Môr y Canoldir a'r cregyn bach arnyn nhw ddim yn gweddu o gwbwl iddo, yn fwy nag oedd tinc trofannol yr enw 'Neigr Villa'.

'Ar be ma hon yn sbio?'

'Ella ma hi sy'n byw 'ma, watshia dy hun. Ym . . . *my mother*,' baglodd yr hen wreigan, '*used to . . . serve here. Years ago now*.' A gwenodd wên ddannedd gosod gyms pinc ar Ruth.

24

'*Nice house, lovely view,*' meddai'r ferch hithau, a sbio i gyfeiriad y traeth i drio osgoi embaras. Sylwodd Ruth ei bod yn gafael yn dynn, dynn yn handlan cadair olwyn ei mam.

'Tŷ ha ydi o erbyn hyn. Rhyw gwpwl o Salford,' meddai Ruth – ac roedd y newid yn y ddwy yn gomical! Geiriau. Siâp geiriau ar dafod, a'r sŵn a ddaw o enau'n medru gneud cymaint o wahaniaeth, yn medru dymchwel cymaint o waliau. Ond buan y cymylodd gwên y ddwy wrth iddyn nhw gofio'r islais o gondemniad oedd yn eu sylwadau cyntaf.

'Pobol neis, cofiwch! Y bobol o'dd Mam yn gweini efo nhw . . .' ychwanegodd yr hen wreigan, a gadael i weddill y frawddeg lithro i'r tywod oedd wedi'i chwythu o'r traeth i gyfeiriad y pentre, ac wedi hel hyd ymylon y lôn.

'Ma'r ornament gafodd hi gynnyn nhw pan riteiriodd hi gin i o hyd ar silff-ben-tân. Un neis ydi o, 'fyd. Royal Doulton, 'chi!'

Daeth car i'r golwg gan orfodi'r ferch i fanwfro'r gadair i'r ochr, ac i'r tair ohonyn nhw swatio wrth y wal isel o flaen Neigr Villa.

'Bora braf, tydi?' meddai Ruth, gan wthio darlun bach pathetig yr ornament o'i meddwl a'i newid am y llun o gegin a llofftydd angen eu glanhau – a Math. 'Well i mi fynd. Hwyl ichi, 'ŵan.'

'Hwrê 'ŵan,' meddai'r hen wreigan yn drist, fel tasa hynny'n arwydd bod yn rhaid iddi hi a'i merch fynd hefyd. Ond pan gymerodd Ruth gipolwg yn ôl arnyn nhw wrth nesáu at y tro yn y lôn, yno roedd y ddwy o hyd, yn dal i syllu i fyny at ffenestri cyrtans haf Neigr Villa, fel tasan nhw'n disgwyl i'r forwyn fach ddŵad yn ôl i sefyll ar y rhiniog.

Cyflymodd calon Ruth ychydig pan welodd hi Cled yn sefyll wrth y giât haearn fechan tu allan i'r tŷ. Roedd o'n tynnu'n ffyrnig ar ei stwmpyn sigarét, ac yn rhythu i gyfeiriad y creigiau.

'Cled? Be sy? 'Di Math . . .?'

'Math? Math be?' Ysgydwodd Cled ei ben. 'Na, 'rhen ddyn sy 'di bod ar ffôn. *Emergency.*' Roedd yn amlwg o dôn ei lais nad oedd yr hyn oedd yn argyfwng i'w dad, Len, cweit yr un fath â'r diffiniad cyffredinol.

'Reit,' meddai Ruth, a'i gneud hi am fwlyn y giât er mwyn cael mynd i mewn.

'Pum gwaith! Pum ffycin gwaith ffoniodd o fi, Ruth. Ma'r boi off 'i ben, dwi'n deud 'tha chdi!'

'Be o'dd yn 'i boeni fo?' holodd Ruth yn amyneddgar.

Sugnodd Cled yn wyllt ar y tamed ola o'r stwmp a gwyliodd Ruth y cylch bach coch yn gloywi'n gandryll ar ei flaen.

''Di colli'r *remote*! A ffansi pwdin reis i ginio a methu ffendio'r tun! Dyna chdi be o'dd yn poeni'r uffar gwirion!'

'Siriys, 'lly?' meddai Ruth gyda gwên, ond doedd Cled ddim yn gweld y jôc.

'Yndi mae o, Ruth. Blydi reit 'i fod o'n siriys. Mae o 'di mynd rhy bell tro 'ma, 'de. 'Dio'm yn gall!' Sodrodd y stwmp ar y llwybr yn ei dempar, ac yna wrth weld y gwg ar wyneb Ruth, plygodd i'w godi, a'i ddal fel gwybedyn rhwng ei fys a bawd. 'Mae o'n sbwylio mywyd i'r boi 'na! Fatha sbwyliodd o . . . Cha i'm symud gynno fo 'di mynd!'

'Dda'th y bobol ddiarth?'

'Ffonion nhw. 'Di stopio am ginio yn "Betsi Côd" a rhedag yn hwyr. Yli, ffonia i di . . .' Cychwynnodd Cled dacio i gyfeiriad ei gartre, at y maen melin oedd yn cael y bai am y ffordd roedd ei fywyd wedi gogor-droi yn ei unfan byth ers i'w fam gymryd y goes pan oedd Cled yn un ar ddeg oed.

'A Math . . .?' galwodd Ruth ar ei ôl, ond roedd Cled yn rhy bell i'w chlywed. Teimlai hithau'n falch o hynny. Doedd hi ddim isio iddo neud ffys a dim byd i neud ffys yn ei gylch.

Roedd y tŷ'n dirgrynu i rythm digyfaddawd miwsig Math pan gerddodd Ruth i mewn. Safodd yn y cyntedd am eiliad, a mwynhau teimlo'r curiadau'n rhedeg o waelod ei thraed drwyddi i gyd a'i meddiannu. Braf fasa medru sefyll yn fan'ma a pheidio gorfod gneud dim arall, meddyliodd Ruth. Sefyll a theimlo a bod. Yna dechreuodd ddringo'r grisiau, a'r gerddoriaeth a'r carped yn sugno sŵn ei chamau.

Safodd am eiliad y tu allan i ddrws ei stafell. Roedd nodau a geiriau'r gân yn gliriach erbyn hyn ac yn atgoffa Ruth o rywbeth gan Coldplay, y byddai hi'n arfer gwrando arnyn nhw. Roedd yr arwydd 'Cnociwch! Cadwch i ffwrdd!' roedd Math wedi'i sgwennu o ran hwyl ryw bnawn Sul glawog pan oedd o tua deuddeg oed wedi dechrau cyrlio ers sbel, a'r llythrennau pigog wedi hen golli'u dannedd – hynny o ddannedd oedd ganddyn nhw. Roedd Ruth wedi helpu Math i liwio un gornel pan oedd o wedi dechrau laru ar y dasg, ac roedd meddwl am ei rhan yn ei weithred o wrthryfela wastad yn gneud iddi wenu.

Gwasgodd ei chlust at y drws ond doedd dim symudiad i'w glywed tu mewn. Cnociodd yn ysgafn, yn llawer rhy ysgafn i neb glywed, ac agor y drws. Roedd Math yn gorwedd ar wastad ei gefn ar y gwely, a'r cyrn clustiau'n gwasgu'i gyrls duon. Roedd ei ddwy law wedi'u plygu ar draws ei frest – fel corff mewn arch, bron, meddyliodd Ruth am un eiliad brawychus. Roedd ei draed wedi'u croesi ac yn symud yn rhythmig i'r miwsig fel petaen nhw'n ddau gradur yn dawnsio efo'i gilydd – yn glymau i gyd, ac yn perthyn dim i'r gweddill ohono. Unrhyw eiliad rŵan mi fydd yn sylweddoli mod i yma, yn agor ei lygaid a gwenu arna i, meddai Ruth wrthi'i hun. Ond aeth eiliadau heibio, ac ystum Math yn dangos dim arwydd ei fod wedi synhwyro'i bod yn sefyll yno. Daliai hithau i sefyll yno – sefyll a syllu heb symud gewyn, fel tasa ganddi ddim oll arall i'w neud, fel tasa ganddi ddim pobol ddiarth yn dŵad ar ôl gweld Betsi Côd, a dwy stafell wely arall i'w cymoni. Sefyll fel tasa hi 'di'i pharlysu – a sbio arno fo, ei hogyn bach hi, yn bymtheg oed.

Sbiodd wedyn ar y dotiau llwch yn troi a throsi'n lloerig yn y rhimyn o olau dydd oedd yn llamu trwy'r crac yn y cyrtans. Sbiodd ar y mynyddoedd o dyweli gwlyb fel twmpathau twrch daear amryliw dros y carped. Sbiodd ar y gwaith cartre ar ei hanner, y feiro wedi'i gosod ar ganol brawddeg – fel y stori yna y byddai'n arfer ei darllen iddo am bawb wedi fferru ar ganol gneud rwbath, nes i'r tywysog ddŵad a datod y swyn. Sbiodd ar y posteri pêl-droed oedd yn dal eu tir ar y wal, er bod y chwaraewyr wedi hen orffen chwarae erbyn hyn. Y poster reslo a rhyw hen gradur yn sgyrnygu uwchben bôn braich oedd yn datŵs i gyd, a Math wedi ychwanegu at ei ffyrnigrwydd trwy dduo'i ddannedd efo ffelt pen.

Edrychodd yn ôl ar Math. Roedd ei dalcen wedi crychu, ei lygaid yn aflonydd o dan eu cloriau piws-wyn. Er ei fod yn bymtheg oed, doedd ei groen hyd yma ddim wedi ildio i blorod a seimiach, a doedd 'na ddim arwydd ei fod o eto'n dechrau magu mân flewiach uwch ei weflau. Roedd o'n dal yn Math, ei hogyn bach hi, ei phartner yn erbyn y byd. Bu'n rhaid i Ruth rwystro'i hun rhag estyn ei llaw ac anwesu'i ben a'i gyrls duon. Nid nad oedd hi'n dal i neud hynny weithia, ond byddai wedi torri ar yr hud y munud yma.

Ond fe dorrwyd ar yr hud beth bynnag pan ddechreuodd ffôn symudol Math ganu grwndi a dirgrynu ar y bwrdd wrth ochr ei wely. Mae'n rhaid bod y cryniadau wedi treiddio trwy'r miwsig uchel yn ei gyrn clustiau, oherwydd yr eiliad honno neidiodd Math allan o'i groen a chythru am y ffôn mewn panig gan fodio'r botymau i ddarllen y neges destun. Chafodd Ruth ddim amser i feddwl am ddechrau bagio oddi yno cyn i Math godi'i ben a sylwi bod ei fam yn syllu arno. Cymylodd ei lygaid am eiliad, edrychodd eto ar y neges destun, cyn taro'r ffôn yn egr yn ôl ar y bwrdd a throi at Ruth.

'Be *ti*'n neud 'ma?' brathodd, ac yna'n feddalach, ''Sna'm byd yn matar, nagoes?'

''Nes i gnocio. A galw, Math. 'Nes i, sti!'

Roedd Ruth wedi parchu'r arwydd ar y drws ers iddo gael ei osod yn ofalus dafod-allan y pnawn Sul glawog hwnnw flynyddoedd yn ôl. Fasa hi byth yn mynd i mewn i'w stafell heb gnocio.

''Sna'm byd yn bod?' holodd Math eto, a sylwodd Ruth ei fod yn trio peidio cael ei lygad-dynnu gan y ffôn.

'Sylwist ti bo fi 'di mynd gynna, 'do? At y Dysgwyr?'

'Naddo! Albym dda, honna. Ro i hi mlaen yn car tro nesa. Iawn . . . 'Sna'm byd arall, 'lly?'

'Ddo'th Cled â tost i fyny iti a phob dim. Yli, ti'm 'di dwtshiad o!' Edrychodd Ruth ar y sgwaryn bach golau o dôst a'r menyn wedi ceulo ar ei wyneb.

'O, ia,' meddai Math, yn amlwg heb sylwi ar y plât cyn hyn, nac wedi clywed Cled yn dŵad i mewn. 'Ddo i lawr 'munud.'

Trodd Ruth a mynd am y drws.

'Mam . . .?'

'Ia, Math?'

'Dy wallt di'n siwtio chdi fyny fel'na! Del!' Gwenodd y ddau ar ei gilydd a rhoddodd Ruth winc 'mêts' iddo cyn agor y drws a mynd i lawr y grisiau'n dwrw hapus i gyd.

Dyna pryd y gwelodd hi'r darn papur bach gwyn am y tro cynta. Roedd yn gorwedd ar ymyl y bwrdd hanner crwn yn y cyntedd, wrth droed y pot blodau. Oedd o yno gynnau? Sylwodd hi ddim arno fo pan aeth yn ôl i mewn ar ôl ffarwelio efo Cled. Falla mai newydd gael ei roi yna roedd o, tra oedd hi i fyny'r grisiau'n siarad efo Math. Roedd Cled wastad yn deud wrthi y dylai gael drws oedd yn cau ar latsh yn hytrach nag un oedd yn hawdd i bawb o'r stryd ei agor. Roedd hi wedi cael rhyw ddyn diarth yn sefyll yno unwaith a golwg ryfedd ar ei wyneb, a hithau yno ar ei phen ei hun 'blaw am ryw hen gwpwl oedd yn y llofft ar ben y landin, ond roedd hwnnw wedi mynd yn y diwedd ar ôl iddi'i berswadio nad yn fan'ma roedd ei fam yn byw. Roedd hi'n dal i nabod y rhan fwya o bobol y pentre, ond roedd 'na sawl un diarth i'w weld o gwmpas o hyd, yn enwedig ers i nifer y fflatiau gwyliau gynyddu yn y sgwâr wrth y cloc ac i lawr y strydoedd bach.

Pan drodd y papur drosodd, felly, rhyw boeni am bethau fel'na roedd hi yn hytrach na dim arall. Ond fe seriwyd ei sylw'n syth bìn. I ddechrau roedd y geiriau arno mewn llawysgrifen, ac yn Gymraeg.

'DAL I GOFIO.'

Dyna'r cwbwl. Tri gair.

Pwysodd Ruth ei llaw ar y wal i'w sadio'i hun.

5

Cerddodd Cled am adra, gan gicio'i sodla a rhegi bodolaeth y sawl oedd wedi dyfeisio ffonau symudol. Mi fasa'n braf cael bod allan o gyrraedd unrhyw ffôn – fel y bydda fo allan o gyrraedd llais ei fam a'i dad erstalwm pan waedden nhw arno i ddŵad i'r tŷ a hithau'n dywyll tu allan, heb y goleuadau stryd felltith 'na'n taflu gwawr oren-felyn dros bob man. Ar lan y môr doedd 'na ddim byd yn ei glymu i neb – dim ond y fo a'r mêts yn gneud drygau diniwed ymysg y creigiau i gyfeiliant y môr yn torri'n swigod ar y tywod. Pan aeth Cled dipyn yn hŷn, 'Dim newid mân ar gyfer y ffôn' oedd hi, neu 'Fandals Bangor 'di malu'r bocsys ffôn yn racs' – a byddai'i dad yn derbyn hynny'n ddigwestiwn. Doedd Cled yn rhoi dim heibio hogia Bangor ers iddo fo a Wil Bryn Du gael harnish yn Ffair Borth flynyddoedd yn ôl, a dŵad adra efo dwy lygad ddu a physgodyn aur mewn bag tryloyw. Ond roedd dyddiau gwyn y rhyddid di-ffôn wedi hen fynd. Blydi technoleg, meddyliodd – a chwerthin yr un pryd ei fod o 'i hun yn swnio'n fwy o gojar na'r hen ddyn, hyd yn oed.

Petai hi'n noson dywyll, stormus, byddai'r tŷ ar ddiwedd y rhes fel goleudy, yn taflu'i olau dros y stryd i gyd. Fel roedd hi, yn awyr las braf uwchben, roedd Cled wedi rhoi ei law ar gliced y giât cyn sylwi bod pob golau ymlaen yn y tŷ.

''Dio'm yn gall! 'Dio'm yn ff. . .' bytheiriodd wrth ymbalfalu ym mhoced ei siaced denim am y goriad, a rhythu ar gath oedd wedi troi'i phen i edrych yn fursennaidd arno o'i gorsedd ar ben postyn y giât. 'Gola mawr fatha South Stack . . . ma hi'n blydi storm yn ben hwn o hyd!'

Wrth iddo agor y drws, daeth lleisiau diarth a rhyw fiwsig bygythiol i gwrdd â Cled o'r gegin gefn. Roedd y cyrtans tenau wedi'u cau, a sgyrnygai cwpwl o farrau o dân trydan wrth droed y bwrdd. Eisteddai Len, ei dad, a'i gefn ato yn ei string fest, a'r hen ysgwyddau oedd wedi bod yn ddigon i herio hogia Bangor wedi crymu a cholli'u nerth. Roedd ei wallt yn frown o hyd a'r saim hanner potyn, hanner naturiol, yn sgleinio yng ngolau'r bwlb a grogai o'r nenfwd. Dechreuodd Cled dynnu'i siaced denim.

'Be cadwodd ti?' gofynnodd ei dad heb drafferthu i droi ei ben oddi wrth y ffraeo mawr oedd yn digwydd ar y sgrin deledu o'i flaen.

Ddywedodd Cled ddim gair, dim ond dal i dynnu'i siaced a'i thaflu nes ei bod yn gorwedd fel ystlum ar gefn cadair arall. Syllodd Cled arni am eiliad, fel tasa fo'n hiraethu am y gwres oedd yn dianc o blygion y deunydd.

'I be sy isio'r gola mawr 'ma, dwch? Pris lectrig 'di mynd lawr, neu rwbath arall dwi'm yn wbod?'

'Fuo raid 'chdi ddŵad o bell?'

'Tŷ Ruth, 'de.'

'Be oedd Ruth isio?'

'Dim byd, 'chan. Yn wahanol i rei!' Yna ychwanegodd, 'Dach chi'n dal yn fyw, dwi'n gweld. 'Sna banad?'

'Dwi 'di bod yng ngwynt y rhein yn brygowthan ers jest i awran. 'Sa'm ots gin i 'blaw ma ripît ydio. Dwi'n deud 'u leins nhw efo nhw, jest.'

'Gynnoch chi oedd y *remote* ddwytha, ma siŵr 'de? Sneb ond y chi'n trafferthu efo fo,' meddai Cled, gan drio'i orau i beidio gweiddi.

'Wela i'm golwg o'r blydi peth. Ma'r diawl yn rimôt ers oria.'

'Pan ddaw o i'r fei, dwi jest â'i glymu o rownd 'ych gwddw chi ar gortyn, fatha ma Dame Edna siop y gongol yn neud efo'i sbectols.'

'Cortyn rownd gwddw honna 'swn i'n roi!' mwmiodd Len yn bwdlyd wrth neb yn arbennig. 'Llancas ddiawl!'

'Pryd iwsioch chi o ddwytha?' Roedd Cled yn teimlo fel tasa fynta mewn drama oedd yn cael ei hailchwarae hyd syrffed.

'Dwi 'di sbio a sbio.'

'Codi a'i ddiffodd o 'lly, 'de Dad, os dach chi'm yn lecio be sy arno. Ddim ffonio fi fel 'sa'r byd ar ben!' Daliodd Cled lygaid ei dad wrth iddyn nhw sgubo heibio iddo fo ac yn ôl at y teledu.

'Gneud joban i Ruth oeddach chdi, ia? 'Di hi'n brysur 'na?'

'Ydi Ruth byth *ddim* yn brysur? Disgwyl fisitors i mewn iddi o'n i.'

'To'dd yr hogyn ddim adra? Y Math 'na neu be bynnag ma hi'n ei alw fo.'

'Oedd, ond fedar Ruth ddim trystio Math i fod ddigon o gwmpas ei betha i wrando allan amdanyn nhw'r dyddia yma.'

'Ar ddrygs mae o?' gofynnodd Len, fel tasa fo'n gofyn faint o'r gloch oedd hi.

'Naci, siŵr Dduw. Miwsig 'di petha Math. Cyrn clustia'n llawn o fiwsig. 'Run fath yn union ag o'n i, os cofiwch chi.'

'Hwnnw'm yn llawn llathan chwaith, ma raid 'lly!' mwmiodd Len. Anwybyddodd Cled y sylw pigog.

''Di'm yn joban mor hawdd, 'chi, croesawu fisitors. 'Cofn 'mi eu rhoid nhw'n y rŵm rong a ballu, a creu miri i Ruth.'

'Nacdi, washi. Gofyn bod yn dipyn o sgolar i neud peth felly, 'toes?'

Pwysodd Cled yn ei ôl ar y sinc, ac edrych ar yr un llun ffraeo ag roedd ei dad wedi bod yn sbio arno fo ers hydoedd. Glaniodd ei law ar declyn hirsgwar plastig du yn eistedd rhwng dwy sosar frecwast a dwy gwpan yn y fasged sychu.

''Ma fo, Dad! Blydi hel!'

'O ia 'fyd, myn diân i.' Chwarddodd Len yn ysgafn, ac

ysgwyd ei ben ar wamalrwydd y byd yn gyffredinol. 'Rho fo ar thri i mi ga'l gweld be sgin rheiny i ddeud.'

Ufuddhaodd y mab, ac efo un clic cariwyd Len a Cled i gegin rhywun arall, un dwt efo llond bwrdd o fwyd neis a gwên fawr y cyflwynydd yn sgleinio uwchlaw'r wledd.

'To'dd gin i'm isio pwyso'r botwm diffod a methu ca'l llun wedyn, weldi,' meddai Len – a gwyddai Cled mai dyma'r agosa y dôi ei dad at ymddiheuro am neud trafferth.

'Fydd raid 'mi ga'l golwg eto ar y set 'ma, bydd?' meddai Cled, ychydig yn addfwynach. 'Ma hi fel fynno hi 'di mynd.'

'Ma hi'n gwmpeini i mi, sti, Cled, motsh gin i be ddudith neb.'

Safodd Cled yn edrych ar y sgrin am eiliad arall cyn dechrau symud.

'Dach chi isio cinio? Wrth bo fi yma, 'lly. Fedra i'm aros yn hir, chwaith.'

'Pam, be sy?'

'Petha i neud 'de, Ffaddyr. "Things to do, people to meet".'

'O ia, dywad ti!'

Teimlai weithia y basa'i dad wedi bod yn ddigon dilornus ohono'n gorfod ei adael hyd yn oed tasa Cled yn Brif Weinidog ac yn gyfrifol am redeg gwlad. Un styfnig ei farn am bobol fuo Len erioed, ond roedd wedi mynd yn waeth felly ers iddo fo a Cled fod ar eu pennau eu hunain. Er na fyddai'r un o'r ddau'n siarad am ymadawiad Mai pan oedd Cled ar ddechrau yn ysgol dre ac Alan ar ganol ei Lefel O, doedd dim dwywaith nad oedd ei habsenoldeb yn dal i gael effaith ar ei dad.

'Ti 'di bod allan ar y *Ledi* eto?'

'Alwish i heibio iddi ddoe.'

'O'dd hi'n iawn?'

'Siort ora. Gadwa i hi allan yn y dŵr am ryw bythefnos arall, dwi'n meddwl, os 'di'r tywydd 'ma'n dal. Ma Rogers a'r boi Brown ifanc 'na o Macclesfield sy 'di dŵad i hen le

Cyrnol Hall 'di gofyn i mi dynnu'u cychod nhw i'r lan cyn iddyn nhw ddŵad draw nesa am wic-end.'

'Well 'ti blesio'r rheiny!'

'Dyna o'n i'n feddwl.'

'Ma 'na ddigon hyd lle 'ma 'sa'n neidio i dy bymps di tasan nhw'n ca'l mond hanner cyfla. A ti'n cofio be ddigwyddodd efo'r Hamiltons . . .'

Roedd y teulu Hamilton yn rhan o'r 'Cheshire Set' ac wedi setlo yn un o'r tai crandia ar lan y traeth. Fel arfer, byddai Cled yn un da am wybod pwy oedd pwy, pwy oedd yn newydd ac ati, fel ei fod yn medru mynd atyn nhw a chyflwyno'i hun fel yr 'handi-man' lleol tasan nhw isio rhywun i edrych ar ôl eu gerddi a'u cychod tra oeddan nhw i ffwrdd. Digwydd bod dan annwyd trwm oedd yn ymylu ar fod yn ffliw roedd Cled un mis Medi, a chan nad oedd Len yn un am godi allan a mynd i'r pentre hyd yn oed yr adeg honno, roedd Cled wedi colli cyfle. Rhyw foi o'r dre oedd wedi cael y joban handi-man i'r Hamiltons yn y diwedd – er, be oedd yn handi am hwnnw a fynta'n byw yn Gaergybi, dyn a ŵyr. Doedd Len ddim wedi gadael i Cled anghofio am yr anffawd honno o gael annwyd ar yr adeg anghywir, a byddai bwgan yr Hamiltons yn cael ei godi bob hyn a hyn.

Penderfynodd Cled anwybyddu'r sylw.

'Geith y *Ledi Neigr* aros 'i thro,' meddai. 'Fydd hi'n tshiampion.'

6

'Faint o'r gloch 'di?'

O fewn eiliad i graffu'n gysglyd trwy un llygad ar y cloc larwm, a ffendio'i bod hi bron yn wyth o'r gloch, roedd Ruth wedi rhoi naid allan o'r gwely a fyddai'n codi cywilydd ar unrhyw neidiwr Olympaidd. Dechreuodd stwffio'r ddwy goes yr un pryd i mewn i'w jîns, a hopian yn wallgo wrth neud hynny, a bu ond y dim iddi syrthio ar ei hwyneb ar lawr y stafell wely. Sut yn y byd roedd hi wedi llwyddo i gysgu mor drwm a chloc ei chorff wedi hen arfer deffro am hanner awr wedi chwech ar yr hwyra, p'un a oedd ganddi rywun yn aros yn ei llety bach ai peidio?

Ysgydwodd ei phen i drio cael gwared o'r lluniau oedd yn dal i lynu yn ei meddwl, er nad oedd hi ddim ond newydd ddeffro – yn enwedig y llun o bapur gwyn a'i dri gair, 'DAL I GOFIO'.

'Math! Math?' Curodd ar y drws a'i agor heb gymryd sylw o'r poster sa'-draw. Roedd Math ar ei draed yn barod, ac wedi gwisgo pob dim ond ei siwmper ysgol.

'Pam ddaru chdi'm 'yn neffro fi?' meddai hwnnw, gan ddylyfu gên. 'Ti 'di gweld faint o gloch 'di?'

Ond roedd y drws eisoes wedi cau ar hanner ei gwestiwn, a Ruth yn carlamu i lawr y grisiau a'i geiriau ymddiheurol Saesneg yn barod i fyrlymu dros ei gwefusau. Roedd cwpwl yn eu chwedegau yn eistedd yn dawel yn y lolfa pan agorodd hi'r drws. Robinson? Tomlinson? Ymbalfalodd Ruth am yr enw cywir cyn rhoi i fyny.

'I'm so, so sorry. It's unforgivable! I slept right through . . .' dechreuodd.

'Donald and I were just debating whether we should give you a knock or not!' meddai'r ddynes, yn ceisio bod yn rhesymol a chwrtais ond yn methu cuddio'r tinc mursennaidd yn ei llais wrth i'w llygaid grwydro i lawr at y crys-T digon p̀g yr olwg roedd Ruth wedi'i lusgo amdani yn ei brys.

'And to think you offered us an early morning call when we arrived last night!' meddai Donald yn gynnes, yn amlwg yn medru gweld yr ochr ddoniol i'r peth. Chwerthin wnaeth y ddau, a Ruth yn rhyw lun ar ymuno efo nhw.

'I'll sort you out now! Sorry again!' meddai gan geisio peidio swnio'n rhy ddifynadd. 'Full Welsh, is it?'

'If it's not too much bother, please!' meddai'r ddynes, a chafodd Ruth y teimlad fod yr hen ledi'n mwynhau llet-chwithdod y sefyllfa, ac yn storio pob manylyn ar gyfer ei ailadrodd mewn rhyw blydi cymdeithas cerddwyr neu gyfarfod WI yn ble bynnag roedd yr ast yn byw.

'Full Welsh it is, then,' meddai Ruth, a gadael y ddau'n stiwio yn y lolfa heb gynnig panad na dim iddyn nhw tra oeddan nhw'n disgwyl. Aeth drwadd i'r gegin a phwyso'i phen yn erbyn un o'r cypyrddau. Teimlai oerni'r fformeica'n braf yn erbyn gwres ei thalcen ac yn crwydro'n gysurlon i lawr ei chorff, yn ffocws oer digymhlethdod mewn diwrnod oedd unwaith eto'n addo bod yn un rhuthr gwyllt.

Yn ddiweddar, roedd hi wedi dechrau mynd yn fyr ei thymer efo'r fisitors 'ma. Erbyn tua diwedd Medi bob blwyddyn byddai'r sglein wedi pylu fymryn oddi ar ei chroeso ac ychydig mwy o straen ar y wên, ond roedd eleni'n waeth nag arfer am ryw reswm. Nid mater o'r newydd-deb yn pylu oedd o. Roedd hi wedi bod yn cadw gwely a brecwast ers dros ddeuddeg mlynedd, ers pan oedd Math tua dyflwydd. Roedd pethau ymhell o fod yn hawdd yr adeg honno, a Math ym mhob dim ac yn mynnu'i fod yn ei 'helpu' efo'r gorchwylion ac yn gneud job chwarter awr yn job hanner awr, y cradur. Ond fe fyddai hi'n hwylio trwy bob diwrnod yr adeg honno – yn gneud y gwaith tra oedd Math yn y Cylch Meithrin, ac wedyn yn diflannu hefo fo bob pnawn i'r traeth neu draw at Nain Myfi i neud teisennau bach tylwyth teg neu ddarllen, neu chwarae mynd am bicnic ar y rỳg mawr lliwgar o flaen y tân. Lliwio'r pnawniau a'r oriau a'r munudau i gyd â chreons, a gosod siapiau bach gludiog dros y cwbwl. Dyddiau da. Mi ddylai pethau fod yn haws iddi rŵan, a Math wedi tyfu i fyny ac yn medru edrych ar ei ôl ei hun – i fod.

Trodd wrth glywed sŵn traed yn y gegin. Gollyngodd Math ei hun yn drwm ar y gadair wrth y bwrdd.

'Gin i fara yn fancw i neud tost ffres, os leci di,' meddai Ruth, gan siffrwd ei wallt yn annwyl efo'i bysedd.

'Dwi'm isio'm byd. Dwi'n iawn.'

'Well 'ti ga'l rwbath, Math, yndi? Fydd hi'n sbelan cyn cei di ginio,' meddai Ruth, gan neud ati i gadw'i llais yn ysgafn. Agorodd yr oergell a thynnu allan y bacwn a'r wy a'r sosejys ar gyfer y bobol ddiarth. Dechreuodd osod y sosejys yn sowldiwrs lluddedig ar draws y gril. Dyn dau 'ta tri sosej 'di hwn? meddyliodd. Doedd hi rioed wedi dechrau categoreiddio pobol felly, bellach? Pobol tri sosej, dau wy? Pobol 'sa'n gadael llanast yn y lle chwech? Yn fisi am eu bwyd, yn ordro'r ddaear ond yn bwyta fel adar bach wedyn?

Daeth Ruth yn ymwybodol o ochr ei llygad fod Math bellach wedi mynd draw at y fowlen ffrwythau ac yn estyn am ddwy fanana.

'Ffwl Welsh . . . O, sgin i'm myshrwms! Neith ffa pob, dywad? Ydi'r rheiny'n ddigon Cymreig i neud y tro, 'sa chdi'n deud?'

''Mbo,' meddai Math, a throi i edrych ar ei fam yn straffaglo. 'Sticia ddaffodil ar ochor y plât a deud ma fel'na 'dan ni'n gneud ffor'ma. Fyddan nhw'm callach, na fyddan?'

Chwarddodd y ddau.

'Pwy fydd ddim callach?' Trodd y ddau i weld Cled yn

pwyso ar ffrâm y drws. 'Y ddau 'na efo golwg flin arnyn nhw'n rŵm ffrynt?'

'Oes 'na olwg flin arnyn nhw?' gofynnodd Math. 'Do 'mi weld . . .'

'Paid, Math!' meddai Ruth fel bwled. Gwenodd Math yn ôl am eiliad, a chael winc gan Cled. 'Cnafon di-help dach chi'ch dau! 'Di bob dim gin ti, Math? Well 'ti fynd. 'Di'r dreifar bỳs newydd 'ma'n disgwl am neb, glywish i.'

'Ti rhy hwyr, washi!' meddai Cled yn ddidaro, a dechrau llenwi'r tegell efo dŵr. 'Welish i din dy fỳs di'n 'i heglu hi allan o'r pentra pan o'n i'n dŵad yma. Rhywun arall isio panad?'

'Ydio 'di mynd? Ti'n siŵr?'

'Wel, rwbath mawr efo "Bws Ysgol" ar ei ben-ôl o welish i,' meddai Cled yn wamal. 'Dwn 'im os o'dd hynny'n gliw 'ta be.'

Ymateb hen lanc heb ddim math o gyfrifoldeb, meddyliodd Ruth yn ddifynadd. Byddai danfon Math i'r ysgol yn un orchwyl arall ar ei rhestr brysur heddiw. Cydiodd yn yr agorwr tuniau a dechrau troi'n ffyrnig, yn falch fod y weithred yn hawlio'i dwy law rhag iddi afael yn rhywbeth neu'i gilydd a'i daflu i gyfeiriad Cled.

Roedd ymateb Math yn annisgwyl. Cododd ei ben a rhythu ar Cled fel tasa fo isio'i dagu. Llifodd y lliw o'i wyneb ac edrychai'n wyrdd-lwyd yn yr hanner golau a ddeuai o'r ffenest fach yn y drws cefn.

'Blydi hel! Bl. . .!' Roedd y cytseiniaid yn cwffio ac yn baglu ar ei dafod.

'Ti'n iawn? Paid â phoeni, siŵr!' meddai Ruth, a'r olwg arno wedi rhoi braw iddi. 'Math . . .?'

'Mond colli bỳs ti 'di neud,' meddai Cled. ''Dio'm yn ddiwadd byd, nacdi?'

''Sna'm byd byth yn . . . mynd yn . . . blydi iawn yn y blydi tŷ fisitors 'ma!' poerodd Math o'r diwedd, a throi i gyfeiriad

Ruth. 'Fedran ni'm gneud dim byd, ddim mynd i le'm byd heb orfod blydi rhuthro 'nôl i fan'ma o hyd!'

Roedd Ruth yn ymwybodol o lais Cled yn dŵad o rywle ond roedd ei sylw'n dal wedi'i hoelio ar wyneb gwelw Math yn gwgu arni. Sylwodd ar y cysgodion du o dan ei lygaid, ac roedd hynny ynghyd â'r croen fel cwyr yn gneud iddo edrych yn sâl.

''Sna neb yn disgwl 'chdi gerddad yna, nagoes, cyw?' meddai'n annwyl wrtho.

'Ac ella, 'sa chdi'n siarad yn glên efo dy fam, y cei di ddoj bach am heddiw!' meddai Cled, a chwerthiniad bach yn rhedeg fel rhuban trwy'r geiriau. Hwnnw, y chwerthiniad yna, drodd rywbeth tu mewn i fol Ruth, a gneud iddi weiddi ar Cled cyn iddi wybod ei bod hi wedi gneud, bron.

'Jest cau hi, Cled, nei di? Am unwaith! Jest cau dy geg!'

Doedd hi ddim yn anodd clywed y gnoc fach ymddiheurol ar ddrws y gegin yn y distawrwydd llethol. Trodd y tri ohonyn nhw fel tasan nhw mewn drama ac edrych yn hurt ar y dyn bach yn y jersi frown oedd yn sefyll yno'n gwenu'n ofnus arnyn nhw.

'Bet and me were just wondering, could we trouble you at all for a drop of tea . . . while we're waiting?'

7

Cododd Cledwyn ei ben wrth i giang o syrffiwrs swnllyd fynd heibio iddo. Gwenodd rhag ofn ei fod o'n nabod un ohonyn nhw, yna mwmian rhywbeth tebyg i 'Mornin', ond wedi iddo weld mai un o'r giwed fyddai jest yn dŵad yma am y diwrnod a mynd adra wedyn oeddan nhw, aeth yn ôl at ei waith ar y cwch. Doeddan nhwytha chwaith prin wedi cymryd sylw ohono fo, gan fod eu llygaid a'u traed yn cael eu tynnu tuag at y môr a'i donnau gwyllt, fel hoelen at fagnet.

Roedd Cled yn ddibynnol ar y jobsys a gâi gan y bobol tai ha oedd yn falch eu bod wedi dŵad o hyd i rywun dibynadwy oedd yn gwybod ei waith. Byddai Cled yn fodlon cyffwrdd blaen ei gap i'r rheiny er mwyn cael gweld lliw eu pres nhw dros y gaeaf, ond doedd ganddo ddim amynedd efo'r 'day-trippers' diawl 'ma oedd yn dŵad â'u brechdanau a'u fflasgiau coffi eu hunain, lawer iawn ohonyn nhw, ac yn cyfrannu dim byd arall i neb na dim. Roedd o 'di clywed un ohonyn nhw'n brolio tu allan i'r bistro Eidalaidd 'na oedd newydd agor ar y stryd fawr, fod Rhosneigr yn debyg iawn i 'Abersock', a bod y syrff cystal os nad gwell yn fan'ma, a bod hwn yn lle haws cyrraedd iddo fo ar nos Wener neu fora Sadwrn.

Fel hogyn o'r pentre, doedd Cled ddim yn cofio i Rosneigr rioed fod yn bentre hollol Gymreig. Doedd hyd yn oed Len ei dad ddim yn cofio'r lle heb fyddigions yn adeiladu llefydd crand uwchben lan môr, ac yn rhoi enwau digywilydd neu ddiniwed fel Summer Haven ar eu tai. Ond câi cnewyllyn y busnesau eu rhedeg gan bobol leol a'r rheiny'n Gymry gan amla, er bod llawer ohonyn nhw'n cogio bach bod yn Saeson er mwyn dŵad ymlaen efo'r criw RAF oedd yn dŵad i'r Clwb yn eu plimsols a'u trowsusau tri-chwarter, a blew eu coesau wedi'u heuro gan benwythnosau yn haul Sir Fôn.

Doedd meddwl Cled ddim ar y gwaith o lanhau'r cwch bach pren roedd o wedi'i lusgo i'r lan ar gefn yr hen drelar. Bu'r ymdrech yn un galetach nag arfer y bora 'ma. Roedd rhoi'r cwch yn saff a'i glymu efo rhaffau ar y trelar yn waith roedd Cled wedi'i neud droeon o'r blaen ond, oherwydd y gwynt cryf a sgubai i mewn o'r Werddon, bu tynnu'r cwch i'r lan yn berfformans ynddo'i hun heddiw – y cwch yn drwm ac anhylaw gan nerth y tonnau, a'r gwynt yn cipio'r rhaff o'i ddwylo sawl gwaith cyn iddo fedru cael gafael iawn arno i ddechrau ei dynnu i gyfeiriad y trelar yn y dŵr bas. Cynigiodd dau oedd yn mynd â'u ci am dro roi help llaw iddo, ond gwrthod wnaeth Cled. Wrth drio clymu'r cwch roedd yn ddigon o ymdrech weithia iddo aros ar ei draed, ac roedd yn rhaid iddo wasgu'i amrannau'n dynn yn erbyn y tywod oedd yn chwythu fel halen i mewn i'w lygaid a'i ddallu.

Ond rŵan, yng nghlydwch y patshyn gardd yng nghysgod garej y Browns, roedd pethau'n gymharol hamddenol wrth i Cled rwbio papur swnd ar y cregyn crachod. Byddai'n rhaid tendiad tipyn ar y cychod pren dros y gaeaf, er mwyn gneud yn siŵr y bydden nhw'n barod ar gyfer cael eu gollwng i'r môr yn y gwanwyn. Cwch bychan agored oedd hwn (ddim yn annhebyg i'r canŵs yna o Ganada), hefo lle i chwech eistedd yn gyfforddus ar y meinciau pren, a chlust haearn bob ochr iddo i ddal y rhwyfau a gâi eu cadw'n ddiogel yn y garej a'u defnyddio fel bo'r angen.

Wedi llyfnhau'r pren a chael gwared ar y rhan fwya o'r crachod, a delio ag unrhyw ddifrod roedd yr heli a grym y tonnau wedi'i achosi dros y misoedd diwethaf, yr orchwyl nesa fyddai rhoi'r farnish. Doedd Cled ddim wedi colli'r mwynhad a gâi o agor caead y tun a syllu i mewn i'r pwll melynfrown oedd yn sgleinio'n llawn addewid. Taenu'r farnish trioglyd yn garuaidd dros y pren fyddai'r peth nesa, ac anadlu'r ogla arbennig reit i mewn i'w ysgyfaint, a gwylio'r pren sych yn llyncu'r farnish. I Cled roedd yna rywbeth yn hardd yn hyn – rhywbeth tyner – er na fyddai'n cyfadda hynny wrth neb heblaw Ruth. Byddai Ruth ac yntau'n arfer gneud y joban yma i fisitors am bres pocad pan oeddan nhw yn yr ysgol. Roedd cael bod yng ngofal y farnish yn ddatblygiad pwysig yng ngyrfa'r ddau ifanc, ar ôl bwrw'u prentisiaeth yn crafu cyn mynd adra hefo bysedd gwaedlyd ar ôl bod yn flêr a diofal efo'r papur swnd garw. Roedd y wobr o gael taenu'r farnish yn un werth ei chael.

Pan oedd Math yn fychan mi fydda fynta hefyd yn dŵad draw i'w helpu ambell waith, ond doedd o ddim mor selog a chyson â'i fam. Roedd o wedi siarad efo Math fel tasa fo'n bymtheg oed ers pan oedd o tua pump. Doedd Cled ddim yn gweld hogiau Alan ei frawd yn amal iawn ers iddyn nhw fynd i fyw i Coventry, ac felly doedd o'n dallt dim ar blantos bach. Yn ei feddwl o, doedd dim isio siarad efo nhw fel tasan nhw'n blant, neu plant fasan nhw am byth. Roedd o'n gwybod fod Ruth o'r un farn â fo, achos roedd o wedi gweld Math a hithau'n siarad a sgwrsio hefo'i gilydd fel hen bâr priod ers pan oedd Math yn ddim o beth.

Ond doedd y Math diweddara 'ma'n debyg i ddim byd! Doedd yr hogyn rioed 'di bod yn un am brepian rhyw lawar – un tawedog oedd o wrth natur – ond roedd 'na wastad sgwrs reit gall i'w chael efo fo, ac roedd hi'n amlwg fod 'na dipyn mwy na llwch lli rhwng ei ddwy glust. O'r hyn a welai Cled, aeth Math rioed drwy'r hen gyfnod annifyr yna o feddwl mai fo oedd yn iawn a'r byd i gyd yn rong – fel roedd Cled ei hun yn cofio'i neud pan oedd yr hormonau wedi'i feddiannu gorff ac enaid. Cadach gwlyb ar ei war fyddai o'n arfer ei gael gan Len am ei antics, a byddai hynny'n setlo pethau yn yr ystyr bod y ddau'n cadw allan o olwg ei gilydd am ychydig oriau – dyddiau weithia os oedd hi'n gelpan go egr. Tasa Math 'di bod fel'na mi fasa Ruth yn siŵr o fod wedi deud, gan ei bod hi'n rhannu pob dim, bron, efo Cled.

Roedd bod efo Math yn y car bora 'ma ar y ffordd i'r ysgol, felly, yn dipyn o sioc iddo fo . . .

Roedd wedi ymgolli cymaint yn y rhwbio a'r crafu a'r meddyliau fel na chlywodd sŵn traed Steve yn symud trwy'r moresg ac ar hyd y llwybr tywodlyd tuag at yr ardd.

'Prysur?'

'Be?!' meddai Cled mewn dychryn. Llwyddodd i'w adfeddiannu'i hun yn eitha handi, wrth lwc, rhag i'r bwbach Sais synhwyro'i fod wedi aflonyddu arno. Cododd o'i gwrcwd er mwyn medru cynnal sgwrs lygad yn llygad. Tasa fo yma wrtho'i hun mi fyddai wedi rhwbio gwaelod ei gefn efo'i ddwrn i gael madael â'r gwayw oedd wedi dechrau bygwth bob tro y byddai'n stiffio yn yr oerni, ond roedd o'n benderfynol o beidio dangos i hwn nad oedd o'n ddim byd ond strapyn o foi cryf, iach.

'O, ia . . . yeah . . . Not surfin' today then, are we?'

'Gormod o wynt, tonnau fel Kilimanjaro. Dim diolch!' meddai Steve, a throi i edrych yn hiraethus ar y dymestl y tu ôl iddo ar y môr. Teimlodd Cled yn wirion am feddwl y basa unrhyw un yn meddwl basa syrffio'n bosib heddiw. Dim ond ffŵl fasa'n mentro yn y fath amgylchiadau.

'No, just a joke. Couple of your surfing mates headed off for the sea about an hour ago, though! Idiots, yeah?'

'Dim llawer o brofiad, siŵr o fod,' meddai Steve. 'Neu "idiots" fel ti'n deud, Cled.'

Doedd Cled ddim yn cofio clywed Steve yn deud ei enw fo o'r blaen, er bod y ddau yn rhyw led-adnabod ei gilydd trwy Ruth. Llais Ruth yn deud 'Cled' roedd Steve wedi'i glywed felly, yntê? Siarad amdano fel hen ffrind, hen foi y gallai rhywun ddibynnu arna fo – fel angor?

'Mae 'na o hyd idiots, ie?'

'Naci, "idiots o hyd". Mae 'na idiots o hyd!' cywirodd Cled, a throdd yr eiliad o fuddugoliaeth ieithyddol yn siom wrth iddo sylweddoli'i fod wedi siarad Cymraeg yn ôl efo Steve, ac felly wedi torri'r addewid ddistaw roedd o wedi'i gneud hefo fo'i hun i beidio â chydnabod ymdrechion Steve i feistroli'r Gymraeg.

'Mae 'na idiots o hyd,' meddai Steve yn ufudd. Yna, 'Diolch!' medda fo – a thybiai Cled ei fod yn gweld rhyw hanner gwên ar ei wyneb.

'Pwy 'di'r idiot, 'lly?' Yn rhuo'r gwynt a'r tonnau, a chan fod cefnau'r ddau tuag at y môr, doedd yr un o'r ddau wedi clywed Ruth yn cyrraedd.

'Neb . . . jest hwn . . . Steve a fi o'dd yn deud bod 'na amball lembo'n mentro mynd i chwara'n y tonna ar y fath dywydd.'

'Lembo – gair arall am idiot!' meddai Ruth wrth Steve, ac aeth rhywbeth i lawr asgwrn cefn Cled wrth weld y ddau'n gwenu ar ei gilydd fel tasan nhw'n rhannu rhyw gyfrinach fawr.

'Isio dŵad i ddiolch 'ti am fynd â Math i'r ysgol bora 'ma o'n i, Cled. A'th bob dim yn iawn efo fo?'

Prin roedd y tri'n medru clywed ei gilydd pan ddaeth chwa o wynt ffyrnig ac ysgwyd pob dim. Aeth llaw Steve yn reddfol am ysgwyddau Ruth er mwyn ei sadio. Nid rŵan oedd yr amser i sôn am yr hogyn distaw, pwdlyd roedd Cled wedi'i gario yn ei gar i'r ysgol y bora hwnnw – yr un oedd wedi gneud dim byd ond edrych drwy ffenest y car, yr un â'r ddwy law oedd yn plethu a dadblethu fel dau anifail mewn gwewyr trwy gydol y daith.

'Wela i di eto, ia, Ruth?' meddai Cled. 'Ddo i draw nes mlaen, ella.'

'Ia . . . ia, iawn. Ffonia fi, yli – dwi am fynd i edrach am Mam yn nes mlaen, ella.'

'Siort ora.'

'Hwyl fawr, Cled,' meddai Steve yn reit glên, a sylwodd Cled ei fod wedi tynnu'i law oddi ar ysgwydd Ruth wrth iddyn nhw gerdded y naill o flaen y llall tuag at dop y twyni. Ymhen eiliadau roeddan nhw wedi diflannu i lawr y dibyn tywodlyd, ac roedd Cled yn wynebu cynddaredd y tonnau unwaith eto. Gafaelodd yn y papur swnd a dechrau rhwbio'n egnïol.

8

Ymystwyriodd Steve fymryn yn ei gwsg wrth i ffrâm bren bydredig y ffenest gael ei hysgwyd gan y gwynt, ond ddeffrodd o ddim. Syllodd Ruth arno'n llithro'n ara deg yn ei ôl i drwmgwsg, ei gymalau'n ymlacio'n ara, ara bach nes ei fod yn llipa. Ymdebygai i blentyn yn cysgu; cofiai Ruth fel y byddai hi'n arfer eistedd wrth ymyl crud Math pan oedd o'n fabi, gan bwyso'i bochau yn erbyn y slats pren a dotio ato'n medru bod mor agos ati'n gorfforol, ac eto mor bell oddi wrthi hi ar dir yr effro.

Trodd Steve ar ei ochr fel ei fod yn wynebu'r ffenest. Doedd ganddo ddim llenni arni o gwbwl gan mai ffenest fach iawn yn wynebu'r môr oedd hi, a doedd 'na ddim llwybr cyhoeddus na dim fyddai'n golygu bod pobol yn medru sbecian arnyn nhw. Roedd 'na grac bach fatha gwe pry cop yng nghornel dde un o'r cwareli, ond gan ei fod yn wydr tew doedd y crac ddim wedi mynd dim pellach. Er hynny, fe olygai'r blewyn yna o wendid fod y stafell wastad yn gadael i'r tu allan sleifio i mewn, fel arfer ar ffurf rhyw fwmian isel.

Edrychodd Ruth ar ei gefn llyfn ac estyn mlaen i daenu'i bysedd yn ysgafn dros y croen lliw caramel. Ond oedodd: roedd o'n rhy berffaith i'w gyffwrdd, rywsut, ac roedd y foment hefyd mor berffaith nes bod arni ofn y byddai'r cyffyrddiad ysgafna'n chwalu pob dim. Yn lle hynny, eisteddodd yn ei hôl ac edrych ar fwclis mawr ei asgwrn cefn yn rhedeg yn fwa i lawr ei gefn, a'r pantiau ar dop ei sgwyddau yn esgyn a disgyn yn rhythmig. Roedd ei wallt wedi tywyllu rhywfaint ers iddi ddod i'w nabod gynta, ond ar ddechrau tymor yr hydref fel hyn roedd y gwallt yn dal i ddangos pelydrau euraid misoedd cyfan o fod allan yn y gwynt a'r haul.

Biti na fasa pob munud yn gallu bod mor grwn a pherffaith â hwn, meddyliodd. Ond hyd yn oed wrth ddeud y geiriau yn ei phen, roedd hi'n teimlo fod y foment wedi'i cholli – fel mae cae o 'wellt glaitsh' yn gallu ymddangos yn bot paent o wyrdd am ychydig eiliadau ddiwedd pnawn yn yr ha pan fydd golau'n disgyn ar y byd mewn rhyw ffordd hudol, arbennig.

Doedd hi ddim wedi bwriadu mynd ato fo i'w dŷ a syrthio i'w freichiau a charu mor wyllt. A deud y gwir, roedd hi wedi addo iddi'i hun ei bod yn mynd i geisio'i gadw fo hyd braich am ychydig wythnosau tra oedd hi'n ceisio adfer yr annibyniaeth roedd hi'n honni ei bod mor browd ohono. Mam oedd hi, a ffrind, a pherchennog lle gwely a brecwast bach digon dinod mewn pentre glan y môr, heb ddechrau cymhlethu pob dim trwy fod yn gariad, neu rywun i gysgu efo hi. Fedrai hi ddim gweld bod 'na un gair addas yn Gymraeg i gyfateb i 'lover'. Roedd y gair 'cariad' yn golygu statws a lefel o ymroddiad, o gydnabyddiaeth gyhoeddus. Roedd y gair 'lover', ar y llaw arall, yn medru aros yn gnawdol, yn ddiofal, yn ddilyffethair. Yn gyfrin. Carwyr? Carwrs? Na, doedd dim un gair yn ffitio, rywsut – dim byd yn gweddu i'r cynnwrf a'r wefr o lithro i mewn trwy ddrws tŷ i garu ac ymgolli cyn llithro allan eto i'r stryd heb i neb eich gweld.

Roedd hi'n amau'n gryf fod Cled yn gwbod eu bod nhw'n caru. Ond ddywedodd o ddim byd erioed.

Cododd oddi ar ei chwrcwd a chydio yn ei wats oedd wedi'i gosod ar y bwrdd bach yn ymyl y gwely. Roedd hi bron iawn yn un o'r gloch. Wrth lwc, doedd 'na neb ond y cwpwl bach blin wedi aros neithiwr, ac roedd y rheiny wedi deud eu bod yn mynd i aros un noson ychwanegol, er bod

Ruth wedi meddwl yn siŵr y basan nhw'n newid eu cynlluniau ar ôl y traed moch y bora hwnnw.

Eisteddodd ar ymyl y gwely a dechrau gwthio'i choesau i mewn i'w nicyr. Teimlodd law gynnes Steve dros asgwrn ei chlun, ei fysedd yn tylino'n ddioglyd ar y croen oedd wedi'i dynnu'n dynn dros bigyn yr asgwrn. Caeodd ei llygaid. Am ryw reswm roedd hi'n methu cael digon arno fo heddiw. Trodd yn ôl i edrych arno ac roedd ei lygaid wedi hanner cau, ond roedd o'n syllu arni gan frathu'i wefus isaf, ac yn gwenu. Diflannodd pob gofid, pob gair ar ddarn o bapur, pob dim.

'Dwi'n lecio storm fawr ar y môr,' meddai Ruth yn nes ymlaen, wrth i'r ddau wrando ar y ddrycin. 'A dwi'n lecio môr llonydd hefyd. Syrff rhy gry neu ddim digon o syrff. Tywydd mawr neu dywydd tawel. Tywydd caru!'

'Rwyt ti'n poeth tin heddiw, Ruthie,' meddai Steve, gan gwpanu bochau ei phen-ôl a gwasgu. Gallai deimlo'i ewinedd byrion yn pigo'i chnawd.

'"Tinboeth" ydi'r gair . . .' sibrydodd Ruth gan gau ei llygaid. 'Ti'm yn cwyno, nagwyt? O'n i'n meddwl ma fel hyn oeddat ti'n lecio fi! Yn wyllt, ac yn barod . . .' meddai, gan symud ei phen-ôl o ochr i ochr mewn ymateb i'w gyffyrddiad. Pylodd gwên Steve rhyw ychydig a gollyngodd ei afael. Trodd ar ei eistedd ac estyn am ei grys-T.

'Steve? Be sy?'

'Dim. Jest . . . dwn i ddim. Weithie ti'n siarad am dy hun fel . . . fel . . .'

'Chdi ddechreuodd, boi!' meddai Ruth, gan drio ailafael yn ysgafnder pryfoclyd y sgwrs, ond roedd naws y foment wedi'i chwalu.

'Ti'n golygu mwy i fi na hynna, Ruth. Ti ddim jest yn tamed o – beth yw 'fluff'? – ar yr ochr. Ti'n gallu deud hynna yn Gymraeg?'

Anwybyddodd Ruth y cwestiwn. Doedd hi ddim eisiau

cael ei thynnu i mewn i ieithyddiaeth rŵan. 'Be sy'n bod ar hynny? Dwi'n ddigon hapus. A ddudwn i dy fod titha hefyd! Hmm?'

'Dyna ti eto!' Eisteddodd Steve i fyny.

'Ond nid dyna ma pob dyn isio? Slwt yn y gwely? Creda di fi, dwi'n ddigon diflas pan ti'n fy ngweld i'n llnau lloftydd ac yn cwcio brecwast.'

''Dio'm ots gen i. Dwi'n licio pob Ruth – y slwten, y ffrind, yr *housekeeper*!'

Rhoddodd Ruth bwniad chwaraeus iddo. 'Hei, aros di lle rw't ti cyn mynd yn rhy bell – weli di mohona fi'n llnau i chdi, boi!'

'Y fam?' meddai Steve, gan ddifrifoli. 'Dwi'n licio'r fam ynot ti hefyd, pan dwi'n gweld hi.' Curiad. 'Pan ti'n gadael i fi weld hi.'

Math yn edrych drwy ei ffrinj ar y byd a'r cysgodion dan ei lygaid yn naddu'n ddwfn, ddwfn i mewn i'w wyneb gwyn.

'Dwi 'di deud 'tha chdi, fasa'n rhy gymhleth. Rhy anodd.'

'Ond rydan ni'n . . . be ydi o? Canlyn? Canlyn. 'Dan ni'n canlyn ers mwy na diwrnod neu ddau, Ruth!' meddai Steve yn dawel, ond doedd dim modd osgoi'r min yn ei lais. Corddodd y geiriau'n drobwll yn ei phen, y geiriau ffug-ddiniwed oedd yn codi pwys arni.

'Canlyn!' meddai Ruth yn watwarllyd. 'Fel . . . fel plant ysgol!'

'Sorri, be o'n i fod i ffycin deud, 'ta – "mynd mas"? Na, Hwntw ydi hwnna. Mynd . . .' meddai Steve yn ffrwcslyd, gan wisgo'i siorts ac ymbalfalu am ei sgidiau rhedeg.

''Sna'm byd yn bod ar dy blydi iaith di! Yr . . . yr ystyr sy'n rong – yn anghywir! I ni! Mae o'n rong i ni!'

'Ydi?' meddai Steve, yn dechrau colli mynadd. 'Pam bod o'n rong i ni? Be sy'n bod arno fo?'

'Tydan ni'm yn "canlyn" efo'n gilydd, siŵr iawn. Paid â bod mor . . . mor henffasiwn!'

'Henffasiwn? Sut dwi yn henffasiwn? Dwi'm yn deall!'

'Canlyn rhywun wyt ti pan ti'n . . . pan ti'n . . . mynd ar ddêts a . . . a mynd â nhw i gyfarfod dy deulu, a . . .'

'Ac actio fel oedolyn am y peth? *As if you gave a damn!* Ia? Dyna ti'n trio deud, Ruth?'

Chwipiodd y gwynt gawod o law ar hyd y ffenest, gan ei hyrddio'n ddidrugaredd nes bod y stafell wely'n llawn o sŵn tempar y storm.

'Dyna ti'n feddwl, Steve? Dyna ti *wir* yn feddwl?'

'Mae'n anodd peidio meddwl hynna, Ruth,' meddai Steve yn ddistaw, yn onest, heb arlliw o chwerwder.

Weithia fe fyddai Ruth yn meddwl tybed oedd siarad mewn ail iaith yn tynnu'r colyn allan o sgwrs pawb, yn dinoethi'r siarad o bob emosiwn negyddol ac yn gadael y cyfathrebu moel, iach. Doedd hi ddim yn gwybod am unrhyw un o'r Dysgwyr oedd yn bobol annifyr, yn siarad mewn damhegion, yn deud un peth er eu bod yn golygu rhywbeth arall (heblaw'n ddamweiniol, wrth gwrs). Ond roedd hynny hefyd, fe wyddai, yn collfarnu'r sefyllfa. Mae'n debyg mai hi fyddai'r person mwya agored a syml mewn Rwsieg neu ryw iaith ddiarth arall!

'Ddudish i ar y dechra, Steve. Do'n i'm yn chwilio am ryw berthynas fawr. Dwi 'di cael un o'r rheiny yn fy mywyd . . .'

'Ac roedd hwnnw'n ddigon. Do. Dwi'n cofio ti'n deud. "Digon am un oes" – dyna wnest ti ddeud. Dwi'n cofio achos roedd yn rhaid i mi edrych y gair "oes" i fyny yn y geiriadur wedyn! Roeddwn i wedi . . . wedi drysu. "Yes" oedd "oes" i mi.'

'O, Steve!' Gwenodd y ddau ar ei gilydd, yn swil, fel dau wedi cyfarfod am y tro cynta mewn bar.

'Dwi'n gorfod mynd.'

'A finna. Fydd Math adra o'r ysgol yn o fuan.'

'Na. Dwi'n gorfod mynd yn ôl i Gernyw.'

'O. Am faint?'

'Dwn 'im. Ma Dad yn sâl. Ffoniodd Susie ddoe.'

'Susie?'

'Y, ia – mam fi ydi Susie. Ffoniodd hi ddoe, a gofyn i Greg a fi fynd adre mor fuan â phosib.'

'Be sy?'

'Ddwedodd hi ddim yn iawn dros y ffôn. Ond tydi hi rioed wedi gofyn i Greg a fi fynd draw o'r blaen.'

'Dwi'n gweld. Ddrwg gin i, Steve.' Annigonol. Geiriau tenau, gwag, yn cael eu gwthio i ochr y stafell gan rym bwli mawr salwch dienw. 'Ti isio i mi gadw llygad ar fan'ma?' meddai wedyn. 'Gei di roi'r goriad . . .?'

'Ti'n siŵr bod hynna ddim yn rhy *steady* i ti, Ruth?'

'Sorri!' meddai hi. Ac wrth edrych arno, roedd hi'n amlwg fod Steve yn dallt i'r dim be oedd yr holl bethau roedd y 'sorri' yna yn eu cwmpasu. Estynnodd ati a'i chusanu'n ysgafn a thyner ar ei gwefusau.

9

Roedd hi'n amser i Ruth roi tân dani os oedd hi am fod yng nghartre henoed Plas Heli erbyn dau ac wedyn bod yn ôl adra erbyn i Math gyrraedd o'r ysgol am bedwar. Byddai'r ddau'n arfer cael te bach efo'i gilydd pan oedd Math yn yr ysgol gynradd, a rhannu straeon y diwrnod dros frechdan jam a diod oer. Mi fyddai Ruth yn trysori'r cyfnodau hynny. Ac ar ôl i Math ddechrau yn yr ysgol uwchradd yr un fyddai'r patrwm, er bod y cyfnodau o sgwrsio hwyliog wedi mynd yn fyrrach ac yn fyrrach yn ddiweddar. Ers ychydig fisoedd bellach, ar ei phen ei hun y byddai Ruth yn gorffen y frechdan jam, wedi cael cwmni Math am ryw ddau funud tra oedd o'n llowcio peint o lefrith ar ei dalcen cyn gafael mewn paced o grisps o'r drôr er mwyn eu sglaffio i fyny grisiau. Ond roedd Ruth yn dal ati hefo'r arferiad, ac yn trio bod yno iddo fo os oedd hynny'n bosib.

Pan fyddai'n mynd i weld ei mam, roedd hi fel arfer yn newid i jîns neu drowsus glân a blows go liwgar, nid yn unig er mwyn edrych yn weddol barchus ond hefyd am fod ei mam, pa mor ffwndrus bynnag y digwyddai fod, yn licio gweld ei bod hi'n edrych yn ddel. Byddai'n werth gneud yr ymdrech er mwyn cael ei mam yn sefyll yn ôl a gwenu, neu'n estyn ei llaw denau am ddeunydd ei dilledyn a'i anwesu'n edmygus.

Wrth dynnu'r jîns oddi amdani am yr eildro'r diwrnod hwnnw, gwelodd y belen bapur wedi'i sgrwnsio'n disgyn allan o'r boced a glanio'n ysgafn ar y carped. Edrychodd arni'n dechrau ymddatod o'i chlwstwr tyn, yn ildio'i hun yn ara, ara. Roedd coreograffi anochel y llacio yn hardd a diruthr. Doedd dim dadlau efo'r ymddatod yma – y lled-agor, yr ildio, y neges tu mewn i'r belen: 'DAL I GOFIO.'

Plygodd Ruth i afael ynddi . . . ond yna tynnodd yn ôl. Felly roedd y belen a'r tri gair y tu mewn iddi'n dal i fod yno, ar lawr, wrth i Ruth adael y stafell.

Ar ddrws ffrynt Plas Heli roedd 'na arwydd bach dwyieithog wedi'i lynu â selotêp, a hwnnw wedi melynu a dechrau cyrlio yn y corneli. 'Visitors are kindly requested to ring the bell for attention' oedd uchaf arno, wedi'i brintio, ac yna yn Gymraeg oddi tano roedd rhywun wedi sgwennu mewn beiro: 'A wnaiff pob ymwelydd ganu'r gloch am sylw, os gwelwch yn dda.'

Pan ddaethai Ruth yma efo Cled y tro cynta i weld a oedd y lle'n addas i'w mam, doedd 'na ddim neges Gymraeg o gwbwl. Cled a dynnodd ei sylw at hyn, gan fwmian 'Mond rheiny sy'm yn dallt Cymraeg sy'n gorfod canu'r gloch, yli. 'Dan ni'n ca'l cerddad i mewn fel lecian ni!'

Pan soniodd Ruth am hyn wrth y Metron awyddus-i-blesio, dyma honno'n edrych yn syn ar yr arwydd. Doedd hi rioed wedi sylwi bod 'na ddim Cymraeg arno fo, meddai hi, ond roedd gan y cartre bolisi dwyieithog clir iawn wedi'i sgwennu mewn ffeil goch yn y swyddfa, ac wrth gwrs mi fyddai hi'n gneud yn siŵr fod yr 'oversight' yma'n cael ei gywiro'n syth bìn. A dyna wnaethpwyd, chwarae teg. Bob tro y safai Ruth ar y stepan tu allan i'r drws ffrynt, meddyliai sut roedd ei gwrhydri dros yr iaith y dyddiau hyn yn cael ei amlygu mewn ffyrdd ychydig yn llai dramatig nag oedd o erstalwm . . . Canodd y gloch yn ufudd, yna disgwyl i gysgod rhywun droi'n silwét, ac yna'n berson yn agor y drws iddi.

Daeth merch ifanc mewn ofarôl flodeuog i'r fei, a'r wên yn barod ar ei gwefusau.

'Helô?'

''Di dŵad i weld Myfi . . . Myfanwy Parry,' meddai Ruth, gan nad oedd hi wedi gweld yr hogan o'r blaen.

'Myfanwy?' meddai'r ferch, a'i hwyneb yn cymylu. 'Sorri, dwi mond newydd ddechra yma . . .'

Daeth aelod arall o'r staff oedd yn fwy cyfarwydd â Ruth i'r adwy, a'i chyfarch yn wresog. 'Myfanwy's been entertaining us all in the lounge all morning, Ruth. She's got a lovely singing voice, hasn't she, fair play! Ceri will show you to her room now.'

Suddodd calon Ruth. Roedd ei mam wedi dechrau mynd i berfformio o flaen pobol eraill, rhywbeth fyddai wedi bod yn anathema llwyr iddi pan oedd hi'n iawn. Er bod Myfi wedi cael ei magu yn nhraddodiad eisteddfodau pentre a chylchwyl y capel, roedd hi wedi gochel rhag cymryd rhan flaenllaw yn y digwyddiadau wedi iddi ddod yn ddigon hen i gael llais yn y mater. Aderyn brith oedd Myfi, un oedd yn gwrthod cydymffurfio â'r mowld. Roedd yr ysfa yma i berfformio yn arwydd arall i Ruth fod ei mam yn llithro'n ara oddi wrthi, weithred wrth weithred, a'r haenau o bersonoliaeth yn cael eu plicio i ffwrdd fesul un.

'Gobeithio bod hi'm 'di bod yn niwsans i chi,' meddai Ruth wrth iddi hi a Ceri gyd-gerdded i gyfeiriad stafell ei mam. Cofiodd fel byddai ei mam yn deud rhywbeth tebyg wrth rieni ffrind iddi, wedi i Ruth fod yno'n chwarae: 'Gobeithio na fuodd hi'm yn niwsans ichi, beth bynnag.'

'Na, dim o gwbwl, bechod!' meddai Ceri rŵan, a meddyliodd Ruth pa mor sydyn roedd y petha ifanc 'ma'n dysgu mabwysiadu'r agwedd nawddoglyd yna efo pobol oedd wedi gweld a phrofi llawer mwy na nhw.

Roedd Myfi'n eistedd a'i chefn at y drws ac yn edrych trwy'r ffenest. Sylwodd Ruth ar ei gwallt brith yn llifo'n daclus dros ei hysgwyddau, a godre'r gwallt yn dal i ddangos y lliw pinc roedd hi wedi'i ddefnyddio arno ychydig ddyddiau cyn iddi ddŵad i'r cartre, er bod y pinc hwnnw wedi gwanio cryn dipyn erbyn hyn. Wrth nesáu ati sylwodd hefyd ar glip gwallt na welsai o'r blaen yn dal cudyn go anystywallt ar ochr ei thalcen. Roedd o'n steil llawer mwy ceidwadol na'r un fasa'i mam wedi'i ddewis drosti'i hun, meddyliodd Ruth, a theimlo'n ofnadwy o drist mwya sydyn.

'Fan'ma dach chi – llancas!' meddai Ruth, a thaenu'i llaw ar hyd pen ei mam, a theimlo pa mor llipa y glynai'r gwallt wrth y penglog pinc, meddal. Trodd ei mam tuag ati, ei hwyneb yn llawn cymylau a'i llygaid brown yn craffu arni drwy niwl.

Doedd Ruth ddim wedi cynefino â gorfod rhoi cliw i'w mam mai hi oedd yno, fel roedd y Metron wedi awgrymu iddi ychydig wythnosau ynghynt. Wrth gerdded i mewn fel roedd hi newydd 'i neud, roedd hi'n amlwg fod ei mam yn cael trafferth gwybod pwy oedd hi.

'Ma nhw 'di bod yma eto! Yn dwyn 'y mhetha fi i gyd!' meddai, a'i llais yn gleddyf bregus yn torri trwy'r aer. Yna, mewn llais distaw, bygythiol, meddai: 'Chi fuo yma? Chi fuo'n dwyn?'

''Swn i'm yn dwyn dim byd, siŵr iawn. Ruth ydw i! Ruth, 'ych merch chi. 'Swn i'm yn dwyn na 'swn, Mam?' Ac yna: 'Be ma nhw 'di ddwyn, dudwch?'

Craffodd Myfanwy unwaith yn rhagor ar Ruth, a channwyll ei llygaid yn chwyddo. Roedd llwyd o gwmpas lliw brown ei llygaid bellach, a fedrai Ruth ddim peidio â meddwl am gi defaid oedd gan ei thaid erstalwm, un oedd wedi mynd i oed. Heneiddio ydan ni i gyd – creaduriaid meidrol yn gwywo gan bwyll bach, meddyliodd.

Gwelodd fag llaw ei mam trwy gornel ei llygaid ac estyn amdano.

''Ma fo, ylwch. Dwi 'di cael hyd iddo fo. Hwn ydi o, 'te?' Bag amryliw o India oedd o, yn debyg iawn i rywbeth fasa ffrindiau Math yn ei ffafrio, a'i liwiau'n jamborî o felyn a choch a phiws a gwyrdd, â chylchoedd bach o ddrychau'n chwarae mig yn y lliwiau bob hyn a hyn. Cydiodd Myfanwy yn y bag yn awchus a gwasgu'r defnydd tila'n agos ati, fel doli. Ond ymhen eiliadau roedd hi wedi agor y sip ac wrthi'n ymbalfalu am rwbath.

'Ma'ch pwrs chi yna, tydi Mam? Sbïwch!' meddai Ruth, gan afael yn y pwrs mawr gwyrdd oedd yn eistedd fel llyffant y tu mewn. Cydiodd Myfanwy yn y pwrs a'i agor, a chwilio trwy'r rhan oedd yn gyforiog o gopars, yn geiniogau a dwy geiniogau. Daeth tawelwch drosti wrth iddi deimlo pwysau cysurlon y pwrs a chlywed clindarddach y metel. Estynnodd ei bysedd cnotiog am ddarn dwy geiniog llachar, newydd yr olwg, cyn ei gynnig i Ruth fel petai'n cynnig da-da iddi.

'Gymri di un, cyw?'

'Dwi'n iawn, 'chi, Mam. Cadwch chi o i brynu da-das pan fydd yr hogan yn dŵad rownd efo'r troli nes mlaen.'

'Gin i ddigonadd, sti. Hwda, cymera fo rhag i'r hen betha erill 'na ga'l gafal ynddo fo. Hwda!'

Ar ôl i Ruth dderbyn y cildwrn, setlodd ei mam yn ôl yn ei chadair, ei bag ar ei glin unwaith eto. Anwesai'r bag bob hyn a hyn, yr un fath yn union ag y byddai rhywun yn anwesu cath. Eisteddodd Ruth ar y gwely wrth ei hymyl, ac edrychodd y ddwy ar yr un olygfa trwy'r ffenest, gan weld pethau hollol wahanol drwyddi.

'Dach chi'n cofio Emlyn, Mam?' gofynnodd Ruth, ac roedd o'n brofiad digri ei chlywed ei hun yn deud ei enw fo fel'na, yn cyrlio'i thafod o gwmpas yr enw, yn gwasgu'i gwefusau yn siâp sws glec ar gyfer yr 'm' ac yna'n gwthio'r 'lyn' allan o'r tu mewn iddi. 'Em-lyn,' meddai eto, ac yna, 'Dach chi'n ei gofio fo, Mam?'

Symudodd Myfi mo'i phen am eiliad, dim ond dal i syllu allan drwy'r ffenest. Teimlai Ruth fel tasa hi'n siarad efo hi ei hun ac aeth fymryn yn hunanymwybodol. Er, doedd 'na'm rheswm yn y byd iddi deimlo felly – doedd 'na neb arall yno ond y nhw'u dwy.

'Emlyn o Gastellnewydd Emlyn,' mwmiodd Myfi yn ddistaw. Syllodd Ruth arni heb ddeud gair. Yna gwenodd

Myfi a deud eto, yn uwch tro 'ma, 'Emlyn o Gastellnewydd Emlyn!' Yna dywedodd y geiriau am y trydydd tro, a bron nad oedd hi'n gân erbyn hyn, yn fantra. 'Emlyn o Gastellnewydd Emlyn!'

'Ia, Mam! Ia!'

'Hogyn bach del. Gwallt gwyn gynno fo, 'te?' meddai Myfi, ond doedd hi ddim yn ei ddeud o fel tasa hi'n synnu. Toedd ei byd hi'n llawn o benwynion yn y lle 'ma? meddyliodd Ruth.

'Melyn, ia, Mam? Gwallt melyn oedd gynno fo, 'chi. Melyn melyn nes bod o bron yn wyn.' Chymerodd ei mam ddim sylw ohoni. 'A finna'n gofyn iddo fo o'dd o 'di ca'l castall 'di'i enwi ar ei ôl o – dach chi'n cofio, Mam? Dach chi'n cofio, Myfi?'

Ond doedd Myfi ddim yn cofio, neu ddim yn cydnabod ei bod yn cofio, er ei bod yn dal i fwmian 'Gwyn gwyn Em-lyn, gwyn gwyn Em-lyn!' wrth iddi ddechrau tyrchu yn ei bag drachefn, a'r wên yn diflannu wrth i grychau gofid ddod i hawlio'u lle unwaith eto rhwng ei llygaid.

10

'Cled! Cled!' Rhwygwyd Cledwyn o drwmgwsg lle roedd tair o ferched glandeg pryd tywyll yn rhoi mwythau a maldod iddo.

'Cledwyyyyyn!' meddai'r llais eto, ac ar yr un eiliad, bron, ffrydiodd golau llachar o'r bwlb can wat i dywyllwch ei stafell wely.

'Be uff...' Straffagliodd Cledwyn ar ei eistedd a gweld ei dad yn rhythu arno, ac yn cydio'n dynn ym mwlyn y drws fel tasa fo ar long ar fôr tymhestlog.

'Dach chi'n sâl? Be . . .?'

'Y blydi ffrîsyr!'

'Y ffrîsyr?'

'Ia, ma'r sguthan 'di torri, rwbath 'di mynd ynddi! Ma llawr gegin gefn 'tha Llyn Maelog!'

'O,' meddai Cledwyn yn ddigon didaro, a dechrau rhwbio gweddill y freuddwyd o'i lygaid.

'Wel, ty'laen, 'ta, yn lle llyffanta ar dy hyd yn fanna! Ty'd!' Disodlwyd y baradwys synhwyrus am ddiwrnod arall i Cled.

Am unwaith doedd ei dad ddim wedi gor-ddeud. Roedd pwll mawr o ddŵr ar lawr teils y gegin gefn, yn amlwg yn tarddu o'r rhewgell. Camodd Cled yn ofalus rownd ymyl y pwll ac agor drws y rhewgell. Ddaeth y golau ddim ymlaen wrth iddo agor y drws.

'Ffiws sy 'di mynd, 'swn i'n deud,' meddai Len ag awdurdod rhywun oedd ddim yn gorfod setlo'r broblem o ddifri. 'Ma ffiwsys yn mynd ar y petha 'ma bob hyn a hyn, sti.'

'Dad, ma' hon jest iawn cyn hynad â fi. Hen bryd i ni gael un arall erbyn hyn.'

Gwnaeth Len sŵn dilornus yn ei wddw, a mynd i eistedd wrth y bwrdd fel petai hynny'n ddiwedd ar y mater.

Roedd y rhewgell (efo'r oergell uwch ei phen) yn un o'r ychydig bethau oedd yn dal ar ôl wedi ymadawiad Mai, a Cled wedi sylwi sawl tro fel byddai ei dad yn amddiffyn y lwmpyn metel gwyn fel petai'n amddiffyn hen ffrind. Roedd traul y blynyddoedd arni, a rhyw hen sticeri roedd Alan ac yntau wedi'u sticio ar ei drws yn dal i lynu yno'n styfnig, er bod wynebau cymeriadau'r *A-Team* a'r pêl-droedwyr Emlyn Hughes a Kevin Keegan wedi hen welwi.

'Rybish gaet ti tasa chdi'n prynu un heddiw. Tydyn nhw'm yn gneud petha fathag oeddan nhw.'

'Newidiwch y blydi record, Dad, newch chi?' meddai Cled rhwng tuchan i geisio gwthio'r rhewgell yn ei blaen er mwyn edrych ar ei chefn hi. 'Ma hon yn hen 'tha pechod, a helbul gewch chi efo hi o hyn mlaen, watshiwch chi be dwi'n ddeud.'

'Ffiws newydd sy isio, gei di weld,' meddai Len eto, ac ymbalfalu am y *remote* ar y bwrdd a'i anelu at y set deledu fechan. 'Gaet ti un yn dre, saff 'ti. Fyddi di'm chwinciad yn mynd yno'n y moto.' Ochneidiodd Cled, a meddwl tybed faint o gosb gâi o am ei dagu . . .

Cyn pen hanner awr roedd trwyn car bach Cled yn anelu i gyfeiriad Llanfaelog. Fel arfer, mynd heibio'r clwb golff a meysydd fflat maes awyr Fali wnâi o gan ei fod yn dal i licio gweld y ceffylau'n pori ar y morfa hyd yn oed rŵan a fynta wedi tyfu'n ddyn. Ond roedd 'na oleuadau traffig wedi bod ar y ffordd honno ers sbelan, a chan mai mynd ar ryw orchwyl y bydda fo bob tro y neidiai i'r car y dyddia yma – toedd petrol yn rhy ddrud yng nghefn gwlad iddo fentro tu ôl i'r llyw heb fod raid? – roedd o'n dueddol o osgoi'r goleuadau a mynd allan o Rosneigr heibio Llyn Maelog.

Teimlai Cled ddolur gwddw'n dechrau brathu, ac roedd ganddo gur yn ei ben. Roedd y botel win wedi mynd i lawr y lôn goch yn llawer rhy handi neithiwr, meddyliodd, a fynta ddim ond wedi bwriadu gwlychu'i big. Glasiad bach efo newyddion deg i'w helpu i fynd i gysgu, gan nad oedd ganddo ddim byd yn galw'n gynnar iawn bora 'ma – i fod! – er ei fod o 'di deud wrth Ruth y basa fo'n galw draw ryw ben i roi help llaw iddi efo symud wardrob o un stafell i'r llall. Toedd o fawr feddwl y byddai 'na waith mopio llawr yn ei ddisgwyl cyn iddo agor ei lygaid, bron.

Edrychodd ar y cloc bach ar banel blaen y car. Chwarter wedi wyth. Diolch byth bod y siopau'n agor yn gynnar neu byddai wedi gorfod tin-droi yn y tŷ efo Len, neu gael ei lymbro efo'r job o wagio'r rhewgell yn ogystal â bod ar ei liniau'n sychu'r llawr efo tyweli a chadachau rif y gwlith. Fyddai'r traffig ddim yn broblem, chwaith, yr amser yma o'r bora. Mi fedrai fod yn ôl adra efo'r ffiws newydd erbyn naw neu chwarter wedi ar yr hwyra. Rhyw hanner awr o sortio'r ffiws ac wedyn gallai fod allan o'r tŷ eto, ac allan o olwg Len erbyn hanner awr wedi naw . . .

Ond suddodd ei galon. Gallai weld y bws ysgol coch yn symud yn falwodaidd ar hyd y lôn hir oedd yn gyfochrog â'r llyn. O bell, gallai ei weld yn aros ym mhen draw'r llyn i godi disgybl, ond roedd wedi ailgychwyn ar ei siwrne ar hyd tamed mwya troellog y ffordd cyn i Cled fedru dal i fyny efo fo a'i oddiweddyd. Roedd o'n rhyfeddod i Cled pam fod bysiau'n gorfod mynd yn llawer arafach na'r un cerbyd arall yn y byd, a hynny'n arbennig o wir pan oedd rhywun ar frys!

Wrth nesáu at y groesffordd gwelodd fod y bws wedi stopio eto, er nad oedd 'na gar nac unrhyw gerbyd arall yn dŵad o unrhyw gyfeiriad. Rhegodd dan ei wynt. Oedd y plant 'di talu i'r dreifar fynd mor ara deg ag y medrai iddyn nhw gael sbario rhyw ychydig funudau o wersi? Symudodd y bws yn ei flaen o'r diwedd a throi i'r chwith i fynd heibio'r siop roedd pawb yn ei galw'n Aladdin's Cave, er bod yr enw wedi'i hen ddisodli gan Wayside erbyn hyn.

Symudodd Cled y car at y groesffordd, a sylwi nad codi plentyn roedd y bws wedi'i neud ond gollwng plentyn i lawr. Edrychodd ar y silwét tal, tenau yn cerdded i gyfeiriad y lôn oedd yn arwain at lan môr Porth Nobla, ac ysgwyd ei ben gan wenu. Toedd 'na ddiawlad bach drwg ym mhob oes yn chwarae triwant? Roedd ar fin mynd ymlaen at y lôn fawr a thre Caergybi pan edrychodd eto ar y ffurf tal, tywyll oedd yn ymbellhau oddi wrtho. Roedd 'na rywbeth am y ffordd roedd o'n cerdded – rhywbeth yn ei osgo, y ffordd y symudai ei fraich chwith fel rhyw bendil cloc wrth frasgamu . . .

Doedd dim dwywaith amdani, Math oedd hwnna. Math yn anelu i gyfeiriad un o'r ddau lan y môr mwya anial ar yr ynys, bron iawn. Ac roedd rhywbeth am y ffordd y cerddai'n awgrymu nad dyma'r tro cynta iddo neud y fath beth. Sŵn corn car y tu ôl iddo ar y groesffordd a barodd i Cled ddadebru a chario mlaen ar ei siwrne tua Chaergybi.

Ar ei ffordd yn ôl, cafodd Cled ei hun yn gwthio'i droed ar y sbardun wrth nesáu at groesfan Aladdin's Cave, a gyrru mlaen i gyfeiriad Barclodiad y Gawres a'r traethau. Sgubai'r caeau ac ambell dŷ ar ochr y ffordd heibio iddo trwy'r ffenest. Trodd i mewn i'r encil bach wrth ymyl bwthyn gwyngalchog Ty'n Tywyn, mynd allan o'r car a cherdded rhai llathenni fel ei fod wrth geg y llwybr a arweiniai i lawr at draeth Porth Nobla. Craffodd ar hyd y traeth ac edrych draw i gyfeiriad y creigiau. Doedd 'na ddim golwg o neb yn fanno. Erbyn meddwl, doedd o ddim yn siŵr iawn am be roedd o'n chwilio. Go brin y byddai Math wedi dŵad â thent na dim byd felly i'w warchod rhag y gwynt oedd wedi bod yn chwythu'n reit ddyfal ers neithiwr. Hwyrach ei fod wedi disgwyl gweld Math yn eistedd ar ei gwrcwd wrth fonion y moresg.

Neidiodd Cled yn ei ôl i'r car a gyrru ychydig yn is i lawr y lôn er mwyn gallu parcio ym maes parcio Porth Trecastell, y bae y byddai fisitors a phobol leol yn ei alw'n 'Cable Bay' gan mai o fan'ma y trosglwyddwyd y neges deligraff gyntaf rhwng Prydain ac America. Doedd y maes parcio arbennig yma byth, bron, yn wag, a doedd heddiw ddim yn eithriad er nad oedd hi eto'n hanner awr wedi naw. Swatiai cwpwl mewn mini bach melyn yn syllu ar y tonnau ac roedd campafán wag gerllaw, yn amlwg wedi bod yn dal ciang o bobol.

Ond doedd dim golwg o Math. Y cythraul gwirion! Doedd dim rhyfedd ei fod yn flin pan gynigiodd Cled roi pàs iddo i'r ysgol ddoe. Doedd gin y cena ddim bwriad mynd yno o gwbwl, nagoedd? Byddai'n rhaid iddo fo sôn wrth Ruth.

Ond, yn gynta, roedd creisis yn galw yn y gegin gefn. Roedd rhaid mynd yn ôl i fanno a pheidio wastio mwy o amsar yn chwilio am hogyn pymtheg oed a ddylai wybod yn well.

11

Trwy ddrws cefn Bod Feurig y byddai Ruth yn mynd bob tro, gan mai trwy'r drws hwnnw yr arferai fynd pan oedd o'n gartre iddi'n hogan ifanc. Tŷ pen mewn teras oedd o, a chan fod ganddo fymryn mwy o batsh na'r tai eraill yn y rhes, roedd 'na dŷ gwydr ym mhen draw'r ardd a llwybr *crazy paving* braf yn arwain i fyny o'r drws cefn tuag at y tŷ gwydr a'r lein ddillad a hongiai rhwng postyn a sycamorwydden yn y gornel bella.

Cerddodd Ruth i lawr y llwybr bach oedd yn arwain o'r stryd fawr at draeth Crigyll, a mynd i mewn i'r ardd trwy giât bren siâp tarian. Doedd y siâp ddim wedi'i lunio'n fwriadol felly, ond roedd y syniad wedi glynu yn ei dychymyg ers pan oedd hi'n blentyn, ac wedi bod yn amddiffyniad gwych i hogan bach fyddai'n chwarae cau'r gelyn allan o'r ardd yn ystod brwydrau ffyrnig.

Doedd hi ddim wedi meddwl yn galed iawn am wagio'r lle a chael gwared o greiriau a dodrefn pan aeth ei mam i'r cartre gynta. Byddai wedi cael pris go lew am osod y lle ar rent, neu bris gwell fyth o'i osod fel tŷ ha gan y byddai fisitors yn fodlon aros mewn cwt yng ngwaelod yr ardd y dyddiau yma cyn belled â'i fod o wrth ymyl traeth Rhosneigr a'i syrff. Ond tŷ ha oedd tŷ ha, a doedd Ruth ddim yn gallu meddwl am aberthu'i chartre teuluol ar allor rhyw giwed ddi-feind fyddai'n sarnu'r lle efo'u taclau. Roedd rhedeg gwely a brecwast yn un peth – roedd ganddi reolaeth dros hynny, a doedd gwely a brecwast ddim yn cosi'i chydwybod a phrocio'i hegwyddorion.

Roedd y drws cefn yn agor i friws neu bortsh bychan. Rhoddodd Ruth hergwd go egr i ffrâm y drws gwydr, oedd wedi chwyddo efo'r tywydd cynnes. Crynodd hwnnw cyn ildio'n anfodlon ac agor. Teimlai Ruth unwaith eto – fel y gwnâi bob tro – y dyliai ofyn i Cled ddŵad i edrach ar y drws cyn iddo dorri'n dipiau ryw ddiwrnod wrth iddi drio'i agor. Roedd y ffenestri hefyd mewn cyflwr go druenus, a'r coed wedi dechrau pydru a dadfeilio, er bod y paent gwyrdd gwreiddiol yn dal i lynu'n styfnig mewn ambell fan.

Anadlodd Ruth i mewn yn ddwfn. Roedd y lle'n gyforiog o botiau blodau ei mam, yn jireniyms a blodau pry cop am y gwelech chi. Roedd Ruth wrth ei bodd efo'r ogla llychlyd, cryf – ogla byw yn gymysg â darfod a llwydni. Roedd o'n arbennig o hardd rywsut. Doedd Myfi rioed wedi credu mewn *feng shui* a gosod pethau mewn ffordd gelfydd a chynnil – yn hytrach, stwffiai gymaint o wyrddni â phosib i gyd efo'i gilydd yn un gybolfa ddeiliog. Ar yr adegau iawn o'r flwyddyn byddai'r lle'n llawn o ogla tomatos, ac un tro roedd Myfi hyd yn oed wedi crogi planhigyn grawnwin o do gwydr y briws gan ddadlau fod y gwres llethol yn ystod yr haf cystal â'r gwres y gallai unrhyw winllan drofannol ei gynnig. Doedd yr ymarferiad hwnnw ddim wedi bod yn llwyddiant, ond roedd y pinnau bawd oedd yn gymorth i ddal y planhigyn yn ei le yn dal yn y ffrâm bren. Er nad oedd y portsh yn cynnig amddiffynfa gadarn iawn yn erbyn unrhyw un fyddai'n dymuno torri i mewn a dwyn, roedd Ruth wastad wedi teimlo y byddai'r fintai o blanhigion oedd ar bob modfedd o'r sil ffenest yn siŵr o wanio calon unrhyw leidr, a pheri iddo symud i'r tŷ nesa.

Caeodd y drws cefn a mynd drwadd i'r gegin fach dywyll a'i chelfi mud. Llanwodd y can dŵr bychan oedd yn cael ei gadw o dan y sinc, a mynd yn ei hôl drwadd i'r briws i ddechrau dyfrio'r planhigion. Pan aethai Myfi i'r cartre gynta, roedd y ffaith na fedrai hi fod o gwmpas i neud hyn yn fwy o bryder na dim iddi, a phob tro y galwai Ruth draw byddai'n holi oedd y planhigion wedi'u dyfrio.

'Dim ond tan i mi ddŵad yn f'ôl adra o fan'ma, yli,' fyddai hi'n ei ddeud yn ystod y cyfnodau synhwyrol hir y byddai'n eu cael yr adeg honno, a chytunai Ruth â hi. Dros dro roedd hi yn y cartre, dyna'r cwbwl. Dros dro tan iddi fendio a chael dŵad adra. Roedd bwydo a dyfrio Moli'r gath, hefyd, yn bwysig i Myfi, ond debyg ei bod yn credu y byddai Moli'n siŵr o ffendio ffynhonnell arall o gynhaliaeth petai Ruth yn digwydd anghofio amdani, diolch i natur oriog cathod. Roedd y planhigion, ar y llaw arall, yn fud ac yn sownd – yn hollol ddibynnol ar rywun arall. Yn debyg iawn i Mam, meddyliodd Ruth yn sydyn un tro, a byddai arlliw o'r hen syniad hwnnw'n dal i drio codi i'r brig bob tro y byddai'n estyn am y can dŵr.

Teimlai Ruth yn nes at ei mam yn fan'ma nag yn Plas Heli. Yn ei chragen roedd ei mam yn fanno, a'r hen Myfi'n cilio'n ddyfnach i mewn i'r gragen gyda phob ymweliad, bron, er bod ambell ddiwrnod yn well na'r llall, wrth gwrs. Yn fan'ma, a'r haul yn sbecian trwy'r ffenestri budron a'r dail, a'r ogla arbennig yna'n llenwi ei ffroenau, gallai Ruth deimlo'i bod hi'n ddeg oed eto ac ar ei ffordd allan i neud drygau efo Cled. Ac Em.

Aeth ati i ddechrau dyfrio. Doedd hi ddim wedi disgwyl clywed sŵn mewian a theimlo blew Moli'n gwau ei ffordd rhwng ei fferrau noeth. Sut roedd hon wedi dŵad i mewn, meddyliodd, gan mai allan yn llygota ac yn mochel dan rhyw hen focs pren yn yr ardd fyddai hi hyd yn oed pan oedd Myfi'n dal yma. Rhoddodd y can dyfrio i lawr a chodi'r gath efo cledr un llaw, a theimlo cyflymder ei chalon drwy'r ffwr meddal yn diasbedain yn erbyn ei bysedd. Mae'n rhaid ei bod hi wedi sleifio i mewn pan aeth Ruth i agor y drws cefn i'r briws, meddyliodd, er ei bod yn rhyfedd nad oedd wedi'i gweld. Fel arfer, byddai yno i'w chroesawu ac yn ffalsio efo hi yn y ffordd ffuantus yna oedd gan gathod. Gwingodd Moli o'i gafael a glanio'n ysgafn ddeheuig ar y llawr a'i gneud hi am y drws, a dechrau mewian nes i Ruth agor y drws a'i gadael allan. Diflannodd i'r ardd, gan adael Ruth yn syllu ar ei hôl ac yn meddwl o ble roedd yr ogla pi-pi cath yn dŵad os mai dim ond newydd ddod i mewn roedd Moli.

12

Roedd gweddill diwrnod Cled wedi sgubo'n ei flaen, yn gymysgedd o fytheirio a phenlinio ac arthio a newid ffiwsys a chwythu ffiwsys emosiynol. Roedd o'n hen law ar neud jobsys fel hyn o gwmpas y tŷ, yn llawer gwell nag roedd Len hyd yn oed yn ei anterth. Ond eto, roedd yn rhaid i Len gael busnesu ac awgrymu gwelliannau i'r ffordd roedd Cled yn mynd o'i chwmpas hi. Safai yno yn ei fest, yn hofran, ac roedd Cled wedi cael digon arno erbyn amser cinio.

Roedd ganddo reswm dilys dros fod isio mynd draw at Ruth, oherwydd y symud wardrob. Ond yn dilyn yr hyn a welsai'r bora 'ma wrth lusgo tu ôl i'r bws ysgol, roedd 'na reswm ychwanegol dros fynd yno.

'Rhedag i Ruth eto?' mwmiodd Len pan afaelodd Cled yn ei siaced denim a'i tharo amdano.

'Yndw? Dudwch chi!' meddai Cled yn ddigon siort. Doedd ganddo ddim mynadd achub ei gam ei hun na Ruth, nac ymateb i diwn gron ei dad.

'Dyna'r ffrîsyr 'di sortio. Fedrwch chi fanijio gneud panad 'ych hun 'ŵan, medrwch? A mynd i'r lle chwech?'

'Bydda di'n sgiamllyd os leci di. Fyddi ditha'n hen ryw ddwrnod, washi. "Rhodio lle cynt y rhedwn." Cythral o beth, i chdi ga'l dallt, cythral o beth . . .'

'Ma 'na ham ar ôl yn ffrij, a sgwaryn o gaws a bara. Lwgwch chi ddim, Len.' A chyn i hwnnw fedru dechrau dilorni nac edliw mymryn mwy iddo, aeth Cled o'r gegin ac anadlu allan yn ddiolchgar wedi cau'r drws cefn ar ei ôl.

Roedd tŷ Ruth yn ddistaw pan gerddodd i mewn trwy'r

drws ffrynt, mor ddistaw nes ei fod yn amau ei bod wedi mynd allan heb gofio cloi ar ei hôl. Nid dyma'r tro cynta i hynny ddigwydd – roedd Ruth a'i phen yn y gwynt fwy nag arfer yn ddiweddar. Ar Steve roedd Cled yn gweld y bai am hynny. Roedd o'n foi digon clên – o Sais – ac roedd o leia wedi trio dysgu iaith y nefoedd, er bod Cled yn dal i amau mai er mwyn cael i mewn i nicyrs Ruth roedd hynny'n benna, er na ddywedai o mo'r fath beth wrth Ruth dros ei grogi.

Beth bynnag y rheswm am ei diddymdra, fasa'r hyn oedd gan Cled i'w ddeud wrthi heddiw ddim yn gneud iddi deimlo'n well.

Aeth drwadd, heibio'r stafell frecwast a'r llestri gwyn oedd yn barod am frecwast arall. Roedd y gegin gefn yn lledd-dywyll er bod yr ardd yn fflyd o oleuni heulwen canol pnawn. Roedd y drws cefn yn gilagored a gwelodd fod Ruth wrthi'n straffaglu i roi cynfasau gwely ar y lein. Aeth allan ati'n syth.

'Drws ffrynt heb ei gloi gin ti. 'Swn i 'di medru dwyn bob dim o'dd gin ti . . .' meddai, ond heb arlliw o gerydd.

''Sa ti'n ca'l y blydi lot, yli. Y dillad budron, y gwaith golchi llestri . . .'

Estynnodd Cled i'r fasged fawr blastig, tynnu tywel allan a dechrau ei hongian ar y lein. Ddudodd y ddau ddim gair wrth ei gilydd am rai eiliadau, dim ond hongian dillad a gwrando ar glec y cynfasau gwlyb wrth i'r gwynt eu chwipio, fel hwyl llong ynghanol y môr mawr.

'Cled?'

'Ia?'

''Di cathod yn piso'n tŷ, a nhwtha 'di ca'l digon o amsar i neud tu allan yn yr ardd?'

'Wel . . .' Gwenodd Cled, ond doedd Ruth ddim yn sbio arno nac yn dangos unrhyw arwydd ei bod hi'n meddwl ei fod o'n destun doniol. 'Dwn 'im. Allan ma nhw'n gneud fel rheol, 'de, yn enwedig os ma dyna ma nhw'n arfar neud. Ma nhw'n ddiawlad am rwtîn, cathod,' meddai Cled ag awdurdod rhywun oedd wedi astudio'r creaduriaid am flynyddoedd.

'Ia, dyna o'n inna'n feddwl . . .' meddai Ruth a'i llais yn bell.

'Cofia, tasan nhw 'di ca'l eu cau mewn yn tŷ, ma hynny'n fatar arall.'

'Dydi hi ddim, nacdi! Dwi'n gneud yn siŵr mod i'n ei hel hi allan bob tro dwi'n galw yno!'

'Iawn, tad. Chdi ofynnodd a finna atebodd.'

'Iawn, 'lly!'

'Iawn!' meddai Cled, a dal ei wyneb at yr haul, gan edrych trwy gil un llygad ar Ruth.

Roedd ei gwallt wedi'i dynnu'n gocyn ar dop ei phen, ac ambell rimyn wedi dengid ac yn hongian yn rhuban o boptu'i hwyneb. Roedd ei bochau'n goch, diolch i'r ymdrech o godi'r dillad gwely trymion a'r haul oedd yn dal yn ddigon cryf i dynnu lliw ohonyn nhw. Tynnodd Ruth gefn ei llaw ar draws ei thalcen a chwythu allan. Asu, ma hi'n ddel, meddai Cled wrtho'i hun.

'Sut ddwrnod ti 'di ga'l? Hyd yma, 'lly?' holodd.

'Run fath ag arfar. Bicish i draw i Bod Feurig i ddyfrio.'

'Dyna ddudodd y gath 'fyd!'

'O, taw!' meddai Ruth, a thaflu gorchudd clustog ato'n chwareus.

'Ei di draw i weld yr hen ledi heddiw?'

'Cled! 'Sa hi'n dy flingo di'n fyw 'sa hi'n dy glywad di'n ei galw hi'n "hen ledi"! Ti'n chofio hi'n rhoi *chase* i chdi a Huw Tan'rallt pan ddaliodd hi chi'n trio dwyn tomatos ryw dro? Dwi rioed 'di gweld dim byd mwy doniol!'

'Fasa hi'm 'di nal i taswn i heb faglu!' meddai Cled yn bwdlyd, a gwenodd Ruth wrth ei weld yn dal i ymateb yn groendenau i'r digwyddiad. Gwnaeth yntau ymdrech i wenu'n ôl er mwyn sgubo'r digwyddiad o dan y carped, a chael codi mater oedd yn haeddu llawer mwy o sylw.

'Math yn iawn bora 'ma?' gofynnodd iddi, a damio'i hun y munud daeth y geiriau o'i geg. Pobol siarad yn blaen oedd Len ac yntau, ac roedd siarad mewn unrhyw ffordd arall bron yn amhosib bellach. Trodd Ruth ei phen ac edrych arno.

'Math? Oedd, pam ti'n gofyn?'

'Godoch chi mewn pryd bora 'ma, 'lly? Ddigon buan iddo fo ddal y bỳs . . .' Gadawodd i'w eiriau lithro'n ddigyfeiriad cyn suddo i'r glaswellt rhyngddyn nhw.

'Be ti'n drio'i ddeud, Cled?'

'Mond gofyn a'th o i'r ysgol yn iawn. Cofia di, unrhyw amsar ti isio mi roi pàs iddo fo, tasa fo 'di colli'r bỳs . . .'

Roedd Ruth yn dal i sbio arno wrth iddi blygu i nôl eitem arall i'w rhoi ar y lein, a'i hwyneb yn gymylau i gyd. Damia, doedd hyn ddim yn mynd i'r cyfeiriad iawn o gwbwl. Dylai wybod yn well na defnyddio rhyw hen giamocs mynd rownd y byd, a thrio bod yn glyfar fel roeddan nhw yn y ffilms 'ma.

Canodd cloch y drws ffrynt. Roedd Cled wedi gosod rhyw fath o gontrapsiwn fel bod sŵn y gloch i'w chlywed lle bynnag byddai Ruth yn y tŷ neu'r ardd. Y munud yma, roedd yn bytheirio llwyddiant ei ddyfais ar un wedd, ac eto'n ddiolchgar iddi am ei gael o allan o sefyllfa anghyfforddus.

'Busnas!' medda Ruth. 'Nei di gario mlaen yn fan'ma i mi, plis?'

Aeth Ruth ar ei hunion at y drws cefn, gan edrych braidd yn ymchwilgar arno wrth fynd. Dim ond ychydig o bethau oedd 'na ar ôl i'w hongian, ac ar ôl gorffen aeth Cled i eistedd ar y fainc fach las roedd Ruth wedi'i gosod yno er mwyn cael mwynhau'r haul. Fedrai o ddim cofio pryd oedd y tro diwetha iddo'i gweld yn eistedd arni, chwaith. Tynnodd ei siaced a gadael i'w freichiau deimlo'r haul arnyn nhw, er bod y gwres wedi gwanio cryn dipyn yn yr awel fain, arwydd bod yr ha yn y 'last chance saloon'.

Roedd Ruth wedi dŵad allan o'r tŷ ac yn sefyll yn ei ymyl cyn i Cled sylwi. Mae'n rhaid ei fod o wedi mynd i hepian cysgu am funud, o ganlyniad i gael ei ddeffro mor ddisymwth gan Len a'i rewgell ben bora. Safai hi'n ei ymyl yn deud dim un gair, dim ond syllu ar ryw damed o bapur yn ei llaw. Sylwodd fod ei llaw yn crynu, ond miniogrwydd yr awel oedd yn gyfrifol am hynny, siŵr o fod. Daliai'r dillad i gael eu chwipio ar y lein, gan ddal corneli'r papur bob hyn a hyn a chwipio hwnnw hefyd. Clywodd Cled gŵyn gwylanod ar y traeth, yn arwydd fod 'na storm yn codi yn bell allan ar y môr, a'r adar yn dŵad yn nes at y tir i chwilio am loches.

'Be 'di o?' Dal i syllu ar y papur roedd Ruth, ond wrth iddi estyn y papur iddo fo, roedd ei llygaid yn llaith.

'Ar y llawr wrth y drws ffrynt,' meddai Ruth, a'i llais yn rhyfedd i gyd.

Ychydig o eiriau oedd ar y papur, a'r llythrennau wedi cael eu torri allan o bapur newydd a'u sticio efo gliw. Roedd y gair olaf mewn llythrennau coch breision.

'DAL I GOFIO *NI*.' Edrychodd Cled ar Ruth.

'Dwi'm yn dallt.'

'Nagw't?'

'Wel . . . w't ti?' meddai Cled.

'Ti'm yn gwbod pwy ydi o?'

''Sna'm enw na'm byd. Plant, ma siŵr. Math, ella – chwara jôc? Wsti sut ma'r *teenagers* 'ma . . .'

'Ffycs sêcs, Cled!'

Edrychodd Cled ar y papur eto fel petai o'n chwilio am gliw. Ond yna roedd Ruth wedi cipio'r papur yn ôl ac yn ei stwffio i bocad ei sgert, fel tasa fo'n rhywbeth y gallai gogio oedd ddim yn bod, fel tasa fo rioed 'di bod. Ar hynny, canodd cloch ffôn y tŷ, a seinio fel utgorn dros y gymdogaeth.

'Busnas!' meddai hi eto, â llai o argyhoeddiad y tro yma, a throi ar ei sawdl a'i gwadnu hi am y tŷ. Trodd cyn cyrraedd y drws.

'Ddoi di mewn efo fi, Cled? Plis?'

Dilynodd Cled hi, heb ateb.

13

Edrychodd Ruth ar y ffôn a'i ddal wrth ei chlust unwaith eto.

'Helô? *Helô?*' Yna clywodd y glic ac yna'r canu grwndi wrth i'r person ar yr ochr arall roi'r ffôn i lawr. Syllodd ar y ffôn eilwaith cyn pwyso'r botwm â llun ffôn coch i ddiffodd ei chysylltiad hithau.

Diffodd. Gwrthod. Yr eneth ga'th ei gwrthod.

Am ryw reswm, teimlai ei thu mewn yn crynu. Roedd 'na alwadau 'rhif anghywir' yn dŵad bob hyn a hyn, ac roedd hynny'n niwsans wrth reswm, yn enwedig a hithau wedi rhedeg i lawr y grisiau neu i mewn o'r ardd, fel heddiw. Ond cafodd y teimlad anesboniadwy fod yr un oedd newydd alw wedi bod yn gwrando ar ei llais yr ochr arall, yn anadlu ac yn gwrando, yn gwybod yn iawn pwy oedd hi.

Canodd y ffôn eto. Neidiodd Ruth i'w ateb, ac o gornel ei llygaid gwelai fod Cled yn edrych arni o'r gegin. Roedd ei bresenoldeb yn rhoi hyder iddi.

'Dwi'm yn gwbod pwy sy 'na ond 'di hyn ddim yn ddoniol! Bygyr off!'

'O! Mrs Ruth Parry sydd 'na . . .?' Roedd y llais yn un benywaidd Cymraeg, swyddogol, ond heb fod yn un cynnes. Suddodd calon Ruth.

'O, ia. Y . . . sorri, dwi 'di bod yn ca'l galwadau od. Sorri . . . fedra i'ch helpu chi?' Clywai Cled yn pwffian chwerthin o'r gegin. Anwybyddodd o.

'Yr ysgol sy 'ma, Mrs Parry.'

'O. Sorri. Helô.' Ac yna, cydiodd rhywbeth ynddi. ''Di Math yn iawn? 'Dio'n sâl?'

Cafwyd saib ar y lein, a meddyliau'r ddwy ohonyn nhw'n gwibio o'r naill ochr i'r llall fel pêl bing-pong. Roedd rhywbeth wedi digwydd i Math, meddyliodd Ruth, a'r panig yn chwyddo yn ei gwddw. Mae o 'di brifo, yn sâl, 'di bod yn cwffio, yn . . .

''Di Math yn iawn?' gofynnodd eto, gan anadlu'n sydyn fel cath. ''Dio'n *iawn*?'

'Dyna o'n i isio'i ofyn i chi, deud y gwir,' meddai'r ddynes.

'Sorri?' meddai Ruth.

'Math. Ydi o'n sâl?' Roedd y llais yn hynod amyneddgar.

Dryswyd Ruth am eiliad. Pam roedd hon yn gofyn iddi oedd Math yn sâl, fel tasa hi'n disgwyl i Ruth fedru gweld trwy'r wifren ffôn i'r stafell lle roedd Math yn eistedd neu'n gorwedd neu beth bynnag roedd o'n ei neud. Teimlodd ei bod mewn rhyw gwis gorffwyll.

'D-dwn 'im, ydi o?'

Cliriodd 'Yr Ysgol' ei llais a dechrau eto, a thinc diamynedd yn islais am y tro cynta.

'Y rheswm pam dwi'n holi, Mrs Parry, ydi ei fod o'n colli sawl diwrnod yma ac acw. A hynny heb fath o esboniad.'

'Esboniad?' meddai Ruth fel robot, yr un eiliad ag y daeth Cled i mewn a gneud ystum efo'i ddwy law ar led, i ofyn be oedd yn bod. Trodd ei chefn arno ac wynebu'r cyntedd. Doedd hi ddim yn gallu ymdopi efo mwy nag un neges ar hyn o bryd, ddim a hithau'n gorfod trio dallt be gebyst oedd hon yn ei ddeud wrthi am ei hogyn.

'Mae llawlyfr yr ysgol yn nodi'n ddigon clir fod raid cael galwad ffôn neu lythyr ar fore cynta'r absenoldeb, a llythyr doctor wedyn os ydi'r absenoldeb yn para mwy na thri diwrnod.'

'Yrrish i o. At y bỳs. Yrrish i o heddiw. Mae o'n mynd bob dydd. Mi a'th ffrind i mi â fo yn ei gar dydd Mawrth. Colli'r bỳs. Mae o'n mynd bob dydd.'

'Ddim yn ôl y gofrestr, Mrs Parry.'

'Ms.'

'Sorri?'

'Ms Parry dwi. Dwi'm 'di priodi.'

Saib bychan. Doedd gan Ruth ddim syniad pam roedd hi wedi cynnig gwybodaeth am ei statws priodasol y munud yma. Aeth yr ysgrifenyddes fach hunanbwysig yn ei blaen, gan anwybyddu'r sylw.

'Wel . . . ydi hi'n gyfleus i chi alw i mewn, Ms Parry? I gael gair efo'r pennaeth? I ni gael mynd at wraidd y matar a setlo hyn.'

Setlo. Setlo pwy? Ei setlo fo? Ei setlo hi? Hi a'i 'Ms' . . .

Setlo'r mater.

Setlo.

Doedd hi ddim wedi esbonio'n iawn i Cled, dim ond mwmian bod 'na rywbeth wedi codi'i ben efo'r ysgol, a'i bod hi'n gorfod mynd yno i 'setlo' pethau. Cydiodd yn y gair fel angor – gair cadarn, saff.

Doedd wybod lle roedd Math. Roedd ganddo fo oriad i'r tŷ ers iddo ddechrau yn yr ysgol uwchradd, rhag ofn basa 'na ryw achlysur yn codi pan na fedrai hi fod adra i'w dderbyn. Cofiodd gymaint o lanc oedd o wrth gael goriad iddo fo'i hun, a'i fod wedi dewis y cylch goriad i fynd i'w roi arno'n ofalus – dim byd rhy fabïaidd er mwyn dangos ei fod o'n hogyn mawr rŵan hefo'i oriad ei hun i'r tŷ. Roedd o wedi gneud yn siŵr wedyn fod y cylch goriad yn cael ei roi'n ofalus mewn poced fach blastig y tu mewn i'r bag rhag ofn iddo fynd ar goll ynghanol y llanast llyfrau a ffeiliau. Am yr wythnosau cynta, roedd o wedi gofyn i Ruth beidio ag agor y drws iddo, er mwyn iddo fo gael y wefr o fynd i mewn i'r boced blastig ac estyn am y goriad. Hithau wedyn yn gofalu'i bod yn oedi rhyw ychydig cyn rhuthro i'w gyfarch, er mwyn iddo gael y pleser estynedig o fynd ei hun i'r cwpwrdd bwyd i nôl creision a gneud diod, a blasu'i annibyniaeth newydd.

A rŵan roedd o ar goll. Ddim yn llythrennol, ella. Ddim ar goll fel nad oedd o'n gwybod lle i fynd. Roedd o'n dŵad yn ei ôl bob pnawn, toedd? Doedd o ddim ar goll fel y basa hogan fach bumlwydd oed ar goll. Ond roedd o 'di colli'i ffordd rywsut, ma raid. Ar goll iddi hi, fel mam iddo fo.

Roedd hi'n ddau o'r gloch y pnawn arni'n troi'r car i mewn i faes parcio'r ysgol oedd yn llawn o geir ond yn amddifad o bobol. Roedd yn deimlad rhyfedd bod yn yr ysgol ganol pnawn fel hyn, heb fod Math yno hefo hi neu'n disgwyl amdani, a'i fag fel ci mud wrth ei fferau. Byddai Ruth yn mwynhau mynd â fo oddi yno, ar ryw berwyl deintyddol neu be bynnag, fel tasa hi'n ei hawlio'n ôl o grafangau'r sefydliad. Y munud roeddan nhw trwy giatiau'r ysgol byddai Math yn troi'r miwsig yn uchel, yn agor y ffenestri ac yn dechrau bloeddio canu. Byddai'r ddau fel dau gariad yn iwfforig ar gychwyn eu hantur, a phob truan arall yn dal yn slafio tu ôl i'w ddesg! Yn fêts penna, y ddau ohonyn nhw.

Ar ei phen ei hun yn y maes parcio rŵan, teimlai'n andros o unig. Ella basa hi wedi bod yn well iddi fod wedi dŵad yma efo Math bora fory. Dyna fyddai wedi bod galla, erbyn meddwl. Cael sgwrs efo fo heno, ac wedyn dŵad draw efo'i gilydd yn y bora i weld y pennaeth. Mi ddigwyddai'r cyfarfyddiad hwnnw maes o law, wrth reswm, ond pan soniodd y ddynes fursennaidd ar y ffôn am 'setlo' pethau, roedd Ruth wedi teimlo bod raid iddi redeg yno'r eiliad honno, a'i gwynt yn ei dwrn. Gollwng pob dim a mynd.

Camodd o'r car a chlywed sŵn drws hwnnw'n atsain dros bob man wrth iddi'i gau, yn denu sylw'r byd ati hi, yn fam â'i mab yn chwarae triwant. Chymerodd neb fawr o sylw ohoni yn y cyntedd mawr oedd yn llawn murmuron plant a lleisiau dynion yn drybowndian ar hyd y coridorau. Roedd hi wedi clywed y gloch yn canu fel roedd hi'n cerdded at y fynedfa, ond doedd y chwydfa disgyblion ddim wedi digwydd eto gan fod pawb wrthi'n stwffio llyfrau i fagiau, yn sgathru cadeiriau ar loriau, yn pwnio ffrindiau, yn genod yn gneud llygada llo bach ar hogiau. Y munud y byddai'r llifddorau'n agor, mi fyddai'r lle'n cael ei drawsnewid.

Aeth at y swyddfa â'i ffenest fach wydr ond roedd y ddesg yn wag. Roedd hi ar fin cnocio'n ysgafn ar y ffenest pan ymddangosodd merch ganol oed ifanc a'i gwallt wedi'i dorri'n 'bòb' cwta, ffasiynol. Gwisgai siwmper streipiog chwaethus oedd yn gostwng yn hanner tro yn y blaen i ddangos digon o gnawd i fod yn dderbyniol. Llamodd ei gwên yn barod i'r ymwelydd.

'Y . . . Ruth Parry, mam Math. Ffonioch chi fi amsar cinio.'

'O, do.' Ciliodd y wên yn syth, ond ymdrechodd i ailafael ynddi. 'Dduda i wrth Mr Roberts bo chi yma. Mae o i fod yn rhydd y wers nesa 'ma.'

Diflannodd 'y bòb'. Meddyliodd Ruth yn sydyn sut roedd cysoni lle'n llawn o eiriau yn ymwneud â chaethiwed a rhyddid, a phawb yma dan orfodaeth ac yn erbyn ei ewyllys. Neu o leia dyna oedd y gêm roedd pawb i'w gweld yn ei chwarae – eu bod nhw i gyd yma fel rhyw fath o benyd, bron, a phawb yn cael gwefr o'r dyheu torfol am ryddid y gloch ar ddiwedd y dydd.

Roedd *hi* yma oherwydd bod Math wedi torri'n rhydd, wedi dengid, wedi gwrthod cydymffurfio. Cwffiodd awydd gwirion i'w edmygu – doedd peidio troi i fyny a chithau i fod yno, a hynny heb fath o esboniad, ddim yn rhywbeth arwrol dan unrhyw amgylchiadau. Ond nid dyna oedd yn poeni Ruth. Doedd ei fam o 'i hun na'i nain erioed wedi ystyried bod cydymffurfio yn rhywbeth i'w arddel yn ormodol, felly pa obaith oedd 'na i Math? Y cuddio, y peidio ymddiried ynddi hi oedd yn ei phoeni. A'r ddau ohonyn nhw wedi bod mor agos erioed. Be oedd ym myd Math bellach nad oedd o'n teimlo y gallai ei rannu efo'i fam?

Daeth dyn mewn crys polo gwyn i'r golwg ac estyn ei law iddi'n groesawgar. Roedd ganddo liw haul da, a hwnnw wedi troi'n llinell fwy cochlyd lle roedd ei wallt wedi teneuo ar dop ei dalcen. Nid y prifathro ydi hwn, meddai wrthi'i hun.

'Mrs Parry? Malcolm Roberts, Pennaeth Blwyddyn. Dowch

drwadd, ma fan'ma'n rhydd,' meddai'n glên, a'i harwain i gyfeiriad stafell fechan oedd â'r geiriau 'Dirprwy Bennaeth' yn sgleinio'n newydd ar blac bach euraid. 'Gawn ni fwy o lonydd i siarad yn fan'ma.'

Aeth Ruth i mewn a dilynodd Malcolm Roberts hi. Sylwodd ei fod yn dal y drws yn gilagored. Polisi'r awdurdod, meddyliodd, i athro beidio â bod ar ei ben ei hun efo neb, rhag ofn . . . Llonydd hyd braich. Llonydd hyd braich y gyfraith.

Eisteddodd Malcolm Roberts yn drwm yn y gadair gyferbyn â hi, a phwyso'n ôl gan blethu'i freichiau.

'Math. Math Parry,' meddai, gan chwythu allan wrth ddeud yr enw. Edrychodd arni'n agored, hyderus, yn y ffordd yna y bydd athro yn edrych ar ei ddisgyblion, yn sicr o'i statws. 'Dwi'n cymryd bo ganddoch chi ddim syniad.'

'Dim syniad am be?'

'Dim syniad ei fod o ddim 'di bod yn yr ysgol. Chwara triwant fyddan ni'n ddeud stalwm, 'de? "Dojo" 'sa plant yn ddeud dyddia yma, er, dwi 'di clywad "mitsho" hefyd amball dro.'

Fel tasa ots. Fel tasa ffycin ots.

'Dwi'n ei yrru fo bob dydd ar y bỳs . . .' atebodd Ruth. Mewn ffydd, meddyliodd. Mewn ffydd gobaith cariad ei fod yn mynd i gyrraedd pen ei siwrne.

'Yndach, dwi'n siŵr. Ac mae o'n dŵad yn ôl yr un adeg bob nos?'

'Yndi! Dach chi'm yn meddwl 'swn i 'di sylwi, a sôn rwbath wrtho tasa 'na rwbath yn wahanol?'

'Basach – basach, dwi'n siŵr. Er, 'sa chi'n synnu, 'chi, faint sy'n cadw arnyn nhw, yn taeru'u bo nhw'n sâl a ballu er mwyn eu cadw nhw adra. Hyd yn oed pan maen nhw yn eu blwyddyn TGAU, fel mae Math. Mae isio mynadd efo rhai . . .'

Stwyriodd Mr Roberts yn ei gadair, gan deimlo ella'i fod 'o wedi siarad chydig yn rhy lac efo rhywun y tu allan i glwb cyfrin ei gyd-athrawon. 'A dach chi'n gwbod bod ganddon ni bolisi agored iawn yn yr ysgol yma. Cysylltiad da rhwng yr ysgol a'r cartre. Mae o'n un o'r petha nath yr adroddiad Estyn diweddara neud pwynt o sôn amdano, fel mae'n digwydd. "Rhagorol." Dyna oedd eu gair nhw. Rhagorol. Y drws wastad ar agor. Byth ar gau.'

Suddodd calon Ruth ychydig yn is, a mwya sydyn roedd yn dyheu am deimlo mop o wallt cyrliog Math trwy'i bysedd yn fwy na dim arall yn y byd.

14

Roedd y Fiat Punto bach yn llawn lleisiau wrth iddi ddreifio 'nôl adra. Llais Mr Malcolm Roberts, Pennaeth Blwyddyn, oedd flaena, yn gofyn iddi a oedd rhywbeth yn poeni Math. Ei llais hithau wedyn yn swnio'n ymddiheurol ar y dechrau, fel tasa hi'n rhan o'r cynllwyn, ac yna'n amddiffynnol. Yn un o'r rhieni hynny oedd yn cadw'u plant o'r ysgol a gneud esgusodion drostyn nhw. A'i llais hi'n codi wrth i'r sgwrs fynd yn ei blaen, wrth iddi wylltio efo ffordd yr athro o gategoreiddio, o roi mewn bocs.

Y gwir reswm am ei gwylltineb oedd yr hen fwmian ysol yng nghefn ei phen nad oedd hi'n nabod ei mab mwyach. Ddim yn gwybod yn iawn pwy oedd ei ffrindiau erbyn hyn, na sut roedd o'n ymdopi yn ei bynciau – ddim hyd yn oed yn gwybod i sicrwydd oedd ganddo fo gariad. Roedd hi'n gwybod bod ei bloryn cyntaf yn bygwth ffrwydro ar ochr chwith ei ên, yn gwybod ei fod o wedi mynd yn un gwael am roi ei ddillad budron yn y fasged, ac wedi sylwi nad oedd o'n hoffi bwyta salad er ei fod o'n un da am neud hynny erstalwm. Yn gwybod y ffeithiau moel oedd yn arbennig iddo fo, ond eto'n deud dim byd amdano fo chwaith. Yn gweld y manylion heb weld y darlun cyfan.

Sut roedd hi wedi colli gafael arno fel hyn? Doedd ryfedd ei bod wedi codi'i llais efo'r athro, wedi deud y dylai'r ysgol ofalu fod dreifars bysys yn gwahardd plant rhag gadael y bws cyn cyrraedd yr ysgol, ac y dylai'r ysgol ei hun fod wedi sylwi bod 'na rywbeth yn bod yn y gwersi tiwtorial 'ma oedd yn britho'i amserlen fatha baw defaid ar wal ei stafell wely.

Steve ddaru hi ei ffonio gynta. O'r car, fel tasa hi'n dyheu am gywair gwahanol, am lais rhywun oedd yn perthyn dim i'r 'Sefydliad' roedd hi newydd fod yn ei wynebu. Difarodd y munud y clywodd ei lais ar y ffôn symudol, a sylweddoli'i fod ar ganol hyfforddi rhywun.

'Steve Walker . . .'

'Steve. Fi sy 'ma. Ruth.'

'O. Y . . . ia, Ruth, galla i ffonio ti'n ôl? Dwi'n ganol . . .'

'Reit. Iawn. Ddoi di draw heno? I'r tŷ?'

'Ti'n gallu dod i tŷ fi, Ruth? Dwi'n mynd adre i Gernyw fory, ti'n cofio?'

Wrth gwrs ei bod hi'n cofio. Yn trio peidio meddwl am y peth, ond yn cofio'n iawn. Ond doedd fiw iddi adael Math heno. Fyddai hi ddim yn gallu diflannu a'i adael heno o bob noson . . . rhag ofn. Rhag ofn be?

'Dwi'm yn meddwl fydd hynny'n bosib, Steve. Mae Math . . . mewn trafferth . . .'

'Mewn beth? Sorri, dwi ddim yn . . . *I'll be with you right now. That's fine, yes, keep it like that* . . . Ruth, rhaid i fi fynd. Prysur. Dwi'n brysur iawn. Ruth – ti'n dal yna?'

'Yndw. Dwi'n dal yma.'

'Wna i ffonio ti, Ruth, *okay*? Heno. Nes mlaen.'

'Dim problem.' Geiriau braf. Geiriau oedd yn perthyn i giwed ddiofal ymlaciedig cŵl oedd yn gwrthod cymryd pwysau'r byd ar eu sgwyddau llydan. 'Steve?'

Ond roedd o wedi diffodd y ffôn, wedi diflannu'n ôl at ei draeth a'i donnau. Roedd hi'n falch ei bod wedi'i ffonio, ond yn falch hefyd nad oedd hi wedi trosglwyddo byrdwn ei neges ar ffôn symudol, a chystadlu yn erbyn gwynt a haul a thonnau a phobol eraill.

Doedd hi ddim eto'n hanner awr wedi tri. Mae'n debyg mai rŵan fyddai'r bws yn cychwyn o iard yr ysgol i fynd â'r plant lluddedig adra. Dylai ffonio Cled i roi gwybod iddo rhag ofn bod Math – rywsut – wedi cyrraedd adra'n barod. Pa mor annwyl bynnag oedd Cled, doedd hi ddim isio iddo fo roi ei droed ynddi efo Math a gneud pethau'n waeth. Chanodd y ffôn ddim yn hir cyn cael ei ateb.

'Cled? Newydd fod yn yr ysgol . . .'

'O, ia? Sut aeth hi? 'Dio mewn trwbwl mawr? Nid fo ydi'r cynta na'r ola i ddojo'r ysgol, os ydi hynna ryw gysur.'

Distawrwydd. Eiliad o ddistawrwydd ffôn symudol – sy rywsut yn teimlo'n ddeng gwaith cyn hired â distawrwydd ffôn cyffredin, yn fwy amwys ei naws oherwydd nad ydio'n glir ai diffyg signal technolegol sydd 'na rhwng dau, neu ddiffyg signal emosiynol.

'Sut ti'n gwbod ma 'di bod yn dojo mae o?' gofynnodd Ruth o'r diwedd, mewn llais tawel.

'Dim dyna sy, 'lly? Sorri, o'n i'n meddwl . . .'

'Paid â malu cachu, Cled. Ers pryd ti'n gwbod?'

'Bora 'ma . . .'

Ddim yn amal y byddai Ruth yn clywed unrhyw islais ymddiheurol yn sgwrs Cled. Roedd yn gneud iddo swnio'n wahanol.

'Bora 'ma . . .' ailadroddodd Ruth.

'Welish i o'n mynd lawr o'r bỳs yn jyncshiyn Llanfaelog – Aladdin's Cave. Mynd i dre o'n i, gorfod mynd i nôl ffiws . . .'

'A 'nes ti'm meddwl 'sa'n syniad i mi ga'l gwbod?'

'O'dd raid 'mi fynd i drwsio ffrîsyr yr hen ddyn i ddechra, doedd? Ac o'n i'n mynd i ddeud 'tha chdi pnawn 'ma, yli, ond wedyn rhwng y nodyn rhyfadd 'na a phob dim . . . a'th petha'n ffliwt rwsut, 'do?'

Ynghanol y miri efo Math a'r ysgol roedd Ruth wedi anghofio'n llwyr am y blydi tamed papur 'na.

'Est ti'm ata fo, Cled? Est ti'm . . .' Ac yna stopiodd Ruth, a meddwl a diolch nad oedd Cled wedi mynd ar ôl Math i geisio ymresymu efo fo. 'Ga i air efo chdi wedyn, Cled. Diolch 'ti am . . . am . . . Mi sortian ni o, sti. Paid poeni.'

Diffoddodd y ffôn ac aildanio'r car, gan yrru heibio'r troad am Rosneigr yn Llanfaelog, ac ymlaen i gyfeiriad Porth Nobla a Barclodiad y Gawres.

Mi nabyddodd o'n syth. Wel, ddim yn syth bìn, 'wrach. Rhyw ddyn tal, tenau yn mynd am dro ar hyd y lôn oedd o i ddechrau, er bod 'na fwy o frys yng ngherddediad hwn na'r fisitor hamddenol arferol yn mynd am dro i weld y golygfeydd. Doedd hi ddim wedi arfer meddwl am Math fel rhyw bolyn lein o hogyn talach na hi ei hun. 'Dyn newid lleuad' alwodd Cled o'n ddiweddar, gan beri i Math chwerthin nes ei fod o'n gorfod gafael yn ei fol a'r dagrau'n powlio fel byddan nhw erstalwm. Len fyddai'n deud hynny wrth Alan, brawd Cled, pan oedd hwnnw'n tyfu allan o odre'i drowsus, meddai Cled. ' "Ti'n ddigon tal i fod yn ddyn newid lleuad." Ond ddudodd Len rioed hynny wrtha fi, sti!' Mi chwarddodd Math yn waeth byth wedyn. Nid Cled oedd y boi tala yn y byd.

Na, doedd hi ei hun ddim yn cofio'i fod o wedi mynd yn hogyn tal. Doedd hi ddim yn edrych arno o bell rhyw lawer, dim ond yn rhwbio'i phen yn ei wallt pan oedd o'n eistedd yn agos ati ar y soffa weithia, neu'n teimlo esgyrn ei ysgwyddau llydan pan oedd o'n rhoi hyg iddi. Pellter stafell oedd y pella bydda hi'n edrych arno erbyn hyn. Doedd 'na byth amser, rywsut, iddi fod yn wrthrychol yn ei gylch ac edrych arno o'r tu allan.

Ei osgo wrth gerdded roddodd y gêm i ffwrdd. Ers iddo fod yn hogyn bach roedd ganddo ffordd o swingio'i fraich chwith fel petai o'n martsio mewn byddin, er bod y fraich arall yn ddigon anfoddog i symud yr un fath â hi. Edrychai fel petai'r fraich chwith yn martsio i gân oedd yn anghlywadwy i'r fraich dde. Ngwas annwyl i, meddyliodd, ac roedd y tynerwch mor gryf fel y basa hi 'di rhedeg pob cam ato fo a'i breichiau ar led, fel maen nhw'n gneud mewn ffilms. Rhedeg ato fo a'i wasgu'n dynn dynn dynn nes bod y ddau ohonyn nhw'n cwffio am yr un aer.

Mi welodd Math y car yn dŵad i'w gyfeiriad, roedd hynny'n berffaith amlwg. Gallai fod wedi troi'i ben draw i guddio'i wyneb, neu droi ar ei sawdl a mynd y ffordd arall, neu gamu dros y ffens a diflannu dros y caeau 'nôl am y môr. Ond stopio'n stond wnaeth o, a disgwyl i'r hen gar bach ei gyrraedd. Roedd o wedi tynnu'i siwmper ysgol ac wedi'i chlymu o gwmpas ei ganol, fel bod y breichiau fel trwnc eliffant du. Roedd ei fag ysgol yn hongian ar un ysgwydd.

Stopiodd Ruth y car ond heb ddiffodd yr injan. Agorodd y ffenest. Chroesodd o ddim ar draws y lôn ati, er mai dim ond rhyw bedwar cam fyddai hynny wedi'i gymryd iddo.

'Haia, Mam!' gan wenu arni am eiliad, fel haul yn dŵad o'r tu ôl i gwmwl.

'Colli dy ffordd i'r ysgol 'nest ti, Math?'

Gwenodd Math y mymryn lleiaf, yna edrychodd ar ei draed, ac yna draw dros y cloddiau i gyfeiriad y caeau a'r byrnau mawr melyn oedd fel darnau gwyddbwyll anferthol yn disgwyl eu tro i gael eu symud.

'Sorri, Mam. Ga i bàs adra?' Yna roedd o wedi croesi'r ffordd ac yn eistedd y drws nesa iddi yn y car. Feiddiodd hi ddim edrych arno, dim ond rhoi'r car yn ei gêr a chario mlaen ar hyd y lôn i gyfeiriad Porth Nobla.

Doedd hi ddim wedi rhesymu i ble roedd hi'n mynd, ond cafodd y teimlad cryf nad oedd hi eisiau mynd yn ôl i'r tŷ eto – y tŷ â'i holl restrau a'i orchwylion, y ffôn a'r gloch drws a'r fisitors a'u 'Can we have some more tea bags, love?' Yr holl bethau fyddai'n ei thynnu oddi wrth yr hyn roedd yn rhaid iddi'i neud.

Trodd y Punto i'r arhosfan bychan wrth y traeth bron iawn ohono'i hun, o hir arfer.

'Be ti'n neud, Mam?'

'Ffansi glychu nhraed yn y môr ydw i, Math. Ffansi teimlo'r tywod rhwng 'y modia. Ti'n dŵad?'

Edrychodd yn iawn arno am y tro cynta ers iddo ddod i mewn i'r car. Roedd o wedi llosgi top ei drwyn ac roedd ei dalcen a godre'i wallt yn chwys i gyd. Erbyn hyn roedd y ploryn ar ei ên wedi blodeuo go iawn.

Dilynodd hi allan o'r car a cherddodd y ddau i lawr y

llwybr bach troellog rhwng y glaswellt a'r moresg tywodlyd ac yna dringo i lawr rhyw fath o lithren o dywod a glanio ar y traeth. Roedd y bwthyn bach gwyngalchog yn edrych yn dda heddiw yn haul canol pnawn, er bod ei ddrws yn troi'n bwdlyd oddi wrth y tonnau ewynnog, fel petai o wedi cael llond bol arnyn nhw.

'Lle steddwn ni?' meddai Ruth, a chodi'i llaw i warchod ei llygaid rhag yr haul. Roedd y môr yn fwrlwm, a'r tonnau'n hyrddio'u hunain mewn cynddaredd gwyn yn erbyn y creigiau.

'Ffor 'ma'n le da,' meddai Math, a'i harwain at hafan sych o dywod wrth ymyl lle roedd y creigiau'n dechrau. Sylwodd Ruth ar sgraffiadau ar wyneb y tywod. Nid nhw oedd y rhai cynta i ymweld â'r llecyn heddiw. Eisteddodd y ddau a chodi pen-glin at ên, gan edrych allan ar y dŵr.

'Fan'ma fyddi di'n dŵad?' meddai Ruth o'r diwedd, a gwelodd o gornel ei llygad Math yn nodio'i ben. Ddywedodd y ddau 'run gair am eiliad, dim ond dal i sbio i gyfeiriad y môr.

'Dylan a chdi'n dal yn fêts?' gofynnodd Ruth.

Nodiodd Math ei ben eto.

'Be *sy*'n dy boeni di, Math?'

Gafaelodd Math mewn tamed o froc môr oedd gerllaw, a dechrau gneud siâp crwn yn y tywod – cylch mawr i ddechrau, yna troelli a throelli tuag i mewn fel cragen nes ei fod yn gorffen ynghanol y siâp, yn un dotyn bach dwfn yn y tywod. Roedd Ruth yn sicr ei fod wedi'i chlywed, ond fentrodd hi ddim gofyn unrhyw beth arall.

Dechreuodd Math wthio'r tamed pren i mewn tua chanol y siâp. Gwthio i ddechrau, yna trywanu'r twll efo'r pren – taro eto ac eto ac eto nes i'r tamed pren dorri'n ei hanner yn sgil yr ymdrech. Taflodd Math y tamed pren i ffwrdd mewn dirmyg, ac yna'n ddirybudd trodd Ruth ato a'i gofleidio. Yn ara bach gallai deimlo cyhyrau Math yn llacio ac yna'n tynhau drachefn wrth iddo wasgu'n ôl, gwasgu a gwasgu a

85

gafael yn Ruth fel tasa arno fo ofn iddi gael ei sgubo oddi wrtho gan y gwynt neu'r tonnau. Doedd 'na neb ond nhw'u dau ar y traeth, felly chlywodd neb ond y nhw a'r môr a'r gwylanod yr udo torcalonnus ddaeth o enau'r bachgen pymtheg oed.

15

Penderfynodd Cled nad oedd eisiau bod o gwmpas pan fyddai Ruth a Math yn cyrraedd adra – neu Math yn cyrraedd adra ar ei ben ei hun, yn gwybod dim fod y gêm drosodd iddo fo a'i chwarae triwant.

Doedd hyn i gyd ddim yn beth anghyfarwydd i Cled ei hun. Ar ôl i'w fam eu gadael ac yntau 'mewn hen oed annifyr' fel byddai Anti Dora, chwaer ei fam, yn mynnu'i alw, doedd hi'n ddim ganddo ddewis anwybyddu'r cloc larwm a mynd 'nôl i gysgu yn hytrach na wynebu diwrnod o athrawon yn codi cnecs efo fo.

Fedrai o ddim gaddo iddo fo'i hun rŵan na fasa fo'm yn ochri efo Math, ond mi wnâi hynny bethau'n anodd i Ruth. A dyna'r peth diwetha roedd Cled yn ei ddymuno.

Roedd o wedi bod yn pendroni cryn dipyn ers i Ruth adael mor ddisymwth am yr ysgol. A chofio fel roedd hi wedi dangos y tamed papur yna iddo a'r geiriau 'Dal i gofio *ni*' arno fo. Roedd y ffaith fod Ruth wedi amau mai rhywun Cymraeg ei iaith roedd hi'n ei nabod yn dda oedd wedi rhoi'r ffôn i lawr arni, heb ddeud dim, wedi bod yn cnoi Cled. Doedd bosib fod y bwbach Emlyn 'na'n dangos ei hen wyneb hyll yn ôl ffor'ma, ar ôl yr holl flynyddoedd?

Aeth ar hyd y stryd fawr linc-di-lonc a throi wrth y cloc, i lawr y lôn fach gul a'r tai ha teras tri llawr. Rhyw 'betha ifanc' yn dŵad yma am wythnos yn yr ha oedd yn y rhan fwya o'r rhain, a'r perchnogion (o ochrau Caer neu Fanceinion, fel arfer) hwythau yr ochr iawn i'w deugain. Doedd gan y rheiny fawr o alw am arddwr na handi-man i dendiad ar eu tipyn gwellt glaitsh yn ffrynt y tŷ; doedd dim llawar o bwys ganddyn nhw na'r lletywyr ifanc os oedd paent fframiau'r ffenestri wedi'i fwyta gan wynt hallt y môr, neu bod 'na ddrws ar unedau'r gegin yn hongian oddi ar ei fachau. O'r herwydd, fyddai Cled ddim yn trafferthu dal llygad unrhyw un fyddai'n digwydd dŵad allan o'r tai yma.

Roedd 'na gaffi heulog ei ddiwyg yr ochr arall i'r stryd, lle'r arferai Cled fynd am *cappuccino* bach a sgwrs efo'r hogan glên o ochrau Lerpwl oedd yn rhedeg y lle. Roedd hi'n dipyn bach o artist hefyd, o weld y gwaith celf oedd ar werth ganddi. Nid bod Cled yn dallt rhyw lawar ar gelf, ond roedd o'n licio gwersi darlunio efo pensal yn well na'r un wers arall yn yr ysgol erstalwm. Roedd hi'n hogan ddigon di-lol hefyd, a doedd 'na'm lefryn i'w weld ar y sîn tan yn ddiweddar pan ddechreuodd un o hogia'r maes carafannau alw draw i roi help llaw yn y caffi pan fyddai hi'n brysur – a helpu mewn ffyrdd eraill hefyd, doedd Cled ddim yn amau.

Roedd y siop gwerthu pethau syrffio'n reit ddistaw ar hyn o bryd, a phawb yn rhyw feddwl tynnu'r bleinds i lawr ychydig ac agor ar benwythnosau'n unig dros y gaeaf. Hiraethai Cled am y cyfnod pan oedd 'na ffin bendant rhwng un tymor a'r llall: y siopau fisitors i gyd yn cau ddechrau Hydref ac yn ailagor wedyn cyn y Pasg. Byddai'r pentre'n mynd i drwmgwsg am gyfnod ac wedyn yn ailddechrau stwyrian, a phobol a gwylanod yn symud fel cysgodion o gwmpas y siopau go iawn fel siop y gornel, y Post, y siop gig a'r siop ffrŵt-an-fej.

Y siop da-da fyddai orau gin Cled a Ruth erstalwm, siop a gâi ei chadw gan hen wreigan oedd wedi darfod mynd yn hen. Gwisgai ofarôls glas bob amser, a'r defnydd *polyester* yn gwichian wrth iddi straffaglu o un potyn da-da i'r llall. Roedd yno silffoedd i fyny at y nenfwd, a hwnnw'n nenfwd go uchel hefyd yn eu golwg nhw fel plant bach. Yr hwyl weithia, pan oedd 'na dymer go ddireidus arnyn nhw, oedd gofyn am yr Everton Mints neu'r Lemon Bonbons neu beth bynnag fyddai ar y silff ucha un, fel bod yr hen ledi'n chwythu allan drwy'i thrwyn ac wedyn yn mynd i nôl yr ystol oedd yn pendwmpian un pen i'r silffoedd, a dringo'n affwysol o ara deg, ris wrth ris, cyn gafael yn y potyn mawr plastig a dŵad yn ei hôl i lawr y grisiau'n fwy ara deg byth, a'r potyn gwerthfawr o dda-da yn ei hafflau. Pan na fyddai Ruth efo nhw, byddai prysurdeb yr hen wreigan yn mynd i fyny ac i lawr yr ystol yn golygu bod yr hogia'n helpu eu hunain i'r da-da ceiniog yr un oedd yn eu bocsys ar y cowntar, fel Black Jacks neu Flying Saucers oedd yn toddi'n syth yn eich ceg chi nes chwalu'r sherbert dros eich tafod. Cnoi fel injan wedyn cyn i'r hen wreigan fedru cyrraedd y gwaelod a ffendio be oedd wedi digwydd, a'u hel nhw o'r siop. Byddai'n medru bod yn ddigon milain, meddan nhw, ac roedd 'na sôn fod Kev Felin wedi'i chael hi ar draws ei war unwaith efo rhyw gadach gwlyb roedd yr hen ledi'n ei gadw wrth law i llnau'r cowntar, a stido hogia drwg.

Heddiw, aeth Cled yn ei flaen at lle roedd y lôn yn dirwyn i ben a throi'n draeth. Traeth Crigyll fyddai ei dad, a Cled ei hun, yn galw'r prif draeth yma, er mai 'Town Beach' oedd o i bawb arall erbyn hyn. Eisteddodd Cled ar ei din ar lanfa goncrit oedd yn bwrw i mewn i'r tywod. Edrychodd draw am Gaergybi, at hofrennydd melyn oedd yn esgyn fel pry mawr o safle RAF Fali, ac yn hofran ychydig cyn cychwyn ar ei siwrne i gyfeiriad Eryri. 'Rhyw ddiawlad gwirion 'di trio dringo'r Wyddfa mewn fflip-fflops eto, mwn,' meddyliodd, ac yna sylweddoli bod 'na rywun arall wedi deud y geiria wrth iddyn nhw fynd drwy'i feddwl o.

Trodd a gweld bod Mairwen 'di dŵad i eistedd wrth ei ochr ar y lanfa. Gwenodd hi arno a gwenodd yntau'n ôl, gan ddifaru ei fod o wedi anghofio'i sigaréts. Doedd Mairwen ddim yn hogan roeddech chi eisiau'i hwynebu heb ffag yn un llaw a pheint o gwrw yn y llall.

'Pryd dysgan nhw, Mairwen, e?' meddai, a dechrau cnoi ei wefus. Nodiodd honno'i phen ac edrych draw at y *runway* eto, fel tasa hi'n disgwyl gweld haid o hofrenyddion yn esgyn oddi yno. Yna cododd ei llaw a dechrau ei chwifio â'i holl nerth.

'Ti ddim *in distress*, Mairwen?' gofynnodd Cled dan grechwenu.

''Cofn iddo fo ngweld i, 'de!'

'Pwy, dywad?'

'Wel Wiliam, 'te?'

'Ooo . . . Wili Helicoptars.' Edrychodd Mairwen yn flin arno am eiliad cyn i'w hwyneb feddalu mewn gwên wrth weld Cled hefyd yn gwenu. Roedd o wedi anghofio bod Mairwen yn 'weindio i fyny' yn hawdd fel wats.

'Cerys, hogan bach Annette, ddechreuodd godi llaw fel'na pan oedd o 'di dŵad yma gynta. Ninna wrthi efo hi 'tha ffyliad. Rhyfadd fel ma rhywun yn arfar gneud rwbath, 'te, Cled?'

'Yndi ma hi,' meddai Cled, gan feddwl am y troeon y byddai'r ddau ohonyn nhw'n arfer syrthio i freichiau ei gilydd ar ddiwedd noson yn y Crown – a 'syrthio' yng ngwir ystyr y gair, hefyd, gan amla.

Syllodd y ddau i gyfeiriad Mynydd Twr a Chaergybi, heb siarad am ennyd. Roedd 'na le wedi bod yn y pentre adeg y 'Briodas Fawr' 'nôl yn y gwanwyn, a llwythi o'r bobol tai ha wedi bod yn cynnal partïon yn eu cartrefi ac ar y traeth. Cafodd 'prosesiwn brenhinol' ei gynnal i lawr y stryd fawr hefyd, a chyngerdd gyda'r nos wedyn, a byddai Cled yn dal i weld tameidiau o fynting Iwniyn Jacs ynghanol y broc môr a'r gwymon ambell waith, neu'n fflapian fel deryn ecsotig ar gornel ffens.

'Rhyfadd gweld simne Tinto heb fwg, tydi Cled?' meddai Mairwen, a dyma'r ddau'n craffu i gyfeiriad simne gwaith Rio Tinto, neu Aliwminiwm Môn. Faint o weithia roedd Cled wedi gweld (heb sylwi arni, bron) y simne fel sigarét fawr a mwg yn dŵad allan ohoni. Roedd 'na rywbeth iasol yn yr hen simne rŵan wedi i'r gwaith ddod i ben, fwy neu lai, a dim ond criw bychan yn gweithio yno.

'Ydi dy frawd 'di cael smel ar rywbeth arall, Meir?' gofynnodd. Roedd brawd Mairwen wedi cael prentisiaeth yn Rio Tinto yn syth o'r ysgol, fel sawl un arall, ac i'w weld ar goll ar ôl i'r lle gau.

'Mae o 'di cael shifft fel seciwriti yn un o siopa'r dre, ond dim ond tair noson yr wsnos,' meddai Mairwen, gan dynnu'i sandalau a phlymio'i thraed i'r tywod gwlyb, tywyll. 'Ti'n brysur, Cled?'

'Digon o'r hen griw yn dal isio handi-man, 'de, Mairwen. Ond bo nhwtha'n tynnu'u cyrn i mewn, 'fyd. A chdi?'

'Chwilio am fwy o oria'n rwla, 'de. Fatha pawb, i weld. A tydi prisia byw'n mynd dim is, nacdyn?'

Nodiodd Cled ei ben yn ddoeth, a sbio i lawr ar draed Mairwen yn symud yn rhythmig fel dau anifail yn dawnsio.

'Dy dad yn iawn, Cled?'

'Ma'i geg o'n iawn, 'de!'

'Bechod.'

Roedd 'na foi wrthi'n gneud giamocs ar fordyn a barcud yn sownd iddo fo. Hwn oedd y diddordeb newydd, ac roedd 'na bobol yn dŵad o bob man i ymarfer eu campau ar ddŵr Rhosneigr. Roeddan nhw i gyd yn werth eu gweld, yn sicr, ond bod eu gwylio nhw'n neidio i'r awyr, a'r barcud yn dawnsio fel glöyn byw, cyn troi a glanio'n ôl ar y don yn gneud i Cled deimlo'n hen fel pechod.

'Wsti pwy welish i diwrnod o'r blaen, Cled?' meddai Mairwen yn sydyn, a throi i edrych yn iawn arno.

'Dwn 'im, sti. Pwy, 'lly?' meddai Cled a'i ddiddordeb yn dechrau pallu.

'Y boi 'na, wsti – yr Emlyn 'na o'r Sowth oedd yn arfer dŵad yma i aros efo'i nain yn ystod yr holides. Ti'n cofio? Hwnnw oedd yn fêts mawr efo chdi a Ruth.'

Edrychodd Cled ddim arni hi'n syth, rhag ofn iddo ddangos ei fod o wedi'i styrbio.

'Emlyn?'

'Ia, 'na chdi, hwnnw! Rhyfadd, 'de?'

'Lle gwelist ti hwnnw, 'lly?'

'Ar lan môr. Porth Nobla.'

'Be oedd o'n neud?'

'Dim llawar, am wn i. Jest sbio allan i'r môr, i gyfeiriad Rhosneigr. Ei wallt o 'di'i dorri'n fyr. Sgarff am ei wddw. Golwg *arty* arna fo. Dipyn o bishyn 'di mynd, deud gwir!' Sgubwyd gigl fach Mairwen ar hyd y traeth gan y gwynt. Adfeddiannodd ei hun a chario mlaen. 'Andros o ffrindia oeddach chi, de?! Ti 'di clywad gynno fo ers hynny, Cled?'

'Do'dd o ddim.'

'Be?'

'Yn fêts efo fi. Na finna efo fynta.'

'Ond mi oeddach chi efo'ch gilydd drw'r amsar, stalwm. Chdi, Ruth a fo. Bob holides ysgol, yma basa fo. Aethon nhw'n Welsh Nash ofnadwy, ti'n cofio? Fo a Ruth. Tynnu pawb yn eu penna! Siŵr bod o 'di callio erbyn hyn, 'fyd . . .'

Safodd Cled ar ei draed, a difaru'n syth ei fod o wedi ymateb mor swta.

'Sorriii! *Touchy*, tydan, Cled?' meddai Mairwen fel shot, fel tasa hi mewn drama sebon, a'i llygaid wedi culhau fymryn, y colur glas ar ei hamrannau wedi'u gwasgu at ei gilydd fel dwy nant yn cyfarfod. Dim rhyfedd fod angen boliad go dda o gwrw i fynd yn agos ati, meddyliodd Cled, a theimlo'n flin iawn efo hi am eiliad, cyn meddalu.

'Wela i di o gwmpas, ia, Meir? Cofia fi atyn nhw.' Dechreuodd gerdded oddi yno, gan drio'i orau i swagro cymaint ag y gallai.

16

Aethai Math i'w wely o'r diwedd tua deg, ond cyn hynny, am y tro cynta ers oes, roedd wedi dŵad i swatio efo hi ar y soffa i wylio'r teledu. Bu hithau'n mwytho'i wallt yn ysgafn, fel roedd wedi gneud ganwaith o'r blaen, a chau'r drws ar holl broblemau'r byd tu allan. Pan gododd i fynd i'w wely, mentrodd Ruth ddeud rhywbeth wrtho.

'Cofia, 'sna'm un broblem na fedri di'i rhannu efo rhywun, sti, Math.' Nodio'i ben wnaeth o, a rhoi sws ar ei thalcen.

Pan alwodd Ruth heibio'i stafell gynnau i ddeud nos da, roedd o'n eistedd ar ei wely ac yn stydio'r ffôn symudol fel sgolar uwchben llawysgrif. Fflich gafodd y ffôn unwaith y gwelodd fod ei fam yno, ond roedd ei wyneb wrth iddo syllu ar y ffôn wedi aros efo Ruth wedi iddi fynd yn ôl i lawr grisiau i wylio chydig bach mwy o deledu.

Newydd dywallt glasiad mawr o win coch iddi'i hun roedd hi pan ganodd cloch y drws ffrynt. 'Steve!' meddyliodd yn syth, a chodi i fynd at y drws. Roedd hi mor falch, ond yna cofiodd yn sydyn mai heno fyddai'r tro ola iddi'i weld am sbel gan ei fod yn mynd adra i weld ei dad. Anwybyddodd yr hen deimlad gwag yng ngwaelod ei bol a mynd at y drws.

Sylwodd hi ddim yn syth fod y ffurf yn ffenest fach gron y drws ffrynt yn fyrrach na Steve, a bod ei osgo'n wahanol. Dim ond wrth iddi ddechrau agor y drws y trawodd hynny hi, fel gordd. Nabyddodd Ruth o'n syth, er bod dros bymtheg mlynedd ers iddi'i weld o ddiwetha. Syllodd arno heb ddeud gair.

'Ruth!' medda fo, a'i lais yn dawnsio yn yr aer rhyngddyn nhw. 'Ti'n dala i nghofio fi, 'te?'

Dala i nghofio fi. Dala i nghofio fi.

Doedd Ruth ddim wedi clywed yr union acen yna ers hynny, ddim wedi clywed y felodi yn ei lais, y tro bach chwareus 'na yng nghynffon y cwestiwn – ddim ers blynyddoedd. Cododd yntau'i aeliau'n bryfoclyd, a'i lygaid gwyrdd tywyll yn edrych arni, drwyddi.

Dal i gofio.

Roedd ei lais a'i wyneb yn sicr o'r ateb, wrth gwrs. Doedd Em byth yn gofyn dim byd heb fod yn gwbl sicr mai'r hyn roedd o isio iddo fo fod fyddai'r ateb.

'Haia, Em,' meddai Ruth, a chlywed ei llais yn rhyfedd ac estron. Gallai weld golau y tu ôl iddo – cwch yn bell bell ar y môr, yn wincian arni. Roedd yntau fel petai o wedi cymryd cysur o'r ffaith ei bod wedi defnyddio'r 'Em' clòs yn hytrach na'i enw llawn. Camodd i mewn i'r cyntedd, gan neud i Ruth gymryd cam yn ôl.

Y lamp fechan ar y bwrdd hanner crwn wrth y drws oedd yr unig olau yn y cyntedd. Taflai'r golau o'r teledu yn y lolfa liwiau ffrenetig i fwmian isel rhyw fiwsig. Roedd pob dim ynglŷn â'r cyntedd yn awgrymu bod y tŷ ar fin cau i lawr am y noson, bod y diwrnod drosodd.

'Be ti'n neud 'ma, Emlyn?' gofynnodd, yn ofalus i ddisodli'r 'Em'.

'Beth fi'n neud 'ma? 'Sa i isie aros 'ma na dim byd, paid becso am 'ny.'

Edrychodd Ruth arno'n iawn, ei llygaid yn rhedeg ar ras ar hyd ei wyneb. Roedd ei wallt wedi'i dorri'n fyr, rhyw fath o ymgais i roi hygrededd i'r ffaith ei fod yn dechrau mynd yn foel. Er bod ei wallt wedi tywyllu cryn dipyn o'i gymharu â'r cudynnau euraid oedd ganddo yn ei ugeiniau cynnar, doedd 'na ddim arlliw o fritho. Hyd yn oed yn yr hanner gwyll, sgleiniai clustdlws hanner cylch yn un glust. Sylwodd ar y cysgodion tywyll o dan ei lygaid, a chraith oedd yn ymestyn ar draws ei foch at ei drwyn. Teimlai Ruth fel tasa'n rhaid iddi aros lle roedd hi, rhyngddo fo a gweddill y tŷ, rhyngddo fo a Math a phob dim oedd yn diffinio'i bywyd rŵan.

Gwenodd Emlyn yn y saib anghyfforddus. Ei saib anghyfforddus hi oedd o, yn arwydd ei fod o'n cael effaith arni.

'Dyma shwt ti'n gneud dy fywolieth nawr 'te, ife? Rhedeg i Saeson! Wel, wel, Ruth fach, be ddigwyddodd i ti, gwêd?'

'*Chdi* yrrodd y blydi nodiada bach 'na?'

'Pwy nodiade, 'te?' meddai, gan wenu arni. Roedd ei ddannedd yn dal yn rhes berffaith, a sylwodd Ruth fod y graith fel tasa hi'n diflannu wrth iddo fo wenu.

'O, plis, Em!' meddai Ruth yn ddiamynedd. 'Dwi 'di tyfu i fyny, hyd yn oed os w't ti ddim!'

'Sorri,' meddai, ac edrych i lawr, er bod y wên yn dal yno. 'Bach o gellwair o'dd e, 'na i gyd. Pryfocio, fel wedet ti. O't ti'n arfer lico jôc.'

'Rwbath od oedd hynna, Emlyn, ddim jôc.'

'Ife?' Edrychodd i fyny arni, fel petai hyn yn newydd iddo. '*Creepy*, 'na shwt o'dd e'n edrych, ife?' Nodiodd Ruth ei phen a gwenodd y ddau ar ei gilydd. Roedd y wên 'na'n blydi niwsans, yn toddi rhywbeth nad oedd hi ddim isio iddo doddi. 'Wps. Ond o'n i'm yn gwbod shwt i gysylltu, twel. O'n i'm yn lico troi lan fan hyn ar ôl yr holl flynydde – "shwmâi, fi 'nôl"!'

'Yn ôl?! Ti'n siarad fel tasat ti'n dŵad o fan'ma!'

'Timlo fel'ny. Hales i bob gwylie 'ma, 'do fe? Tyfu lan 'ma 'da ti a Cled.' Daeth enw Cled fel celpan.

'Ma raid 'ti fynd 'ŵan, sorri. Lot i neud cyn bora fory,' meddai, gan dorchi'i llewys yn reddfol. Sylwodd Emlyn ar y weithred gartwnaidd a gwenu eto.

'Deall yn net. Ond falle wela i di 'to.'

'Ella.'

'Dala lan.'

'Ia . . . iawn. Ella.'

'Ffona i di. 'Da fi'r rhif.' Trodd ac estyn am fwlyn y drws. Yna trodd. 'Dylet ti roi hwn ar y lats, t'mod, Ruth. So ti'n gwbod pwy fisitor fydde'n jest cerdded mewn a dwgyd pob dim sda ti.' Rhoddodd winc fach arni, agor y drws yn lletach a diflannu i'r nos.

Teimlai Ruth yn wirion yn rhuthro at y drws a gneud yn siŵr ei fod wedi ei gloi yn iawn.

Dim ond Emlyn oedd o, wedi'r cyfan. Em. Wedi dŵad yn ôl am sgwrs.

Roedd hi'n dri o'r gloch y bora arni'n llithro i gysgu o'r diwedd, a'i breuddwydion yn llawn cychod ac ysgolion, teimlad ac ogla croen Steve – a chraith Em ar draws y cwbwl.

17

Em? Em?! Lle rwyt ti? Em? Ma'n teimlo fel tasa rhywun 'di
bod yn crwydro dros anialwch y twyni tywod ers misoedd, yn
baglu a suddo i mewn i'r tywod meddal sy'n edrych mor ddel
o bell, ond sydd mor ofnadwy o anodd symud ynddo fo. Mae
o'n eich clymu i lawr, yn eich rhwystro rhag symud, nes bod
chi'n sownd. Mae o'n sugno'ch egni chi i gyd ac yn eich cadw
chi yna efo fo. Isio'ch sugno chi i lawr am byth mae o – dwi 'di
clywad plant eraill yn sôn am hynny. Roedd 'na hogyn bach o
Berffro unwaith – bell, bell yn ôl – 'di cael ei guddio'n llwyr
gin gawod o dywod wedi iddo fo fynd yno i chwara mig, a
welodd neb mohono fo byth wedyn, meddan nhw. Rhei'n deud
eich bod chi'n medru clywad yr hogyn bach yn crio weithia, os
ydi'r gwynt yn chwythu'r ffor rong.

Ma'r tywod yn dechra fy mygu fi'n barod, yn dechra llenwi
nghlustia fi'n ara deg bach, yn mynd i fyny nhrwyn i, yn
crensian rhwng 'y nannadd i.

Hwyl oedd o i fod. Em oedd isio cuddio, ond mi aeth Cled
adra a deud bod o'm isio, a bod Em yn gneud hen gema
gwirion i fyny. Mi oedd o'n mynd i gerddad yr holl ffordd yn ôl
i'r pentra ar ei ben ei hun bach, medda fo. Geith o stid gin ei
dad os geith o 'i ddal yn chwara'n rhy hir yn y twyni. Ddudodd
o mo hynny o flaen Em, ond dwi'n gwybod. Dwi wedi gweld yr
hoel ar ei ben-ôl o, siâp llaw Len fel tasa fo 'di'i beintio fo efo
paent pinc, fel roeddan ni'n gneud ar bapur yn dosbarth Miss
Efans.

Mae 'na bobol bowld yn dangos eu penola a'u biji-bôs yn y
twyni 'ma hefyd, medda Tracy a Mairwen, ond dwi'm yn coelio

nhw. Mae Mairwen wrth ei bodd yn deud petha rŵd fel'na er mwyn i mi gochi, ond fydda i'm yn cymryd sylw ohoni. Tydi hitha'm yn licio bo fi ac Em gymaint o ffrindia chwaith. Mae hi'n gneud hwyl am ei ben o'n siarad, yn ei watar o, a gneud iddo fo swnio'n wirion. Ond 'dio'm ots gin Em a fi. Pan dwi 'di tyfu fyny, ella fydda i'n mynd i fyw i Gastellnewydd Emlyn ato fo, ac mi geith o ddangos ei gastall i mi ac mi fyddan ni'n rêl bois. Dwi'n saff bod fanno'n brafiach lle na fan'ma, a 'sna'm twyni tywod ar gyfyl y lle, dwi'n siŵr.

Ond adra yn tŷ ni dwi isio bod y munud yma. Adra efo Mam o gwmpas y bwrdd, yn cael Angel Delight a Wagon Wheels a brechdana salmon pêst a crisps a loli ma Mam wedi'i neud ei hun trwy dywallt orenj sgwash i mewn i fowlds plastig hir.

Dwi'n gafael yn dynn yn y moresg i'n helpu i dynnu'n hun i fyny. Mae'n tyfu fel gwallt ar ben yn fan'ma, ac yn gadael hoel coch fel hoel cansan os dach chi'n gafael yn rhy dynn ynddo fo a wedyn gadael iddo fo lithro rhwng eich dwylo chi. Unwaith dwi ar ben y twyn, dwi'n sbio o nghwmpas, ond ma'r twyni'n mynd am filltiroedd ac maen nhw i gyd yn edrych 'run fath, fel cefnau camelod yn y Sahara. Does 'na'm golwg o Em, a dwi'n dechra crio.

Yna, mae o yma. Em. Tu ôl i mi, fel tasa fo 'di bod yma rioed.

'Haia, Ruth! Fi 'ma! Paid llefen! Fi 'ma! Ni'n iawn! Fi 'ma!'

Dwi'n gafael ynddo fo fel taswn i byth yn mynd i adael iddo fo fynd. 'Dan ni'n gwasgu'n gilydd – gwasgu, gwasgu. A dwi'n gwbod o hynny mlaen bod Em a fi'n mynd i fod efo'n gilydd am byth byth byth.

Deffrodd Ruth yn gynnar er ei bod wedi mynd i gysgu mor hwyr. Wedi craffu ar rifau glas y cloc larwm yn cyhoeddi'i bod yn chwech o'r gloch, gorweddodd yn ôl a phenderfynu nad breuddwyd oedd y ffaith fod Emlyn Morgan wedi bod yn sefyll yn ei chyntedd neithiwr, a'i fod o 'nôl.

Cododd o'r gwely efo naid, ac ymhen chwarter awr, roedd

hi ar ei ffordd i lawr at y traeth. Feiddiai hi ddim bod yn rhy hir yn nofio'r bora 'ma. Roedd hi isio galw i ffarwelio efo Steve yn un peth. Mi aeth yn rhy hwyr i'w ffonio fo neithiwr, rhwng pob dim, ac mae'n rhaid ei fod o wedi cam-ddallt ei neges garbwl yn gofyn iddo fo ddŵad draw. Yn bwysicach byth, roedd hi isio cael brecwast go gall efo Math cyn iddo fo fynd i'r ysgol, a phwysleisio bod beth bynnag oedd yn ei boeni yn rhywbeth y gallen nhw ei drafod.

Ar lan y môr, llwyddodd i ddiosg ei dillad yr un mor ddidrafferth ag arfer, a rhedeg i mewn i'r dŵr heb dynnu sylw'r gwylanod a'r adar bach eraill oedd yn brecwasta ar yr ewyn a dorrai ar y lan. Ond teimlai'n fwy anghysurus nag arfer am ryw reswm, a hynny mae'n debyg oherwydd bod un wythnos yr adeg yma o'r flwyddyn yn gallu gneud gwahaniaeth o ran tymheredd, yn y môr ac allan ohono fo. Fentrodd hi ddim gorwedd ar ei chefn yn y dŵr a sbio i fyny ar yr awyr fel y byddai'n gneud fel arfer. Yn hytrach, gwasgodd ei choesau a'i breichiau at ei gilydd yn belen, a syllu'n ôl tuag at y lan a'r pentre bach. Doedd hi ddim yn rhy oer o dan y dŵr, a phan ddechreuodd fwrw glaw yn ysgafn ar wyneb y môr, teimlai Ruth unwaith eto fel petai wedi'i hynysu oddi wrth weddill y byd.

Roedd tŷ nain Emlyn yn dal yna, ar y pen, ond bod y bobol newydd wedi adeiladu consyrfatori bach ychwanegol er mwyn gneud yn fawr o'r olygfa. Dynes fach brysur oedd ei nain, un barod ei sgwrs. Dim rhyfedd fod Em yn mwynhau dŵad ati bob ha. Roedd treulio hafau melyn hirfaith ar draeth Rhosneigr efo'r hen wraig yn siŵr o fod yn brafiach na llechu mewn stafelloedd diheulwen yn nhai rhyw fodrybedd neu gymdogion. Ac unwaith y daeth yr hogyn bach tawedog o'r De i nabod Ruth a Cled, doedd yr unig blentyn byth yn unig wedyn.

Cyn pen pum munud, roedd Ruth wedi cael digon. Arhosodd yn y dŵr am ychydig yn trio magu plwc i redeg nerth ei thraed at y garreg lle roedd ei dillad. Feiddiai hi ddim edrych o'i chwmpas yn ormodol wrth wisgo amdani, rhag colli amser. Roedd ei chalon yn curo wrth iddi gerdded o'r traeth i gyfeiriad tŷ Steve, a rhyw gyffro gwyllt llawn adrenalin yn pwmpio drwyddi.

Wrth iddi guro ar y drws, dechreuodd fwrw'n drwm. Roedd yn rhaid iddi guro eilwaith gan nad oedd ateb. Teimlai gywilydd yn sefyll yno yn y glaw, yn cnocio ar ddrws oedd ddim isio agor iddi, er nad oedd yna'r un enaid o gwmpas i dystio i'w gwiriondeb. Cwpanodd ei llaw a rhythu drwy'r ffenest fechan i'r dde o'r drws. Gallai weld un gornel o'r gegin fach, ac un ochr i'r soffa oedd yn y stafell fyw. Edrychai pob dim yn daclus. Yn drefnus. Yn llonydd. Curodd ar y ffenest y tro yma, ond roedd 'na anobaith yn y gnoc, fel llais mewn coedwig wag.

Roedd Steve wedi mynd. Doedd hi ddim eto'n saith o'r gloch y bora, felly mae'n rhaid ei fod o wedi mynd neithiwr, neu ben bora, cyn i'r pentre ddeffro. Cyn iddi hi ddeffro. Mae'n rhaid bod rhyw newid wedi bod yn y cynlluniau, a'i fod o wedi gadael ar frys, heb gael cyfle i ddeud wrthi. Ac eto, pam dylia fo ddeud wrthi? Pam dylia fo adael ei oriad efo hi er mwyn iddi gadw llygad ar y lle? Roedd yn gneud llawer mwy o synnwyr i gymydog neud hynny, yn hytrach na 'ffrind' oedd yn byw gwpwl o strydoedd i ffwrdd.

Pan gyrhaeddodd adra, safodd yn y cyntedd am eiliad ac edrych ar y dŵr yn diferu o'i dillad, o'i gwallt. O leia roedd ganddi esgus y bora 'ma am fod yn wlyb socian. Gallai deimlo'r glaw yn hisian yn ddidrugaredd ar y ffenestri. Braf fyddai gallu eistedd mewn cadair a gwrando, jest gwrando, meddyliodd. Peidio gorfod poeni am lawr gwlyb a pheryglon hynny. Peidio gorfod edrych ar y cloc a hwylio brecwast i bobol ddiarth. Peidio gorfod poeni am neb na dim.

O gornel ei llygaid gwelodd amlen drom – wedi'i sgubo i'r ochr wrth iddi agor y drws, mae'n rhaid. Nabyddodd lawysgrifen Steve a chododd yr amlen gan deimlo'i phwysau. Rhwygodd hi'n flêr a chael goriad tŷ Steve tu mewn. Disgynnodd cragen allan hefyd – un fechan, wen, berffaith. Cododd hi a'i rhoi'n ôl yn ofalus yn yr amlen efo'r goriad. Daeth sŵn traed i lawr y grisiau, yn drwm, fesul un, fel hen ŵr. Gwgodd Math arni.

'Lle oeddach chdi?'

''Di mynd am dro. 'Dan ni'n brin o lefrith.'

'Ers pryd ma siopa'n agor mor gynnar?' meddai gan ddylyfu gên a rhwbio un llygad efo cledr ei law.

'Ers pan ma papura newydd angan eu sortio ben bora, Math. 'Sa'n gneud lles i ti ga'l rownd bapur ella, i chdi ga'l gweld byd newydd.'

'Dwi'm yn meddwl!'

Roedd yn amlwg wrth ei wyneb ei fod wedi bod yn cysgu'n drwm, a marc coch fel craith ar draws ei foch. Roedd y croen o dan ei lygaid yn chwyddedig, yn gochaidd. Doedd o ddim wedi gorffen crio, mae'n amlwg.

'Ma hi'n ddydd Gwenar, Math!' meddai Ruth yn ysgafn. 'Ti am ei thrio hi heddiw, dw't, cyw?' Edrychodd Math arni am eiliad fel petai'n cysidro, ac wedyn amneidiodd. 'Ti isio i mi fynd â chdi?'

'Fydda i'n iawn ar y bỳs . . .'

'Ond ti'm isio i mi, wsti . . . fynd i weld y Prif efo chdi . . . trio egluro?'

'Egluro?' Wfftiodd Math. 'Dŵad efo fi fatha taswn i'n Blwyddyn Saith! Ti'n gall?'

Roedd hi'n teimlo ymhell o fod yn gall. Yn socian, a'i gwallt yn glynu'n gudynnau ar ei hwyneb.

'Meddwl 'sa'n help. 'Cofn i chdi . . .'

''Cofn i mi be? Yli, arhosa i ar y bỳs – yr holl ffordd i'r ysgol! Gaddo!' meddai gan hanner gwenu. Rhyw 'wên ddannedd' nad oedd yn cyrraedd yn agos i'w lygaid. Gwenodd Ruth yn ôl arno, a dechrau ei ddilyn i'r gegin. Trodd Math yn ôl.

'Lle mae o, 'ta?'

'Pwy?'

'Nid pwy – be! Y llefrith, 'de Mam?'

'O! Doedd gynnyn nhw ddim! Tan nes mlaen.'

Edrychodd Math yn rhyfedd arni, a'i ben ar un ochr.

'Mam? Ti'n iawn, wyt?'

'Yndw, siŵr! Mond mod i'n 'lyb, 'de! At 'y nghroen. Rho'r teciall mlaen, fydda i efo chdi mewn dau funud ar ôl 'mi newid i ddillad sych. Well 'ni afa'l ynddi, dydi?'

Atebodd o mohoni, dim ond gwasgu heibio iddi am y gegin. Roedd Ruth hanner ffordd i fyny'r grisiau pan alwodd o eto.

'O ia, 'fyd, mi a'th y ffôn. Pan oeddach chdi'n siop. Hynny ddeffrodd fi. Blwmin niwsans. To'dd hi'm yn saith.'

'Argol, pwy oedd yna mor gynnar yn bora? Rhif anghywir?'

'Rhyw foi Cymraeg. Acen ryfadd, o'r De dwi'n meddwl. Na'th o'm deud ei enw.' Stopiodd yn stond ar y grisiau. Hyrddiodd y gwynt chwip o law ar draws y ffenest hanner ffordd i fyny'r staer. 'Ddudodd o 'sa fo'n ffonio chdi 'nôl nes mlaen. Isio cwarfod ne' rwbath. Swnio'n foi clên.'

18

Safai Cled yn y ciw bychan yn swyddfa'r post, yn bytheirio iddo'i hun fod Alan ei frawd yn byw mor bell, ac yn melltithio Len am fynnu gyrru'r papur bro iddo fo yn Coventry. Dim ond digwydd sôn ddaru Alan ryw dro y basa fo'n licio gwybod pwy oedd wedi priodi, pwy oedd wedi marw, be oedd yn digwydd yn 'yr hen le', ac mi neidiodd Len i'r abwyd fatha sgodyn, 'do? Dim ond hanner cyfle roedd o ei angen i neidio i neud *unrhyw* beth i'r annwyl Alan – ond fo, Cled, oedd yn gorfod gneud y gwaith mul wedyn.

'Pam uffar 'sa fo'n ffeirio lle efo fi a dŵad i fyw i'r blydi lle 'ma os oes gynno fo gymaint o ddiddordeb,' medda fo wrth Len ar y pryd.

'Cenfigen yn beth hyll,' mwmiodd Len. Doedd Cled ddim wedi trafferthu deud dim yn ôl.

Crwydrodd ei lygaid at yr arwydd-fwrdd ar wal y Post, yn arddangos poster Saesneg yn hysbysebu dosbarth *Zumba* a dosbarth ioga oedd yn dechrau yn y neuadd. Roedd 'na boster hefyd am noson dawnsio gwerin gan y Fenter Iaith (chwarae teg i'r rheiny), Merched y Wawr yn y pentre agosa, cylch Ti a Fi mewn ysgol dair milltir i ffwrdd. Roedd poster am brosesiwn priodas Wil a Cêt yn dal i fyny, hefyd, wedi cyrlio tipyn bach erbyn hyn, fel tasa rhywun ofn ei dynnu i lawr. 'Rhag ofn iddyn nhw gael eu rhoi yn y Tŵr tua Llundain 'na,' medda fo wrth Len, ac mi chwarddodd hwnnw am unwaith.

Daliodd Cled i sefyll yn ddel yn y ciw a gwrando ar ryw

bladras fawr yn trio gyrru parsal cymaint â hi ei hun, bron, i'r teulu 'nôl yn lle bynnag y daethon nhw ohono, gan gwyno ar dop ei llais fod prisiau'r Post Brenhinol yn 'diabolical'. Edrychodd eto ar y posteri. Roedd ganddo fynta blydi cynlluniau, hefyd, ond bod pawb wedi anghofio. Teimlai weithia ei fod yn dechrau colli gafael ar ei blaniau mawr, eu bod nhw wedi mynd yn sglwtsh llwydaidd yng nghefn ei feddwl, lle roeddan nhw'n arfer bod yn sŵn ac yn lliw i gyd. Cled ar lwyfan yn ei siaced ledar yn tynnu nodau o gitâr i gyfeiliant y dorf oedd yn gweiddi ei enw; Cled efo sbectol haul yn camu allan o rhyw 'limo' crand a lefran fronnog ar ei fraich, a weithia llun jest yn dangos Cled ar soffa fawr efo gwraig a nythaid o blant. Roedd y ddynas 'run ffunud â Ruth.

Roedd o'n mynd yn fyrrach ei dymer. Wedi blino roedd o. Doedd o'm yn cysgu'n rhy sbesial y dyddiau yma, ac roedd Len yn mynd yn anos i'w ddiodda bob dydd. Weithia, meddyliai Cled y basa Len yn llawer haws ei drin tasa fo'n mynd yn dw-lal – fatha Myfi, mam Ruth – fel basa fo'n medru'i roi o mewn hôm ac anghofio amdano fo. Ond unwaith y dôi hyn i'w feddwl, difarai'n syth. Doedd Ruth ddim wedi anghofio am ei mam, chwarae teg iddi, ac roedd hi'n gneud ymdrech i fynd yno bron bob dydd. Roedd o hefyd yn cofio digon am y poen meddwl yr aeth Ruth drwyddo pan oedd dryswch Myfi wedi mynd y tu hwnt i anghofio enwau, neu roi goriadau'r tŷ yn y ffrij. Fo oedd efo Ruth pan welodd hi ei mam yn crwydro ac ar goll ar draeth Crigyll – Myfi'n methu'n glir â chofio sut yn y byd oedd mynd yn ôl adra, a hithau'n hogan o'r pentre rioed. Nid peth hawdd i Ruth oedd derbyn mai rhoi ei mam mewn cartre oedd y peth gorau.

'O'n i'n meddwl taw ti o'dd e!' Trodd Cled yn ôl mor sydyn nes dymchwel stac o amlenni oedd wedi'u gosod yn ddestlus ar silff oedd yn gyfochrog â'r ciw.

'Blydi hel!' Neidiodd Cled a mynd ar ei gwrcwd, gan

ddechrau pentyrru'r amlenni blith draphlith yn eu holau, a chan deimlo'r embaras yn lledu'n wrid ar draws ei wyneb a'i wddw. Chwarddai Emlyn uwch ei ben.

'Paid styrbo, achan! Ti'n edrych gwmws 'run peth ag o't ti, 'blaw bo ti'n llanw dy jacet bach gwell dyddie hyn, fi'n gweld!'

'Sod off, Emlyn!' meddai Cled yn anghyfforddus, gan sefyll i'w lawn dwf. Diolch i Dduw ei fod o bron cyn daled â'r cwd bach erbyn hyn, er bod hwnnw'n edrych yn fwy ffit o lawer na Cled a'i fol cwrw. Sylwodd yn syth ar y graith oedd wedi'i naddu'n ddwfn ar draws boch Emlyn. Llyncodd Cled ei boer.

'Ti nghofio fi, 'de! 'Sa i 'di newid gymint â 'ny, ma raid!'

'Glywish i bo chdi 'nôl o gwmpas y lle, 'chan.'

'Ruth, ife? Hi'n dala i ddishgwl yn dda 'fyd, on'd yw hi? Whare teg.'

Teimlodd Cled yn sâl yng ngwaelod ei fol, a meddyliodd am eiliad ei fod o'n mynd i chwydu yn y fan a'r lle o flaen pawb – o flaen Emlyn a phawb arall yn y ciw. Llyncodd ei boer eto.

'Pryd gwelist ti Ruth, 'ta?'

'Alwes i hibo nithwr. Ges i groeso 'fyd, whare teg iddi. I feddwl bod hi ar 'i ffordd i'r gwely, ife!' Chwarddodd Emlyn dros y lle, gan ddenu gwg y cwpwl oedd yn sefyll o flaen Cled yn y ciw, ac a oedd yn amlwg yn anhapus fod y ddau'n siarad Cymraeg mor ddigywilydd o agored reit wrth eu hymyl. Lledodd Emlyn ei wefusau a dangos ei ddannedd mewn gwên oedd yn ymddangos yn grotésg i Cled. Trodd y cwpwl 'nôl i wynebu diogelwch tu blaen y ciw.

'Am faint ti'n aros?' gofynnodd Cled, gan wybod yn iawn sut roedd o'n swnio, a doedd dim ots ganddo.

'O, 'sa i'n gwbod. Sdim brys arna i i fod yn unlle arall. Gaf i weld shwt ma pethe'n mynd 'da fi.' Ac yna ychwanegodd gyda winc: 'Os ti'n gwbod beth sda fi, ontefe, Cled?' Yna, heb rybudd, ymsythodd ac edrych dros bennau pawb tuag at y cownter, fel petai o wedi bod yno'n disgwyl am awr. 'Reit! 'Sa i'n sefyll fan hyn yn ciwo tu ôl i blydi Saeson! Ddo i 'nôl nes mla'n. Hei, wela i di. Falle gewn ni fynd am beint ryw nosweth, y tri o' ni, ife? Bach o sbort! Yn gwmws fel yr hen amser.' Yna trodd ar ei sawdl a diflannu allan o'r Post. Gwenodd Cled yn wan ar y cwpwl bach surbwch o'i flaen.

Doedd dim golwg o Ruth pan gyrhaeddodd Cled Min y Môr ond gallai glywed y radio yn un o'r llofftydd i fyny'r grisiau. Fe fyddai hi'n arfer taro'r radio mlaen yn gwmni pan oedd hi'n gneud y gorchwylion mwya diflas, fel newid gwelyau. Taranodd i fyny'r grisiau, a rhuthro i mewn at Ruth oedd wrthi'n gwenu ar ryw jôc roedd Dafydd a Caryl yn ei rhannu. Disgynnodd ei gwep pan welodd hi Cled a'i frys amlwg.

'Ti'n iawn, Cled? Be sy? Ti'n biws 'tha bitrwt!'

'Mae o'n ôl. Ma'r basdad yn ei ôl! Ond ti'n gw'bod hynna, dwyt, a fynta 'di bod draw 'ma neithiwr.'

'Paid â'i alw fo'n hynny,' meddai Ruth, gan afael mewn clustog a dechrau tynnu'r gorchudd oddi amdano. Wnaeth hi ddim ymdrech i wadu dim.

'A pryd oeddat ti'n mynd i ddeud wrtha i, Ruth, e? 'Sa 'di bod yn neis 'swn i 'di ca'l gwbod, yn lle bo fi'n gorfod taro arna fo fel'na yn pentra jest rŵan!' Doedd o ddim yn berthnasol ei fod o wedi cael rhyw led rybudd gan Mairwen. Ddylia Ruth ei hun fod wedi deud wrtho.

'Ti'n deud bob dim wrtha i, w't ti, Cled?'

Eisteddodd Cled ar ymyl y gwely. Doedd ganddo ddim ateb iddi. Roedd o ar fai yn peidio deud yn syth wrthi am Math yn dojo'r ysgol. Teimlodd y gwely'n sigo wrth i Ruth ddŵad i ista ato fo. Roedd ei llais wedi colli'i fin.

'Yli, Cled, mi drodd i fyny ar stepan drws neithiwr. Jest fel'na. Heb ddeud 'i fod o'n dŵad na dim. Dwi'm 'di clywad gair gynno fo ers hynny!'

'Ti'n deud?'

'Yndw!'

106

'Fo o'dd o, 'de? Y crap "DAL I GOFIO" 'na. Fo sgwennodd hynny?' Atebodd Ruth mohono, ond edrychodd i lawr ar ei dwylo a dechrau sgrwbio ar rhyw farc bach ar ei bawd chwith.

'Nytar. Blydi nytar!' meddai Cled yn chwyrn.

'Jôc oedd hi, medda fo. Ddim yn gwbod sut arall i gysylltu, ar ôl yr holl amsar.'

'A ti'n 'i goelio fo?'

'Yndw . . . nacdw! O, dwn 'im, Cled. Dwi jest ddim yn gwbod!'

'Blydi hel, Ruth!'

Roedd y ddau'n dal i eistedd ar y gwely, fel cwpwl priod, fel 'sa nhw wedi cael eu dal yn stori rhywun arall. Gallai Cled ei theimlo'n anadlu'n drymach, a phan edrychodd arni roedd hi'n edrych ar y llawr, yn syllu ar y blodyn ar y carpad fel tasa hi'n disgwyl iddo fo ddechrau magu dail a thyfu allan o'r llawr.

'Ti'n troi hyn i gyd, Cled . . . Mi w't ti, sti. Jest am bod o a chdi rioed 'di gyrru mlaen, ti'n troi hyn i gyd.'

'Ti'm yn cofio mor ryfadd a'th o, Ruth? Cyn iddo fo adal? Be oeddan ni, ugian? Un ar hugian? 'Di mopio'i ben efo'r petha Welsh Nash 'na. Disgwl gweld 'i wep o ar y niws am fisoedd wedyn, 'di ca'l 'i ddal yn llosgi rwla.'

Roedd ei llais hi'n gymedrol, yn hunanfeddiannol. 'Yr unig beth dwi yn wbod, 'de, Cled, ydi bo fi ddim angan hyn ar hyn o bryd. Iawn? Gin i hogyn sy'n poeni'n uffernol am rwbath ac yn colli'r ysgol, gin i lond sinc o lestri brecwast dwi'm 'di'u dechra eto, ma Steve . . .'

'O, Steve!' meddai Cled yn watwarllyd. 'Be ma hwnnw 'di neud 'to?' Am yr eildro y diwrnod hwnnw, difarodd Cled pan welodd yr edrychiad a roddodd Ruth iddo. Ddywedodd hi ddim byd yn syth, dim ond ysgwyd ei phen. 'Sorri, Ruth. Be am Steve?'

'Ma'i dad o'n sâl, Cled,' meddai'n ara. 'Yn sâl iawn. Ma

107

Steve a'i frawd 'di mynd draw 'na ar dipyn o frys. Dwi'm 'di clywad gair . . .'

'Sorri!' meddai Cled eto, a gweld petha'n gliriach nag oedd o wedi'i neud erstalwm.

'Dwi'm angan hyn, iawn? Dim ohono fo,' meddai Ruth wedyn. Cododd ar ei thraed ac ailafael yn y dwster melyn oedd yn gorwedd ar ochr y cwpwrdd dillad, chwistrellu'r polish ar y coedyn a dechrau rhwbio'r dwster yn ffyrnig dros y dodrefnyn.

Eisteddodd Cled a sbio arni wrthi am eiliadau, heb ddeud dim mwy. Roedd oglau polish yn codi hiraeth mawr arno, am gyfnod pan oedd ei gartre'n sgleinio ac oglau bwyd yn llenwi'r gegin. Rhyfedd mai pethau fel'na oedd yr atgofion cryfa oedd ganddo am ei fam. Damia hi.

Canodd y ffôn i lawr grisiau. Rhoddodd Ruth y dwster yn ei ôl i orwedd a mynd i'w ateb, heb edrych ar Cled. Syllodd yntau ar ei adlewyrchiad ei hun yn y drych hir ar y seidbord, a gweld hen foi canol oed yn dechrau colli'i wallt.

19

Erbyn i Ruth droi'r Fiat Punto bach i gyfeiriad Bae Trearddur, roedd y glaw wedi cilio a'r awyr yn las braf ag ambell gwmwl gwyn candi-fflos bob hyn a hyn. 'Digon o awyr las i neud trowsus llongwr' fyddai ei mam yn arfer ddeud, a'i mam hithau wedi deud 'run fath cyn hynny. Roedd y môr wedi gadael ei ôl ar bob dim, meddyliodd Ruth, wedi treiddio i bob gair, i bob llun. Roedd yr heli yng ngwaed pob un ohonyn nhw, er eu gwaetha.

Trodd y radio mlaen eto er mwyn hysio'r car i gyfeiriad y gwesty, a disodli wyneb Cled o'i meddwl yr un pryd. Doedd hi ddim isio meddwl amdano. Roedd ei siniciaeth yn elfen o'i gymeriad roedd Ruth yn ei licio fel arfer, a'i agwedd sgiamllyd at y byd a'i bethau yn rhywbeth fyddai'n gneud iddi wenu. Ond doedd hi ddim isio'i wyneb na'i lais o yn ei phen heddiw.

Em oedd ar y ffôn. Doedd Ruth ddim yn gwybod oedd yr eiliad ddistaw wedi iddi godi'r derbynnydd yn fwriadol ai peidio. 'Wrach ei fod o wedi synnu'i chlywed yn ateb y ffôn a'r tinc Seisnigaidd yn ei llais wrth iddi ddeud 'Min y Môr – hello?' 'Wrach mai dyna oedd o.

'Raid i ni siarad, Ruth,' roedd o wedi'i ddeud. 'Raid i fi gwrdd â ti'n iawn inni siarad. Ddof fi draw.'

'Na! Paid.' Gwyddai ei bod wedi rhuthro i ddeud 'na' wrtho, a bod y tinc o banig yn ei llais wedi'i bradychu. Roedd hi'n rhy hwyr i dynnu hynny'n ôl, ond ceisiodd liniaru tipyn arno. 'Chawn ni'm llonydd yn fan'ma. Ffôn yn mynd bob munud, fisitors yn swnian . . .'

'O, reit. Ble, 'de? Gwêd ti. Ti moyn mynd am dro ar hyd y tra'th?'

Roedd y traeth hefyd yn teimlo'n rhy agos, yn rhy breifat. Neu 'wrach mai rhy gyhoeddus oedd o. Doedd hi ddim wir isio bod yn cydgerdded efo Emlyn mor agored, fel tasan nhw'n ffrindiau mawr – neu'n gariadon o hyd. O'r diwedd fe gytunon nhw i gyfarfod yn y gwesty mawr ym Mae Trearddur. Ruth awgrymodd o, gan ddeud ei fod o'n gyfleus, yn gwerthu coffi da ac y caen nhw lonydd yno i drafod be bynnag oedd gan Emlyn i'w ddeud. Y gwir reswm oedd ei fod o'n dir niwtral, yn rhywle digon amhersonol a digon pell o'r pentre fel na fyddai neb yn taro arnyn nhw.

Roedd hi wedi newid o'r dillad blêr gneud-gwaith-llnau i rywbeth chydig yn fwy gweddus. Wrth gerdded i fyny'r grisiau at y brif fynedfa, gallai deimlo'r sgidiau chydig uwch nag arfer yn brathu cefn ei sodlau, a'i sgert yn glynu yn ei chluniau wrth iddi symud. Rhoi hyder iddi oedd pwrpas y newid dillad – gneud iddi deimlo ei bod yn rheoli'r sefyllfa rywsut. Dechreuodd sylweddoli bod y dillad yn gweithredu i'r gwrthwyneb a'i bod yn teimlo'n anghyfforddus, fel petai hi wedi gneud gormod o ymdrech.

Doedd dim golwg ohono yn y lolfa foethus. Daeth dyn mewn lifrai du a gwyn ati yn syth bìn, a gofyn iddi mewn acen Wyddelig a hoffai hi weld y fwydlen. Gan fod Werddon fel petai'n mynd â'i phen iddi'r dyddiau yma, roedd Ruth wedi sylwi bod tipyn o Wyddelod yn neidio ar y fferi ac yn glanio yng Nghaergybi isio gwaith. Sôn am fynd o'r badall ffrio i'r tân, fel dywedodd Cled.

Archebodd goffi, a throi mymryn ar y bwced o sêt fel ei bod yn wynebu'r drws. Doedd hi ddim am iddo lanio arni'n ddirybudd unwaith eto. Dau gwpwl arall oedd yr unig bobol eraill yn y lolfa, ffrindiau yn hydref eu dyddiau wedi dŵad i Sir Fôn am newid bach. Roedd un ohonyn nhw yng ngofal y map a'r lleill yn tyrru o'i amgylch ac yn pwyntio bob hyn a hyn at ryw lecyn neu'i gilydd ar y map. Syllai Ruth yn agored arnynt, fel petai hi'n edrych ar adar prin.

'Ti'n gynnar!' Trodd i gyfarch y llais. Roedd Emlyn wedi dŵad o gyfeiriad arall, o gyfeiriad y tai bach, ac roedd ogla sebon yn gryf o'i gwmpas. Sylwodd fod godre'i wallt yn wlyb, a bod ewyn gwyn y sebon yn glynu yn y gwallt o gwmpas ei glustiau. Roedd yn gwisgo'r un dillad â neithiwr.

'C–coffi ti isio? Dwi newydd ordro un . . .' meddai Ruth, a sylweddoli eto ei bod yn teimlo'n chwithig. Eisteddodd i fyny yn ei sêt. Cododd ei llaw a llwyddo, diolch byth, i ddal sylw'r gweinydd.

'Lle posh. Ti'n dod yma'n aml, 'te? O, sorri!' meddai Emlyn dan wenu, gan esgus sylweddoli ei fod wedi llithro i ddefnyddio'r ystrydeb fflyrtio mwyaf adnabyddus ohonyn nhw i gyd.

'Byth!' meddai Ruth, ac eistedd 'nôl fymryn, gan neud yn siŵr nad oedd hi'n ymlacio gormod. 'Rhy brysur, yli. Gormod i neud.'

'Ie, alla i weld 'ny. Rhedeg i fisitors siŵr o fod yn jobyn galed.' Diflannodd ei wên am eiliad, cyn dŵad yn ôl yn ara bach, fel haul yn ymddangos o'r tu ôl i gwmwl.

'Felly, Emlyn, be sy'n dŵad â chdi ffor'ma? Ar ôl yr holl amser?'

Tynnodd Emlyn ei fysedd at ei gilydd i neud siâp pyramid, a syllu arni.

'So ti'n gwbod, Ruth?'

'Nacdw, neu 'swn i'm yn gofyn, na faswn?' Roedd tinc ei llais yn ei phlesio – ddim yn rhy nawddoglyd ond yn ddigon mursennaidd i awgrymu rhywun prysur oedd yn gwastraffu'i hamser efo rhywun diddeall. Syllodd yntau arni, ei lygaid gwyrddion yn culhau cyn iddo wenu eto.

'So ti 'di newid. Dim, wir. Ti isie fi feddwl bo ti 'di newid. 'Di tyfu lan. 'Di "symud mla'n", ys gwedon nhw. Ond fi'n gwbod. Ti'n dala 'ma. Fy Ruth i.'

Cyrhaeddodd y gweinydd a'r llestri'n clindarddach ar yr

hambwrdd arian. Gosododd y cwpanau o flaen y ddau ohonyn nhw, ynghyd â jwg llefrith a phowlen siwgwr efo lympiau di-siâp o siwgwr brown a gwyn. Rhoddodd y *cafetière* yn goron ar y cyfan ynghanol y bwrdd.

'You guys enjoy now!' meddai'r boi, a rhyw hanner moesymgrymu. Winciodd Emlyn arno, a chiliodd y boi bach tan wenu i dywyllwch y bar. Edrychodd Emlyn yn ôl ar Ruth. Estynnodd y ddau am y jwg llefrith ar yr un pryd, a chyffwrdd. Croen ar groen. Teimlodd Ruth y blewiach ar gefn ei law yn ei chosi. Tynnodd ei llaw yn ôl, fel petai hi wedi'i llosgi. Gwenodd Emlyn unwaith eto, a dechrau tywallt llefrith i'r ddau ohonyn nhw.

'Wy'n cymryd bo ti dala i gwmryd lla'th yn dy goffi?' Nodiodd Ruth ei phen.

'Lle ti'n aros?' gofynnodd Ruth, a dechrau gwasgu'r llwyfan bach oddi mewn i'r *cafetière* i lawr yn bwyllog, yn falch o gael rhywbeth i'w neud.

'O, fyddet ti'm yn nabod y lle, siŵr o fod. Lle bach yw e. Ti bach mwy cynnil na fe, Cled. Gofyn pryd o'n i'n gadel nath e!'

'Welest ti Cled.' Gosodiad, ond sylwodd Emlyn ddim.

'Yn y swyddfa bost. Yffach, so fe 'di newid dim, odi fe? Druan. Ond 'na fe, ma fe 'di bod yn *ageing rock star* ers o'dd e tua pedair ar ddeg, on'd yw e? Wastad yn dishgwl yn ganol o'd, hyd yn o'd pryd 'ny.'

'Ma Cled yn iawn,' meddai Ruth yn oeraidd. Chwarddodd Emlyn.

'Whare teg i ti, Ruth. Dala'n ffyddlon iddo fe. Odi fe 'di priodi 'to, 'de? O's Cleds bach er'ill yn rhedeg bytu'r pentre?'

Anwybyddodd Ruth ei sylw. Rhoddodd y gorau i wasgu'r coffi a dechrau ei dywallt i'r cwpanau.

'A beth bytu ti, 'de? So ti'n briod, fi'n gwbod 'ny.'

'Sut ti'n gwbod?' meddai Ruth yn amddiffynnol, a difaru'n syth.

'Wel, so ti'n gorffod bod yn Miss Marple i weld nag o's

modrwy 'da ti, na marc modrwy 'ed, felly so ti 'di tynnu'r fodrwy o ran . . . cyfleustra.'

'Cyfleustra! Be, i gogio bo fi ar ga'l, ti'n feddwl! Blydi hel, Emlyn!'

'Er mwyn golchi'r llestri, 'na i gyd o'dd 'da fi!' meddai Emlyn yn bryfoclyd, a damiodd Ruth ei bod wedi ymateb fel y gwnaethai.

'Dwi'm 'di priodi, naddo. A be amdanach chdi?'

'Neb. Sneb yn fy mywyd i, Ruth. Wel . . .' meddai, a gwenu eto am eiliad, cyn newid cyfeiriad fymryn. 'Ond ma mab 'da ti, on'd o's e? Fe atebodd y ffôn gynne fach. Cwrtais iawn 'fyd, whare teg iddo fe.'

Aeth rhyw ias oer i lawr ei chefn. Yr un math o banig oer ag a deimlodd pan ddaeth Emlyn i sefyll ar riniog ei drws, a hithau'n gwybod bod Math i fyny'r grisiau yn ei wely.

'Pam ti'n ôl, Em?' gofynnodd eto.

Atebodd Em mohoni. Gallai weld o gornel ei llygad fod y ddau gwpwl oedrannus yn codi'n bwyllog o'u seti. Doedd dim golwg o'r Gwyddel.

'O'n i'n meddwl y bydde'r nodiade 'na wedi hala ti wherthin, unweth o't ti'n gwbod taw fi sgwennodd nhw. O'dd synnwyr digrifwch yn arfer bod 'da ti!' Ac yna ychwanegodd, 'O'n ni'n arfer dyall 'n gilydd.'

'Be w't tisio, Emlyn?' Roedd yn rhaid iddi gael gwybod. Roedd yn *iawn* iddi gael gwybod. Doedd hi ddim wedi clywed gair oddi wrtho fo ers iddyn nhw wahanu yn ugain oed, y fo a'i wallt hir a'r siaced wyrdd tywyll efo'r geiriau 'I'r Gad' wedi'u gwnïo arni mewn edau goch.

'Fi isie dy help di, Ruth,' meddai, a diflannodd yr holl liwiau a'r siapiau oedd yn llechu ar ymylon ei golwg i mewn i'r llygaid gwyrdd oedd yn naddu i mewn iddi. 'A nawr yw'r amser.'

20

Trawodd Cled ei draed yn drwm ar y llwybr pren oedd yn mynd rownd hanner Llyn Maelog, heb falio pwy ddiawl oedd yn ei glywed o, gan ofalu'i fod yn dal ei afael yn dynn yn y botel win rhag iddo ychwanegu Chardonnay o siop y pentre at ddŵr y llyn. Roedd 'na arian mawr wedi mynd i greu lle handi i fisitors efo'u coetsys babis a'u cadeiriau olwyn fedru mynd at y llyn, ond doedd Cled ddim wedi bod yno ryw lawer ers iddo fo gael ei neud. Pan gododd y mater efo Len chydig fisoedd wedi i'r llwybr gael ei agor yn swyddogol, mi sbiodd hwnnw arno fo fel tasa fo'n dechrau drysu.

'Dwi'n nabod y Maelog fatha cefn 'yn llaw. 'Di bod yno'n chwara am oria cyn dy eni di, washi!' meddai, fel tasa fo 'di ffromi bod Cled 'di meiddio cynnig mynd am dro efo fo yno ryw bnawn Sul. 'I be 'swn i isio i chdi nhywys i o gwmpas y llyn ar ryw damad o bren fatha 'swn i'm yn gall?'

Cymerodd Cled swig arall go dda o'r gwin. Stwff ryff ar y diân oedd o, ond mi oedd o'n gneud y job, ac roedd o'n mwynhau teimlo'i gylla'n cnesu wrth i'r gwin fynd i lawr y lôn goch.

'Ffwcin Emlyn yn ei ôl eto!' meddai'n uchel, ac o'r cyffro a'r sgrech a ddilynodd, dalltodd ei fod wedi styrbio heddwch iâr ddŵr neu rywbeth tebyg ar ei nyth yn y brwyn. Roedd o wedi medru anghofio bron yn llwyr am y boi, neu wedi'i roi mewn cornel o'i gof, mewn stafell fach a'r drws wedi'i folltio – wedi gallu anghofio'r miwsig yn ei lais, yr olwg yn ei lygaid pan fyddai'n edrych ar Cled, yr olwg yna oedd yn hanner ffieiddio, hanner tosturio wrtho. Byth ers iddo fo ddŵad ar y sîn gynta un, roedd o wedi trio dŵad rhwng Ruth a fynta. Efo'i gilydd roeddan nhw pan welson nhw'r hogyn bach penfelyn ar ei gwrcwd yn adeiladu castell tywod ar ei ben ei hun bach ar lan môr.

'Yli, bechod, yr hogyn bach 'na'n gneud castall ar ei ben ei hun,' roedd Ruth wedi'i ddeud, mewn llais oedd yn awgrymu mai dyna'r weithred fwya unig yn y byd. Roedd hi wedi cydio yn llaw Cled a'i dywys tuag ato, a'r ddau'n cael pwl o swildod unwaith roeddan nhw'n sefyll uwch ei ben o, ac yn sbio i lawr ar eu sandalau'n chwithig.

'What iw dŵin' ddêr?' Cled oedd y cynta i siarad efo fo – 'ta Ruth? Doedd o ddim yn cofio. Roedd y ddau'n siarad efo un llais yr adeg honno. Ond roedd o'n bendant mai ateb Ruth a wnaeth yr hogyn bach gwallt melyn, p'run bynnag. Arni hi yr edrychodd o wrth ddeud 'Fi'n adeiladu castell' yn yr iaith Sowth ddigri 'na, fel roeddan nhw'n siarad ar *Pobol y Cwm*. Gwnaeth hynny i Cled ddechrau giglan, ond troi i rythu arno fo wnaeth Ruth.

'Fedran ni dy helpu di os tisio!' roedd Ruth wedi'i ddeud, mewn llais nad oedd Cled wedi'i glywed ganddi o'r blaen. A dyna sut dechreuodd pob dim – tri phlentyn ar eu cwrcwd ar y tywod, ac un ohonyn nhw'r pnawn hwnnw yn teimlo'i fod o wedi colli rhywbeth, ond ddim yn gwybod be.

'Y bwbach!' meddai Cled yn uchel eto, a chlywed y corswellt tal yn sisial siarad amdano fo wrth iddo fynd heibio iddyn nhw. Cymerodd swigiad arall o'r gwin a dal i fynd yn ei flaen. Doedd 'na neb go iawn i'w glywad o'n hefru. Roedd yr adeilad mawr du a gwyn wrth geg y ffordd fach at y llyn yn westy bellach, er ei fod wedi newid ei swyddogaeth sawl gwaith dros y blynyddoedd, o fod yn gartre i fod yn glwb preifat lle roedd ffarmwrs boliog mewn gwasgodau a Saeson mewn siorts a sgidia mocasin yn cogio cyd-fyw i osgoi'r 'stop tap'. Mi driodd Len ei lwc yno unwaith ond doedd o'n perthyn i'r un o'r ddwy giwed, felly'r drws gafodd o.

Tai preifat oedd y lleill, a chae mawr braf rhwng y tai a'r llyn. Dôi'r llwybr pren i ben yn ddisymwth, ac roedd gofyn mynd dros dir ffarm os oeddach chi am fynd i ben draw'r llyn. Roedd 'na wastad geffylau yn un o'r caeau, a mulod hefyd yn pori yn y cae yr ochr bella. Roedd yn rhaid bod yn ofalus efo'r rheiny; mi reden nhw ar eich ôl chi tasach chi'n baglu neu'n gneud gormod o dwrw.

Yn ystod yr ha roedd yr eithin yn wreichion melyn ar y ponciau. Byddai Cled a Ruth yn arfer dŵad yma i eistedd ar y bompren fach ym mhen pella'r llyn, a hongian eu coesau dros yr ymyl. Weithia byddai Ruth yn clymu un goes yng nghoes Cled, a gweld pa mor uchel fedren nhw swingio'u coesau heb i'r ddwy goes wahanu. Weithia dôi'r ddau â brechdan a phaced o grisps ac afal fel picnic cogio, ac yna'u bwyta wrth edrych ar y dŵr ar wyneb Llyn Maelog. I bobol ddiarth, rhywbeth i fynd heibio iddo fo oedd y llyn, hyd yn oed tasan nhw'n gwbod ei fod o yno o gwbwl y tu ôl i'r tyfiant tal.

Roedd 'na lonydd i'w gael yn fan'ma. Yma y dôi Cled yn amal wedi i'w fam eu gadael. Doedd ganddo ddim ofn bod yma ar ei ben ei hun. Roedd hynny filwaith gwell na bod yn y blydi tŷ torcalonnus yna, a gweld Len yn mynd trwy wahanol gamau meddwdod – o fod yn heriol i fod yn ymosodol ac yna'n ddagreuol. Ei lordio hi dros Cled fyddai Alan, ei frawd mawr, ac ymarfer ei sgiliau bocsio arno. Felly roedd Cled yn byw ac yn bod yma, ar ei ben ei hun neu hefo Ruth. A byth ers hynny, roedd yr atgof am ei fam yn gymysg â sŵn llepian y dŵr ar lan y llyn, ac oglau coconyt yr eithin melyn ar y gwynt. Ond doedd o ddim wedi bod yma ers oesoedd. Ddim hyd yn oed yn ei ddiod. Roedd 'na dristwch ynglŷn â'r lle, rhyw felancoli, rhyw wacter. Fel tasa 'na bethau trist wedi digwydd yma, a bod y llyn yn llawn dagrau.

Gadawodd y llwybr pren swyddogol a chychwyn at y bont fach bren ar draws y cae lle roedd y mulod. Doedd 'na'm golwg o'r diawlad heddiw, wrth lwc, ond bu bron iawn iddo fynd ar ei hyd ar lawr wrth gadw llygad allan amdanyn nhw yn lle sbio ar ei draed. Rhegodd.

Meddyliodd mai un o'r mulod oedd yn gneud y sŵn snwffian ac ochneidio a glywodd yn dŵad o'r tu ôl i dwmpath o eithin ar waelod y bryncyn. Roeddan nhw'n medru bod yn hen gnafon swnllyd, ac yn bwyta'r borfa fel tasa dim byd arall yn bwysig. Gan afael yn dynn yng ngheg y botel, penderfynodd roi digon o libart i'r mul a mynd i lawr at ymyl y llyn yn gynt nag roedd o wedi'i fwriadu, er mwyn cyrraedd y bont. Doedd ei ben o ddim yn teimlo'n ddigon clir i ddal pen rheswm efo anifail styfnig – meddyliodd am Len ar yr un gwynt, a gwenu – a dechreuodd ar ei siwrne igam-ogam i lawr y cae at y llyn. Roedd y sŵn yn dal i ddŵad o'r tu ôl i'r twmpath, ond doedd o ddim yn swnio cweit fel mul chwaith, rywsut, ond yn debycach i sŵn rwbath yn udo fel tasa fo mewn poen. Syllodd eto a gweld fflach o wyn yn symud yn sydyn, fel petai rhywun yn trio cuddio.

'Hei!' meddai Cled yn uchel, a difaru gneud. Yna clywodd ei hun yn gweiddi eto, 'Hei!' ond yn fwy ymosodol tro 'ma, fel basa unrhyw un oedd yn ystyried gneud tro cas ag o'n gorfod meddwl ddwywaith. Ddaeth dim ateb, ac roedd y sŵn igian wedi stopio hefyd, fel tasa rhywun yn dal ei wynt. Daliodd Cled yntau ei wynt. Doedd o ddim yn mynd i anadlu os nad oedd y llall yn gneud! Syllodd ar y llyn yn simsanu o'i flaen – hwnnw'n dal ei wynt hefyd. Ond roedd y dynfa i weld pwy oedd yn cuddio yno'n gryfach nag unrhyw arlliw o synnwyr cyffredin oedd ar ôl ynddo. Gan droedio'n ofalus fel lleidr mewn ffilm henffasiwn, cyrhaeddodd Cled at ymyl y twmpath. Roedd ar fin mentro mlaen pan glywodd waedd a gweld ffigwr tal yn baglu mynd am y bont, gan geisio cuddio'i wyneb. Gwelodd y Cled meddw ddigon ar y ffigwr i sylweddoli mai Math oedd o, a bod 'na waed dros ei wyneb.

'Hei! Hei, Math! Be ti'n neud, dwa'? Cled! Fi sy 'ma – Cled!'

Wrth redeg, trodd Math i sbio arno, a dyma fo'n mynd tin dros ben, yn glewt ar lawr. Brysiodd Cled ato cyn iddo gael cyfle i godi ar ei draed a'i heglu hi eto. Roedd o'n hen gena bach sydyn, wedi bod felly rioed, yn ennill medalau lu ym mabolgampau'r ysgol ac ati. Coesau hir, hynny'n help. Medru rhoi dau dro am un i ryw bethau boliog fatha Cled ei hun. Gwibiodd y meddyliau'n un sglwtsh yn ei ben wrth frysio at lle roedd Math. Ond doedd dim raid iddo fod wedi poeni. Doedd Math ddim wedi symud o'r fan, ddim ond wedi gneud ei gorff yn dynn fel pelen, fel tasa fo'n disgwyl peltan ac yn amddiffyn ei hun.

Safodd Cled uwch ei ben am eiliad, yn anadlu'n drwm. Gallai glywed awyren yn codi o lain lanio RAF Fali ychydig gaeau i ffwrdd, mul neu ddafad neu rywbeth yn brefu dipyn yn nes ato, a chwadan yn sgimio wyneb y llyn â sgrech. A sŵn crio yn dŵad o gyfeiriad Math.

'Be sy, washi?' medda fo yn y diwedd, a sobri mwya sydyn. Sobri ddigon i ddifaru'i enaid ei fod o wedi bod yn gymaint o lembo â thwtshiad mewn dropyn. Ond dal i grio wnaeth Math, a mynd ati i guddio'i wyneb fel tasa ganddo fo gywilydd.

'Harnish gest ti? Basdads. Ma 'na ryw hen fasdads o hyd, sti, does?'

'Naci! Bag. . . baglu nesh i . . .' dechreuodd Math.

'Baaasdads!' meddai Cled eto, heb gymryd arno ei fod wedi clywed Math. 'Ma isio'u sortio nhw allan, pwy bynnag ydyn nhw!'

Tawelodd y crio, ond wnaeth Math ddim ymdrech i symud llaw na throed, dim ond gorwedd yno ar y glaswellt. Gwelodd Cled fod pen-glin ei drowsus wedi rhwygo'n rhubanau, a bod ganddo waed ar ei grys ysgol. Fe'i cafodd ei hun yn eistedd wrth ei ymyl, ac roedd hi'n rhyddhad i beidio gorfod cadw cydbwysedd wrth drio sefyll. Teimlod ei fol yn dechrau troi'n drobwll o ysictod; byddai'n rhoi'r byd am gael chwydfa reit dda er mwyn clirio tipyn ar ei fol a'i ben. Ond Math oedd yn bwysig rŵan. Math bach.

'Dyna pam ti 'di bod yn dojo, ma siŵr, ia was? Y basdads 'na'n hambygio chdi?'

Roedd Cled wedi amau mai dyna be oedd. Roedd Math yn sgolar go lew, felly nid y gwaith oedd yn ei boeni. Doedd o'm wedi trafod hynny efo Ruth eto, heb sôn am grybwyll y peth wrth Math ei hun. Ond roedd y gwin yn llacio'i dafod, yn iro'i eiriau, er ei fod yn gadael ei ben yn niwl. 'Ti 'di . . . ti 'di deud wrth dy fam, washi?'

'Naddo!'

'Ond pam? Dwi'n siŵr 'sa hi . . .'

'Dwi'm isio'i phoeni hi, iawn? Sortia i o!' Ar hyn, eisteddodd Math i fyny, a gwelodd Cled ei wyneb yn iawn. Hen doriad digon cas ar ei dalcen oedd y rheswm dros y gwaed i gyd, ond roedd pennau'n ddiawlad am waedu ac awgrymu bod petha'n waeth nag oeddan nhw – roedd gan Cled syniad go lew am hynny. Roedd 'na fwy o jans erstalwm i Alan gael ffrae gin Len am dynnu gwaed o gwmpas pen Cled, er bod y dyrnu a'r pen-glin yn y bol yn brifo mwy o lawer. Ond roedd un o lygaid Math wedi hanner cau hefyd, a'r amrant wedi chwyddo'n biws-ddu dros gannwyll ei lygad.

'Ma nhw . . . 'di bod yn haslo fi ers misoedd,' medda fo, ei lais yn crynu fel petai o'n ei ddefnyddio fo am y tro cynta. Yna roedd y geiriau'n baglu ar draws ei gilydd yn trio dŵad allan. 'Haslo fi, bob munud. Cau gadal llonydd . . . Cuddio mag i yn rysgol, galw petha ffiaidd arna i, deud storis sy'm yn wir, trio troi pawb yn f'erbyn i. *Un* sy. Fo 'di'r blydi drwg. Lleill yn dilyn 'tha ffycin . . .'

Edrychodd ar Cled fel tasa fo'n trio gweld pa effaith oedd y rheg wedi'i gael arno. Roedd Ruth yn reit llym efo rhegi, er ei bod hi wrthi fel trwpar ei hun efo Cled. Ond doedd dim raid i Math boeni am sensoriaeth o gyfeiriad Cledwyn.

'Defaid . . .' cytunodd Cled, a sbio draw yn ddoeth i gyfeiriad y Maelog. Gallai glywed bod ei eiriau'n floesg. 'Ffycin . . . sorri . . . blydi defaid 'dyn nhw. Cachwrs 'di'r rheiny 'fyd. Cachu hyd cloddia 'ma'n bob man. Baw defaid 'tha cyrainj ar waelod dy esgid di. Defaid a cachwrs ydyn nhw, yli. Y blydi lot ohonyn nhw!' Dechreuodd Math chwerthin, a chwarddodd Cled yn ôl wrth iddo weld pa mor simplistig oedd ei ddeiagnosis. 'Ti'n gallach na fi, mêt!' meddai Cled o'r diwedd.

'Hynny'm yn anodd!' meddai Math, a gwenu eto.

'Hei, paid â bod yn bowld!' meddai Cled mewn ffug gerydd, a setlodd y ddau i ryw fath o gymdeithas fach braf o ddallt ei gilydd. 'Na, o ddifri 'ŵan, Math 'de. Ma raid 'chdi ddeud wrth rywun, sti. Wir 'ŵan, boi. Y peth gora ma bwlis fel'na'n lecio, 'de, ydi pobol yn cadw arnyn nhw, yn deud dim a jest yn diodda.'

'O ia?!' Roedd yr ofn yn ôl yn llais Math, y cryndod. 'A ma hynna'n mynd i setlo petha, ydi? Sbragio arnyn nhw wrth yr athrawon! Fydd petha saith gwaith gwaeth wedyn, siŵr!'

'Fedar petha fod yn waeth na hyn, mêt?' meddai Cled, a theimlo'n agos iawn at roi ei fraich amdano. 'Ca'l dy stido a dojo'r ysgol o'u hachos nhw?' Edrychodd Math ar y llawr, a dechrau tynnu llond dwrn o laswellt o'r ddaear, fel petai o'n tynnu gwallt.

'Be 'di enw'r cachwr bach 'ma, 'ta? Y pen bwli?'

Roedd llygaid Math yn dechrau chwyddo'n glustog piws poenus. Dal i dynnu'r glaswellt wnaeth o, heb ei ateb. Cofiai Cled iddo yntau gasáu ynganu enw rhywun am hir iawn pan oedd o tua'r un oed â Math. Fel petai deud yr enw'n ddigon i gorddi ei stumog, a deffro'r hen deimlad 'na yn ddwfn yn ei ymysgaroedd.

'Emlyn oedd enw un fi!' meddai Cled, ac yn sydyn a

dirybudd, dyma droi oddi wrth Math a thywallt cynnwys ei stumog ar y glaswellt.

21

Doedd hi ddim wedi bwriadu mynd ymlaen i Gaergybi ar ôl cwrdd ag Emlyn. Roedd hi angen mynd i Bod Feurig i fwydo'r gath ac i ddyfrio, ac wedi meddwl mynd yno'n syth. Ond roedd hi'n teimlo'n wahanol ar ôl cyfarfod Em. Angen profi rhywbeth concrit, mae'n debyg, a chaech chi nunlle mwy concrit na Chaergybi rownd ffor'ma.

Roedd o wedi digwydd eto, yn union fel o'r blaen: bod yn ei gwmni wedi taflu pob dim i'r gwynt, wedi gneud i bob dim arall ymddangos yn afreal. Roedd yn rhaid iddi gael profi bod y byd roedd hi'n byw ynddo fo'n bod o hyd.

Doedd hi ddim isio mentro cynnig lifft yn ôl i'r pentre iddo fo, os mai fanno roedd o'n aros. Roedd y syniad o fod mor agos â hynny ato, teimlo gwres ei gorff yn rhy agos ati yn y car, ei synhwyro fo . . . Roedd ei arogl o'n rhywbeth roedd hi wedi medru'i anghofio, yn rhywbeth roedd hi wedi medru'i wthio o'r neilltu. Ond rŵan roedd o'n ei llenwi i gyd. Ogla'i groen yn llenwi pob croendwll, yn gyrru'r saeth 'na o flys yn syth drwyddi, yn cofio'i ffordd, mor hyderus o'i bŵer drosti.

Parciodd yn y maes parcio bach uwchben y brif dref a cherdded i lawr y llwybr cul at y brif stryd siopa. Roedd nifer o'r siopau wedi'u bordio i fyny erbyn hyn, gwaetha'r modd, ac ambell un o'r trigolion creadigol wedi creu celfyddyd ar y bordiau i fynegi'i ddiflastod. Bellach roedd yr adeilad a arferai fod yn gartre i'r farchnad dan do fywiog hefyd ar gau. Ond roedd yn galondid gweld bod y cigydd yn dal ar agor, a'r fferyllfa. A'r siopau bargen am bunt. Roedd 'na rywbeth anorchfygol ynglŷn â thref borthladd oedd wedi gweld llanw a thrai o bob math. Pan fyddai pobol yn clywed 'bwwwm bwwwm' y corn niwl yn nhrymder nos, roedd 'na deimlad o berthyn, o gymuned.

Wrth gerdded heibio i'r dafarn ar ben draw'r stryd, sylwodd fod yr arwydd ar gyfer y Gwyddelod fyddai'n pasio o'r fferi'n dal yno: 'We accept euros.' A chofio bob tro am Math yn deud ma raid bod Euros wedi cael ei wahardd ym mhob man arall os oedd yn rhaid i'r dafarn yma gyhoeddi ei bod yn ei dderbyn – a'r ddau'n chwerthin nes oeddan nhw'n wan, a phobol yn sbio'n wirion arnyn nhw! I Ruth, roedd hyn hefyd yn arwydd o natur gosmopolitan y dre siabi ond balch yma.

Roedd arni angen bod mewn tref fel Caergybi heddiw, angen medru llithro fel ysbryd heibio'r ffenestri siopau tywyll, gwag, a gweld y sbwriel yn cronni yn y corneli, y graffiti ar y bordiau, a ffenestri ambell gaffi'n gymylog gan wres y giang oedd yn cael panad y tu mewn. Oedodd y tu allan i un ohonyn nhw a darllen y fwydlen. Aeth y print yn bryfaid bach duon yn dawnsio o flaen ei llygaid.

'Dere mla'n, Ruth, hasta 'chan!' Llais Em yn nerfus, yn crynu fel na chlywsai Ruth mohono'n crynu o'r blaen. Mae'n edrych dros ei ysgwydd bob munud, ar bob car sy'n mynd ar hyd y lôn hir drwy'r twyni tywod o Aberffraw i Hermon. Does 'na'm llawer o geir yn pasio, ond gan ei bod hi'n dywyll a golau arnyn nhw, maen nhw i'w gweld o bell. Diffodd y dortsh, diffodd y dortsh! Y ddau'n sefyll ar y twyni'n anadlu'n drwm, heb symud gewyn, dim ond anadlu'n drwm nes bod y car wedi mynd heibio. Cynnau'r dortsh eto, a dal ati i balu, i gladdu'r ddyfais fach yn ddwfn yn y tywod, fel na fyddai neb byth yn gwbod.

Mae'n cofio'r pram adawyd yno gan rywun. Pram fawr ddu, henffasiwn, yn edrych fel rhyw bry cop anferthol ar y twyni pan mae hi'n mynd heibio ar y bws. Rhywun wedi cael llond

bol ar y babi ac wedi'i adael o ar y twyni, medda Cled.
Merchaid yn gneud hynny weithia, medda fo. Doedd Ruth byth
yn medru dŵad y ffordd yma heb feddwl am y fam yn hanner
cerdded, hanner syrthio i lawr y mynydd meddal melyn oddi
wrth ei babi, yn troi ac yn gadael y goets lawn crio yno i'r
gwynt a'r brain a'r tywod. Ond erbyn hyn mae hitha, Ruth,
yn claddu rhywbeth yma, tydi? Ac yn y munud, mi fydd hi ac
Em yn hanner rhedeg, hanner baglu i lawr y twyni i ddianc
oddi wrth be maen nhw 'di neud. Ac yn cofio am y peth bob
tro byddan nhw'n pasio ar y bws . . .

'Ruth?' Trodd ei phen a syllu ar y llygaid glas oedd yn syllu'n
ôl arni, a sylwi bod y colur glas ar un amrant yn dewach nag
ar y llall. 'On i'n meddwl ma chdi o'dd 'na! Ffansi mynd i
mewn am banad, w't ti? Trîtio dy hun?'

'Naci . . . ym . . . ella,' mwmiodd Ruth, a gwybod ei bod
yn swnio'n hurt, wedi dadebru o'i thrwmgwsg. 'Ti . . . ti'n
iawn, Mairwen?'

''Im yn bad, 'de. Dre 'ma'n edrach yn drist ar diawl 'di
mynd, ti'm yn meddwl? Bechod 'fyd, 'de? Ma nhw'n trio
gwario ar y lle ond ma'r siopa mawr 'ma tu allan i'r dre yn
llyncu'r busnas i gyd, dydyn? Cofia, fanno fydda inna'n
gneud 'yn negas, 'fyd!' Gwenodd Mairwen ar yr eironi, a
sylwodd Ruth fod ei dannedd wedi melynu fymryn, yn sgil
sigaréts neu de. Roedd yr effaith yn gneud iddi edrych yn
llawer hŷn na'i hoed. 'Sut ma petha efo chdi, Ruth?'
gofynnodd wedyn.

'Y . . . iawn . . . Yndyn, iawn. Diolch.'

'A busnas? Ei gneud hi'n iawn?'

'Digon prysur, sti.'

'Wyt?' gofynnodd Mairwen yn fwy eiddgar nag oedd raid.
Teimlodd Ruth yn anghyfforddus braidd, gan fod Mairwen
yn syllu i fyw ei llygaid, yn symud o un llygad i'r llall, fel
tasa hi'n chwilio am gliw. 'Dwi 'di colli oria'n cantîn rysgol
'cw, sti.'

'Do?'

'Niferoedd y plant yn mynd i lawr. Er bod y pentra 'cw'n brysurach nag erioed, 'fyd, tydi? Efo fisitors. Neu bobol 'di riteirio. Dŵad yma i farw!'

'Ti'n iawn. Pobol ddŵad,' meddai Ruth, a meddwl pryd basa'n iawn iddi roi taw ar y mân siarad yma a hithau â'i meddwl yn troi. Ond yn ei blaen yr aeth Mairwen. 'Dim lle i *ni* 'ŵan, nagoes? Pobol y pentra go iawn. Mond pobol ddiarth. Isio i ni sticio efo'n gilydd, does?' Roedd yn llygadu Ruth yn agos iawn wrth siarad, fel tasa hi'n mesur ei hymateb. 'So, o'n i'n meddwl, 'de, ti'm angan help yn lle chdi, nagwyt? Efo brecwast, help i neud y gwlâu, llnau. Rwbath, rîli. 'Swn i'm yn gofyn 'blaw . . .' Edrychodd Mairwen ar ei hesgidiau ac yna o'i chwmpas yn hunan-ymwybodol. Roedd ei hosgo'n bradychu'i chwithdod. 'Peth ydi, ma Annette ni a Cerys bach acw'n byw efo fi rŵan. Petha 'di syrthio drwadd efo hi a'r boi 'na o Borth. Hen shinach brwnt o'dd o 'fyd. Ond 'na fo. Nesh i drio deud, ond do'dd hi'm isio gwrando ar ei mam.'

'Nago's, sti, Mairwen. Sgin i'm byd. Petha'n tawelu rŵan. Tymor yn dŵad i ben.'

'Meddwl bo chdi'n deud bo chdi'n brysur?' meddai hi wedyn, fel twrna.

'Ddim yn brysur iawn, nacdw.'

'O!'

'O' fawr a thwll yn ei chanol, fel byddai Myfi'n arfer ei ddeud. O. Gwag.

Camodd Mairwen yn ei hôl, a throdd y llygaid glas i edrych i fyny'r stryd am eiliad, cyn glanio 'nôl a setlo ar Ruth. 'O, 'na chdi, 'ta. Ond cofia amdana fi, nei di? Hen ffrindia'n cofio am ei gilydd i fod, dydyn?'

'Sorri,' meddai Ruth, a thrio gwenu'n ôl.

Ers pryd oedd hon yn ffrind iddi? Ers pryd oedd y ddwy'n llawia? Hon oedd yr un fyddai'n gneud hwyl am ben y dillad gwahanol y byddai Ruth yn eu gwisgo i'r ysgol (diolch i greadigrwydd Myfi), yn gneud hwyl am ben Em a'i acen, yn hel hogia pan oedd hi dan oed, ac yn siarad heb siarad efo Ruth bob tro'r agorai ei cheg. Ond eto, yn sefyll ar y stryd fel hyn a min awel dechrau hydref yn dechrau brathu'u fferau, roedd ganddi biti drosti.

'Hwyl ti 'wan!' meddai Ruth eto, a dechrau cerdded oddi wrthi, i lawr y stryd tuag at y senotaff, er bod hwnnw'n bell o'r car.

'Hei, Ruth! Wsti pwy welish i? Diwrnod o'r blaen? Yr Emlyn 'na. 'Di mynd yn gorjys, cofia. Uffar o bishyn. 'Dio 'di bod heibio chdi?'

Tasa Ruth mond wedi mynd ychydig gamau ymhellach mi allai fod wedi anwybyddu Mairwen, wedi medru cogio na chlywodd hi mohoni. Ond fel roedd petha, mi fyddai anwybyddu 'di siarad cyfrola. Trodd yn ei hôl yn ara deg.

'Emlyn? Naddo, sti . . .'

'Naddo?' meddai Mairwen, a'i llais fel seiran, yn drybowndio'n llachar o un ochr i'r stryd i'r llall. 'Ti'n synnu fi! A chitha'n arfar bod mor agos!'

Ac yna canodd y ffôn. Yn union fel tasa hi 'di trefnu'r peth. Yn union fel tasa 'na fod goruwchnaturiol yn sbio i lawr arni ac yn cyfarwyddo'r holl sioe, ac yn penderfynu y dylai'r ffôn ganu yr eiliad . . . hon! Crechwenodd Mairwen a chodi'i llaw wrth i Ruth ymbalfalu yn ei bag llaw am y ffôn. Erbyn i Ruth ei ateb, dim ond cefn Mairwen oedd i'w weld yn diflannu i fyny'r stryd.

Nabyddodd hi mo'i lais o'n syth. Roedd o'n swnio'n wahanol. Ac yn siarad Saesneg.

'Ruth . . . it's me.' Saib. Roedd hi ar fin gofyn pwy oedd y 'me' pan aeth Steve yn ei flaen. 'Dad. He died last night, Ruth.'

22

'Sssh! Iawn, ty'd drwadd reit sydyn, 'ta!' Dychymyg Cled oedd yn gorweithio, 'ta oedd Math wedi rhoi rhyw hanner gwên cyn mentro i mewn trwy'r drws pren siâp tarian i ganol yr ardd fach flêr? Roedd effaith y gwin yn dechrau cilio rŵan, ond roedd blas sur y chwd yn dal yn ei geg, a'i freichiau'n dal i deimlo fel tasan nhw'm yn perthyn iddo fo. Roedd yn rhaid iddo ganolbwyntio'n fwy nag arfer i beidio taro i mewn i bethau, neu gyffwrdd pethau'n drwsgwl.

'Ti'm isio i neb dy weld di, nagoes?' meddai Cled yn floesg, cyn dechrau troedio'r llwybr i gyfeiriad y briws fel dyn drwg mewn cartŵn. Roedd o'n dechrau sobri digon i fedru'i weld ei hun.

''Dio'm fatha 'san ni'n torri mewn a ninna ddim i fod 'ma, nacdi?' meddai Math, ac roedd gin yr hogyn bwynt, ma siŵr. Roedd ganddo gymaint o hawl â neb i fod yn Bod Feurig, tŷ ei nain.

Bu'r ddau mewn cyfyng-gyngor ar lan Llyn Maelog gynnau. Roeddan nhw wedi eistedd am dipyn go lew yn sbio allan ar y dŵr, a Cled yn teimlo hen deimladau cymysglyd.

Ar un wedd, roedd hi'n uffar o beth bod Math yn cael ei hambygio gan ryw hen ddiawlad annifyr tua'r ysgol 'na. Yr un peth yn union oedd rhywun yn cam-drin rhywun arall heddiw ag roedd o yn y saithdegau, ond bod blydi technoleg 'di gneud y peth yn fwy annifyr o beth uffar. Roedd Math wedi deud ei fod o wedi bod yn cael negesuon tecst ddydd a nos, a'i fod o wedi dechrau bod ofn sbio ar y Ffêsbwc 'na am eu bod nhw'n gyrru pethau annifyr iddo fo ar hwnnw hefyd, y cachwrs.

Oedd, roedd ganddo biti dros Math, ac yn gobeithio bod yr holl beth wedi'i setlo bellach efo ffeit hen deip ddylai glirio'r aer. Ond roedd Cled hefyd bron yn ofni cyfadda iddo'i hun ei fod o'n teimlo rhyw fath o gynhesrwydd tu mewn fod Math wedi medru ymddiried ynddo fo fel'na – bod yr hogyn yn teimlo'i fod o'n ei nabod yn ddigon da i fedru agor ei galon iddo mewn ffordd na fedra fo neud efo neb arall. Ac roedd o'n mynd i edrych ar ei ôl o. Cadw'i bart o efo Ruth, tasa raid, os bydda hi'n mynd i dop caets am ei fod o wedi dechrau colli'r ysgol eto. Nid bod Ruth yn hogan am fynd i dop caets efo Math, chwaith. Ella mai dyna oedd y drwg, bod yr hogyn rioed wedi gorfod amddiffyn ei hun o flaen neb gan ei fod o a Ruth wedi byw mor gytûn. Erbyn iddo fo, Cled, gyrraedd oed Math roedd o wedi dysgu be oedd cwffio'n ôl.

'Cled? Ti'n gwrando?'

'Be?' Dadebrodd. Erbyn hyn roedd Math wedi cyrraedd y briws ac wedi agor y drws. 'O, ma gin ti oriad, 'fyd?' meddai Cled, a diolchodd am hynny gan nad oedd ganddo obadeia oedd o wedi dŵad â goriad Bod Feurig efo fo ai peidio, gan nad oedd trip i fan'ma yn rhan o'r planiau o gwbwl heddiw.

'Mi oedd o ar agor yn barod!' meddai Math, a chamu'n ôl fel tasa fo'n disgwyl i'r lle chwythu'n ufflon o flaen ei lygaid.

'Ruth 'di anghofio cloi, ma raid,' meddai Cled, a chamu heibio i Math, i mewn i'r jyngl portsh 'na roedd Myfi druan wedi'i lunio dros y blynyddoedd. Roedd y lle'n drewi hefyd. Ma'n siŵr ma'r Moli fach wirion 'na oedd ffynhonnell y drewdod, meddai Cled wrtho'i hun. Ma raid fod y jadan 'di sleifio i mewn tra oedd Ruth yma ddiwetha, er bod yr ogla drwg yn rhywbeth mwy na pi-pi cath hefyd. Falla fod angen gwagio'r bin yn y gegin. Trodd a gweld bod Math yn dal i sefyll ar riniog y drws, yn petruso.

'Ty'laen, be sy, Math? E? Be ti'n neud, disgwl bŷs?' Gallai

Cled deimlo'i chwerthiniad harti ei hun yn disasbedain yn ôl a blaen rhwng y ffenestri, a'r deiliach yn crynu mewn gwerthfawrogiad. Neu ofn. 'Ofn? Sdim isio chdi fod . . .'

'Dwi'm ofn!' meddai Math yn syth, a dŵad i mewn i'r portsh bach ar ei ôl. Gallai Cled weld pam y byddai Math braidd yn anfodlon dŵad i mewn i dŷ gwag ei nain. Mae tŷ gwag yn magu rhyw bersonoliaeth sinistr iddo fo'i hun, meddyliodd, yn enwedig tŷ sy wedi bod heb ei berchennog ers misoedd lawer.

'Ti 'di bod yma o gwbwl ers i dy nain . . .?'

'Do, siŵr – efo Mam, 'de,' meddai. 'Ond mi oedd hynny'n wahanol, doedd?'

Doedd o ddim wedi bod yn rhy awyddus i ddŵad yma o gwbwl pan awgrymodd Cled y syniad wrth gerdded yn ôl o Lyn Maelog. Roedd Math yn bendant nad oedd o isio landio adra yn y cyflwr roedd o ynddo, yn waed i gyd, rhag iddo boeni Ruth. Rhag iddo'i phoeni, sylwodd Cled, nid am fod arno fo ofn cael ffrae. Gofynnodd Math tybed fedrai Cled fynd â fo i'w dŷ ei hun iddo gael molchi a thwtio tipyn, ond gallai Cled ddychmygu'r croeso llugoer a gâi gan Len petai o'n landio yno efo hogyn Ruth a hwnnw 'di bod mewn ffeit. Byddai hynny'n fodd i fyw i'r hen ffaddyr am wythnosau lawar, ac yn well adloniant nag unrhyw beth fasa fo'n ei gael ar y teli-bocs. Roedd picio draw i Bod Feurig, felly, yn ymddangos yn gyfaddawd go lew, ond doedd o ddim wedi disgwyl i Math fod mor anfodlon.

Safai'r ddau yn y gegin erbyn hyn. Roedd yr ogla llwydni'n gryfach y tu mewn – wedi dechrau treiddio i bob dim, ac ogla hen fwyd a rhyw dawelwch prudd yn llechu rhwng y celfi. Gorweddai cadach ar draws y tap – wedi'i osod yno gan Myfi 'ta gan Ruth, tybed? Roedd 'na rywbeth terfynol yn y darlun. Cofiai Cled ddŵad ar draws bocsiad yn llawn o Action Man yn yr atig adra ryw dro, i gyd wedi'u gosod yn fintai daclus y drws nesa i'w gilydd. A rhwng plygiadau'r defnydd, roedd 'na stribyn tenau o *chewing gum*

wedi'i guddio, yn barod ar gyfer y tro nesa y byddai Cled yn
agor y bocs ac isio cnoi'r gwm wrth chwarae efo'r sowldiwrs.
Ond ddaeth y tro hwnnw byth, naddo? Ddim tan i Cled
ddŵad yn ddyn mawr canol oed a'i ddyddiau Action Man
wedi hen basio. Ryw dro, mi fyddai rhywun yn gneud
rhywbeth 'am y tro ola' heb wybod hynny. Roedd Cled wedi
cael crei bach y pnawn hwnnw, yn ddistaw bach ar ei ben ei
hun yn yr atig . . .

''Dio'm fel tasa fo'r un lle, nacdi?' meddai Math, gan sbio
o'i gwmpas.

'Buan ma lle'n mynd â'i ben iddo, 'de washi?' atebodd
Cled yn wybodus, fel tasa mynd o gwmpas tai gwag yn rhan
o'i rwtîn ddyddiol.

'Cragan ydi o. Heb Nain, cragan ydi o, 'de?'

A heb ei hysbryd direidus, nwyfus, 'cragan' oedd Myfi
hefyd, wrth gwrs. Dyna oedd yn mynd trwy ben Cled. Ond
ma raid ei fod o'n dechrau sobri go iawn, achos mi ataliodd
rhag deud dim. Ac ella nad oedd raid deud dim, erbyn
meddwl.

'Mi a' i fyny grisia i molchi, 'ta,' meddai Math, a throi ar
ei sawdl.

Roedd sŵn ei draed yn taranu i fyny'r grisiau yn swnio'n
uchel ar y diân i glustiau Cled, a'i ben yn dechrau curo. Aeth
draw at un o'r cypyrddau i estyn gwydr, a thywallt ei lond o
ddŵr oer a'i ddrachtio fel tasa fo heb yfed dropyn o ddim
ers diwrnod cyfan. Cododd liain llestri'n ofalus a sychu'r
gwydr cyn ei roi'n ôl yn ei briod le. Doedd o ddim yn
gyfforddus efo cadw pethau oddi wrth Ruth o bawb, ond
fel'na roedd hi i fod y tro 'ma. Dyna oedd Math isio. Ac arbed
ei theimladau hi oeddan nhw, beth bynnag. Ddim isio iddi
fynd i boeni a hithau efo digon ar ei phlât fel roedd hi efo'r
bwbach Emlyn 'na wedi dŵad yn ôl am sgowt – er na
wyddai Math am hwnnw, diolch i'r drefn.

Agorodd Cled un arall o'r cypyrddau i weld pa fwyd y
dylai Ruth fod wedi'i daflu. Roedd 'na dipyn o duniau: tun

salmon, tun corn biff, tun ffa pob, a chwpwl o botiau Pot Noodle hefyd, er syndod iddo. Wariar oedd y Myfi 'na, doedd rhywun byth yn gwbod sut roedd hi'n byw ei bywyd. Yn groes i bob disgwyl. Dyna pam roedd ei gweld hi a'i hysbryd ecsentrig yn yr hôm 'na, yn edrych ac yn ymddwyn fel pawb arall yno, yn rhywbeth oedd yn mynd at ei galon. Ella byddai Len yn iawn yno; digon o bobol i'w tynnu yn ei ben, digon o'r teli-bocs, gwely glân a bwyd poeth. Ond doedd rhywun fel Myfi ddim yn perthyn yno, rywsut.

Clywodd waedd, a sŵn Math yn taranu i lawr y grisiau. Rhuthrodd Cled at waelod y grisiau.

'Argo', be sy, hogyn? Ti'n iawn?' Roedd y gwaed yn dal ar wyneb Math, ond bellach roedd ei wyneb hefyd yn wyn fel tasa fo 'di gweld ysbryd, a golwg waeth arno nag o'r blaen.

'Ma 'na . . . ma 'na . . .' meddai, a'i lais yn crynu, gan daflu cip dros ei ysgwydd yn ôl i fyny'r grisiau.

'Be? Be sy?'

'Ty'd allan! Ty'd o'ma, Cled! Pliiis!' meddai Math, gan afael yn Cled a'i dynnu i gyfeiriad y portsh.

'Ond be am llnau dy wynab . . .?' gofynnodd Cled, ond doedd Math yn poeni dim am hynny. Doedd gan Cled ddim dewis ond ei ddilyn drwy'r drws, heb i'r ddau gael cyfle i ddeud gair wrth ei gilydd nes roeddan nhw'n sefyll yn yr ardd, a Math yn anadlu'n gyflym fel tasa fo wedi rhedeg milltir.

'Be welist ti, Math? Dywad, wir Dduw, neu mi fydda i'n mynd yn ôl yna fy hun.'

'Ma 'na rywun yn aros yna . . .' meddai, gan anadlu'n drwm o hyd. 'Ma 'na sgwatars yna . . . rhywun yn cysgu. Dillad ar lawr – yn stafall Nain!'

23

Ar ei ffordd adra'n ôl o Gaergybi, roedd Ruth wedi stopio'r car yn y Fali ac wedi ffonio Math ar ei ffôn symudol. Doedd o ddim wedi ateb. Ffoniodd y tŷ hefyd, a chlywed ei llais ei hun yn datgan yn swyddogol ddwyieithog nad oedd neb ar gael yn Min y Môr ar hyn o bryd, ond os hoffech adael neges, bla bla bla . . . Cafodd well lwc wrth ffonio Cled, o leia yn yr ystyr ei fod o wedi'i hateb. Ond roedd o'n swnio'n fyr ei wynt a'i amynedd, ac oedodd Ruth ddim yn hir efo fo, dim ond digon i gyfleu ei chenadwri am dad Steve, a deud y byddai hi chydig yn hwyr yn dŵad adra ac iddo roi gwybod i Math petai o'n medru.

Edrychodd Ruth ar ei wats a gweld y dylai Math fod adra o'r ysgol erbyn hyn, neu o leia'n ddigon 'tebol i ateb rhyw ffôn yn rhywle. Penderfynodd nad oedd hi am boeni am y peth; doedd ganddi ddim lle yn ei phen i fedru stwffio mwy o ofidiau iddo. A ph'run bynnag, roedd Math yn iawn. Yn well rŵan. Roedd yr ysgol wedi addo y bydden nhw'n cysylltu petai rhywbeth yn eu poeni ond ddaeth 'na'r un alwad ffôn, felly doedd dim angen iddi hithau boeni. Er hynny, roedd rhyw hen niwl gofidus yn mynnu nadreddu'i ffordd i mewn i'w phen.

Roedd wedi mynd ati efo rhywbeth oedd yn ymylu ar asbri i siopa bwyd ar gyfer Steve erbyn y bydda fo'n picio adra: dwsin o wyau *free range*, llefrith, cawsiach a ham cartra, bara ffres a stwff salad, a photelaid o win. Prynodd lemonêd cymylog lleol hefyd, yr un roedd hi'n gwrthod ei brynu fel arfer am ei fod mor hurt o ddrud. Er nad oedd hi eto'n bump o'r gloch, roedd y dydd wedi byrhau digon iddi orfod cynnau goleuadau ochr y Punto. Llamodd ei chalon wrth weld Min y Mor fel goleudy pan gyrhaeddodd adra. Roedd hi'n gysur gweld bod Math wedi cyrraedd 'nôl.

Byddai Steve wastad yn teimlo'n isel ddiwrnod ar ôl heuldro'r haf. Roedd y flwyddyn yn dechrau mynd i lawr 'rallt drannoeth yr heuldro, medda fo, ac yn colli munud o olau bob dydd o hynny mlaen wrth nesáu at y gaeaf. 'Munud cyfan – meddylia!' medda fo, fel tasa'r peth yn warth, yn rhywbeth y gellid codi protest yn ei gylch. Boi'r haf oedd Steve. Roedd o'n ymlacio drwyddo o'r gwanwyn ymlaen, fel blodyn yn dechrau agor ei betalau. Ond roedd Ruth yn croesawu'r newid yn y tymhorau ac yn mwynhau gweld y pentre'n llithro'n ôl i afael yr elfennau unwaith eto, o grafangau'r haul a'r ymwelwyr. Roedd 'na gysur yn y swatio. Byddai hi wedi bod yn haws i Steve petai ei dad wedi marw yn y gwanwyn, meddyliodd.

Parciodd y car yn yr iard ac agor y drws cefn. Cariodd y bagiau neges i mewn efo hi, fel y medrai gerdded trwy'r pentre a mynd draw at dŷ Steve efo nhw ar ôl gweld oedd Math yn iawn. Trawyd hi gan hyfdra'r weithred gyhoeddus yma, y datganiad roedd hyn yn ei neud am ei pherthynas hi a Steve. Ond doedd 'na'm dewis ymarferol arall heddiw. A ph'run bynnag, nid pobol eraill yn gwybod am y berthynas oedd y broblem, tasa hi'n onest. Ceisiodd beidio â meddwl am Em.

'Helô?' meddai, a chlywed ei llais yn bownsio trwy'r tŷ. Dyna un bonws o beidio cael fisitors yn aros heno; gallai weiddi i fyny ac i lawr y grisiau fel y mynnai, canu ar dop ei llais os licia hi, rhechan dros y lle! Ar ddiwedd un o'r tymhorau gwyliau ysgol cynta a Math tua chwech oed, aethai'r ddau i ben y grisiau, parcio'u tinau ar y banister a llithro i lawr gan weiddi 'Jeronimooo!' fel pethau o'u co', a chwerthin nes eu bod yn wan, wedi meddwi ar y fath ryddid yn eu tŷ eu hunain.

'Helôôô?'

'Dwi . . . dwi'n y bath, Mam!' Roedd ei lais yn swnio'n wahanol, oherwydd yr atsain ella.

Damia, meddyliodd Ruth. Roedd hi isio cael sgwrs efo fo am farwolaeth tad Steve, ac egluro'i bod hi'n mynd i dreulio chydig o oriau efo Steve heno os byddai o angen hynny. Ond doedd hi ddim yn sgwrs roedd hi'n dymuno'i chael trwy ddrws caeedig, ac roedd y dyddiau pan oedd hi'n gallu eistedd ar ymyl y bath a Math ynddo fo, a sgrwbio'i gefn neu olchi'i wallt, wedi hen fynd. Rhyfedd ei fod o'n dewis cael bath ar ôl dŵad adra o'r ysgol, hefyd. Hogyn cawod frysiog yn y bora oedd o fel arfer, a hynny ers blynyddoedd. Roedd dyfodiad aeddfedrwydd yn ei ddangos ei hun yn y ffyrdd mwya annisgwyl, penderfynodd – a'i adael ar hynny.

Dringodd y grisiau. Sgwrs o boptu drws y stafell molchi fyddai raid iddi fod. Cyrhaeddodd a chlustfeinio, ond chlywodd hi ddim sŵn swishian dŵr chwaith.

'Math? Ti'n iawn?' Ai hi oedd yn dychmygu bod y saib rhwng clywed ei chwestiwn a'i ateb yn hwy nag oedd raid iddo fod?

'Yndw, dwi'n ocê, Mam. Rygbi wers ola o'dd gin i. Ffansi bath.'

'Call iawn. Ydi . . . Cled 'di ca'l gair efo chdi?' Roedd 'na saib cyn i Math ei hateb.

'Cled? Gair am be?' Damiodd Ruth Cled. Mi fasa wedi bod yn llawar haws tasa fo wedi paratoi'r tir iddi hi, wedi crybwyll tad Steve hyd yn oed wrth basio.

'Wel, wsti . . . Steve, 'de? Y syrffiwr dwi'n . . . ffrindia efo fo.'

'Steve? Gwallt melyn? Y boi ti'n weld?'

Sut oedd y diawl bach . . .? A hithau'n meddwl ei bod wedi bod mor ofalus. Ond doedd dim iws holi. Na gwadu. A deud y gwir, meddyliodd Ruth, ella bod hynna'n gneud petha'n haws iddi.

'Ia, Math, y Steve hwnnw.'

Distawrwydd eto, a phob curiad mud yn procio'i heuogrwydd.

'Ia? Be amdana fo?' meddai Math yn ddifynadd.

'Ma'i dad o 'di marw. Draw yng Nghernyw.'

'O.' Ac yna, 'Bechod.' Doedd dim disgwyl iddo fo ddangos emosiwn. Prin roedd o wedi cyfarfod Steve erioed, heb sôn am ei dad.

"Dio'n iawn i mi fynd draw 'na . . . Gneud swpar iddo fo? Ma Steve yn dŵad 'nôl i ga'l 'i ddillad i fynd i'r angladd. Ella bydd o isio sgwrs . . .'

'A be fydd 'na i *mi* fyta?' Roedd gan blant y gallu i fedru troi pob dim at eu melin eu hunain, a doedd 'na ddim pall ar y ddawn honno gan Math chwaith. Ond, y munud yma, roedd Ruth yn croesawu'r hunanoldeb.

'Mi ro i bres ar fwrdd y gegin i chdi. Gei di nôl tships o'r pentra. Hynna'n ocê?'

'A *coke*, ia?' Fel hogyn deg oed. Roedd 'na rywbeth andros o annwyl yn y fflachiadau 'ma o ddiniweidrwydd oedd yno o hyd, yn llechu rhwng yr hormonau ac agwedd ddyffeiol glaslencyndod.

'Ia, a *coke*, Math.'

'Diolch, Mam.' Trodd Ruth yn barod i fynd yn ôl i lawr y grisiau pan alwodd Math arni eto. 'Ydi . . . Cled 'di ffonio chdi, Mam?'

'Cled? Naddo, pam?'

'Dim. Jest . . . ma gynnon ni rwbath i ddeud 'tha chdi. Ond . . .'

'Ond be?'

'Mi fedrith o ddisgwl. Paid poeni. Cofia fi at . . . Steve.'

Agorodd ddrws ffrynt Steve heb unrhyw drafferth. Byddai pren drysau'r tai wrth lan y môr yn chwyddo weithia wrth i'r tywydd newid, ac os oedd y clo wedi cael llonydd am chydig ddyddiau, byddai'n anodd troi'r goriad wrth iddo grensian efo'r gronynnau tywod fyddai wedi cael eu chwythu i'r twll clo.

Prin roedd hi wedi cael cyfle i alw yma ers i Steve adael. Bu yma unwaith neu ddwy, a tharo golwg trwy'r ffenest pan oedd hi'n pasio, er bod hynny'n teimlo'n beth sinachlyd i'w neud, os nad hyd yn oed yn anghyfreithlon!

Cwffiodd yr awydd i alw 'Helô' yn y tŷ yma hefyd, a thrawodd y golau mlaen ar ôl ymbalfalu ar hyd y wal tu ôl i'r drws. Gresynodd na fasa hi 'di medru dŵad yma cyn iddi ddechrau tywyllu, rhag tynnu sylw'r byd. Gosododd y ddau fag plastig ar fwrdd y gegin. Agorodd y bin bara i ddechrau er mwyn rhoi'r dorth ynddo, ond roedd o'n llawn o bob dim ond bara: tabledi fitamin, biliau trydan ac ambell raff a llinyn. Caeodd gaead y bin a rhoi'r dorth wrth ei ymyl. Rhoddodd yr wyau, y caws a'r ham yn yr oergell, a theimlo'n rhyfedd wrth ei hagor a sylwi beth oedd yno: triongl mawr o Camembert ac ychydig o domatos oedd wedi dechrau meddalu. Hanner peint o lefrith wedi suro. Gafaelodd yn hwnnw a'i dywallt yn lympiau hufennog i lawr y sinc. Edrychodd eto ar gynnwys yr oergell: potel o win gwyn a chlwstwr o bedwar can o lager. A dyna i gyd. Rhyfedd nad oedd hi wedi agor ei oergell erioed, ddim iddi gofio. Wedi agor ei choesau iddo ond heb agor ei ffrij! Teimlodd wefr yn saethu i lawr hyd at ei choesau, a theimlo'n euog yn syth wedyn. Be oedd yn bod arni, yn blysio dyn oedd mewn profedigaeth? Yn meddwl amdano fo'n symud y tu mewn iddi ac yn griddfan wrth ddŵad efo hi, ac yntau newydd brofi un o'r pethau gwaetha mewn bywyd.

Dechreuodd osod yr afalau a'r bananas yn y bowlen ffrwythau, gan drio canolbwyntio ar y weithred rhag iddi deimlo gwacter Steve yn y tŷ. Felly chlywodd hi mo'r drws yn agor, dim ond teimlo breichiau'n cau amdani, ac arogl cwrw yn llenwi'r aer.

'Syrpréis fach, ife?' meddai'r llais.

24

Methodd yngan gair am eiliad, dim ond sefyll yno wedi fferru. Roedd o wedi'i dilyn! Aeth ias drwyddi.

'Emlyn, y diawl gwirion! Sgin . . . sgin ti'm blydi hawl bod yma!' meddai, gan obeithio nad oedd ei llais yn bradychu'r ffaith fod ei chalon yn curo fel tasa hi 'di rhedeg milltir.

'Ti'n mynd i wasgu'r fanana 'na'n shitrws os na ti'n garcus!' medda fo dan wenu, ac amneidio at y banana yn nwylo Ruth. Sodrodd hithau'r ffrwyth yn ei briod le ar dop y fasged ffrwythau, troi 'nôl a rhythu arno.

'Ti'n cofio fi'n ishte ar fanana yr holl ffordd ar y bws i Langefni un gwylie haf? Wên i'n wherthin, bois bach! Ffaelon ni symud am ache, ti'n cofio? A'r gyrrwr yn mynd yn grac 'da ni. Beth o'n ni – bytu deuddeg? Tair ar ddeg, falle?'

'Digon hen i wbod yn well!' meddai Ruth.

'Oedden . . .' medda Emlyn, a diflannodd ei wên. 'Ond o'n ni'n ca'l laffs bryd 'ny, on'd oedden ni, Ruth? Amseroedd da . . .'

Safodd y ddau'n wynebu ei gilydd. Daeth Ruth yn ymwybodol o sŵn tipian cloc rywle yn y tŷ, cloc nad oedd hi wedi dŵad ar ei draws o'r blaen, cloc diarth er mai un Steve oedd o.

'Ddilynist ti fi?' Atebodd Emlyn mohoni, dim ond gwenu, a'i edrychiad yn glynu fel gelan, yn gwrthod ildio. 'Blydi hel, Em, fedri di'm jest dilyn pobol . . . !'

'Pobol!' ebychodd, a dechrau chwerthin yn ysgafn, rhyw

chwerthiniad oedd yn cronni yn ei frest ac yn trio dianc o'i wefusau tyn, caeedig.

'Ia!'

'Pobol?!' meddai eto. 'Fel 'se ti jest yn unrhyw un! Fel 'se ti jest yn neb . . .'

'Neb ydw i, 'de! Neu . . .' ymbalfalodd Ruth. 'Dwi'n rhywun, yndw, ond dwi'n neb i chdi, nacdw, Em? Dwi'n neb i chdi ddim mwy, nacdw?'

Syllodd arni, ac yna'n ddisymwth trodd a dechrau cerdded o gwmpas bwrdd y gegin, gan daenu'i fysedd dros gefn pob cadair wrth fynd heibio iddi.

'Ble ma fe, 'te? Y sboner o Sais sda ti?'

Ias y byddai hi wedi'i theimlo mewn ffilm neu stori, siŵr o fod – 'rhedodd ias i lawr ei chefn' – ond mewn realiti, yma'n wynebu Emlyn, yr oedolyn diarth ar draws y bwrdd yn nhŷ rhywun arall, yr unig beth a deimlai oedd ysictod crynedig oedd yn bygwth ffrydio allan yn un gybolfa oren ddrewllyd.

'Well i chdi fynd,' meddai, gan obeithio nad oedd ei llais yn dangos unrhyw arlliw o'r taflu i fyny oedd yn bygwth. Ond yn lle mynd, tynnodd Emlyn un o'r cadeiriau o'i nyth dan y bwrdd ac eistedd arni. Gafaelodd mewn afal a'i frathu'n farus, fel petai o wironeddol isio bwyd.

'Ti 'di meddwl 'to, 'te?' gofynnodd, gan dasgu darnau bychain o afal gwlyb, a laniodd ar y bwrdd o'i flaen. Syllodd Ruth arnyn nhw am eiliad, yn sgleinio yng ngolau'r bwlb uwchben y bwrdd. 'Bytu beth wedes i? Yn y gwesty bore 'ma?'

'Naddo.' Ac roedd hynny'n wir – yn rhannol wir, beth bynnag. Doedd hi ddim wedi cael cyfle i feddwl dros yr hyn roedd Emlyn wedi'i awgrymu, nid i ystyried pethau mewn ffordd synhwyrol. Doedd dim rhaid.

'Ti'n bell ohoni, Em.'

'Odw i?'

'Wyt! A leciwn i 'sa chdi'n mynd, plis.'

Syllodd arni, cymryd brathiad arall o'r afal a chnoi'n ara, fwriadol. 'Ti 'di newid gymint â 'ny, 'yt ti?'

'Ella mod i. Dwi'n gweithredu dros yr iaith yn 'yn ffordd 'yn hun 'wan, iawn?'

Safodd Emlyn ar ei draed yn sydyn nes peri i'r gadair gael ei thaflu am yn ôl, a sŵn dirgrynu'r gadair a'r crafu ar y teils yn mynd drwy'i phen.

'Be, drw' gnychu Sais am 'i fod e'n gweud 'i fod e'n dysgu Cymrâg! Drw'. . . drw' roi llyfre am hanes Cymru ar y bwrdd coffi i'r ffycin fisitors? Blydi hel, Ruth, sdim amcan 'da ti, o's e?'

'Os ti'n disgwl i mi roi gwybodaeth i ti am symudiadau pobol yn y tai ha 'ma, sgin titha'm blydi "amcan" chwaith, nagoes? Fedri di'm gweld hynny drostat dy hun?'

'Co' gwael uffernol 'da rhai o' ni, does?'

'Ifanc oeddan ni, Em. Ifanc, gwirion, yn meddwl bo ni'n mynd i fedru achub y Gymraeg . . . fel'na.'

'Fydden ni 'di galler 'fyd. Se ti 'di dala 'da fi!'

'O, Emlyn! Callia, nei di?' Roedd o'n cerdded o gwmpas y gegin yn ddiamynedd, yn siarad bron iawn fel dyn gorffwyll yn siarad efo fo'i hun.

'Wên i'n bwriadu mynd 'nôl 'na. Ar ôl i'r moch symud mla'n, ar ôl iddi beidio bod mor ddansherus. Fydde fe 'di bod yn iawn, 'di ca'l 'i guddio yn y swnd fel'na. Fydde fe 'di gwitho'n iawn.'

Dere mla'n, Ruth, hasta, 'chan!' Diffodd y dortsh, diffodd y dortsh. Sŵn anadlu trwm yn wreichion coch a gwyn o flaen ei llgada. Tortsh ymlaen. Palu, palu'n ddwfn a phlannu'r ddyfais fel blodyn na fyddai byth yn dŵad i'r fei. Fel blodyn na fyddai byth yn bradychu.

'Ifanc a gwirion oeddan ni,' meddai Ruth eto, fel tasa hi'n adrodd mantra.

'Diniwed . . . Ie, wên ni'n ddiniwed, wy'n cytuno. O'n ni

ddim hyd yn o'd 'di gwisgo menig, o'n ni? A do'dd neb 'di hyd yn o'd clywed am DNA bryd 'ny . . .' Gallai Ruth deimlo Emlyn yn edrych arni, yn archwilio'i hwyneb am yr ymateb lleia. Doedd dim modd camgymryd yr awgrym.

''Di mopio mhen o'n i, 'de,' meddai Ruth, a damio bod ei llais yn swnio mor wantan. Yna stopiodd. Roedd Emlyn wedi dod yn nes ati. Gallai deimlo gwres ei anadl ar ei boch, ei lygaid yn treiddio. Pan siaradodd roedd ei eiriau'n llithro drosti fel triog melyn.

''Di mopio? 'Da *fi*, Ruth? Ife . . . ?' Caeodd Ruth ei llygaid, fel nad oedd raid iddi edrych arno wrth siarad.

'O'n i 'di mopio mhen efo chdi a dy syniada.' Roedd y geiriau wedi'u ffurfio'n berffaith gan y blynyddoedd, fel cerrig ar wely'r môr wedi'u llyfnhau gan y tonnau. Geiriau oedd wedi bod yn disgwyl eu tro. Cadwodd ei llygaid ar gau.

'A so ti 'di timlo fel'na am neb byth ers 'ny, 'yt ti Ruth? Ddim 'da neb. Ddim 'da'r Johnny Englishman hyn, neu beth bynnag yw 'i enw fe. 'Da neb . . .'

'Dwi isio chdi fynd 'ŵan!'

''Da neb, Ruth. Neb . . . O'n ni'n dda 'da'n gilydd, ti a fi . . . yn iawn.'

'Emlyn – *paid*!'

'Be sy'n bod? Ofan gadel i dy hunan fynd 'to? Ofan agor lan i fi . . .?'

Efallai mai ei gyffyrddiad roddodd y nerth a'r hyder iddi symud ac agor ei llygaid – symud a throi i'w wynebu. Yn agos fel hyn, gallai weld y rhychau ysgafn wrth ei lygaid yn tasgu fel pelydrau, a'r rhych dwfn, dwfn yn amlycach byth ar ei dalcen rhwng ei lygaid. Gwelodd ddyfnder y graith ar draws ei foch.

'Dyddia uffernol oeddan nhw, os tisio gwbod!'

'So ti'n meddwl 'ny!' meddai, ei lais yn wastad.

'Gollish i nabod ar bawb. Jest byw i chdi a fi, fel 'sa neb arall yn cyfri. Fel 'sa ni'n medru gneud unrhyw beth! Dyddia uffernol oeddan nhw, ti'n cl'wad? Uffernol!'

'Ond o'dd e'r peth agosa ti 'di ddod at fyw, 'ed, on'd odd e?' Roedd o wedi dŵad mor agos ati nes ei bod yn methu gweld y rhychau'n glir mwyach. Roedd ei wyneb bron yn cyffwrdd â'i hwyneb hi, yn un lliw pinc-lwyd o flaen ei llygaid. 'At fyw a theimlo bo ti'n fyw . . .'

Cyffyrddodd ei fawd ag un o'i thethi, yn ysgafn, ysgafn, ond yn drydanol ei effaith.

'Dos – o – mywyd – i!' Poerodd Ruth y geiriau, gan grynhoi pob teimlad oedd ganddi i mewn i bob sillaf. 'Dos – o – mywyd – i!'

'Ddim 'to, Ruthie fach. Ddim 'to, twel . . .' Daliodd i sbio arni am funud. Yna chwarddodd yn isel, camu'n ôl a throi am y drws.

Dim ond wedi iddi glywed y drws yn cau ar ei ôl y gadawodd Ruth iddi'i hun ymollwng, a disgyn yn glep i'r gadair – a chrio.

25

Bu Ruth yn gorwedd am yn hir iawn yng ngwely Steve, yn gwrando ar ffrâm y ffenest yn cael ei hysgwyd bob hyn a hyn gan y gwynt o'r môr, yn gwrando ar Steve yn chwyrnu'n ysgafn wrth ei hochor, yn gwrando ar rythm dibynadwy bywyd. Edrychodd arno eto. Roedd o 'run fath yn union ag o'r blaen, y tro diwetha iddyn nhw orwedd fel hyn efo'i gilydd, pan ddudodd o ei fod yn gorfod mynd adra i weld ei dad. A rŵan, a'i dad yn farw, roedd o'n dal i anadlu fel cynt, ei wallt yn dal yn cincio uwchben ei glustiau, yn dal i fodoli yn union fel roedd o er gwaetha pob dim roedd o wedi'i brofi. Câi Ruth wastad ei synnu cyn lleied o effaith allanol gaiff troeon bywyd ar bobol. Clywsai straeon am bobol yn gwynnu dros nos yn sgil digwyddiad trawmatig, ond doedd hi rioed wedi gweld hynny ei hun. O edrych ar ei mam, prin y byddai rhywun yn medru deud bod 'na gorwynt o ddryswch yn rhuo tu mewn i'w phen.

Roeddan nhw wedi caru neithiwr fel na charon nhw rioed o'r blaen. Roedd hi wedi dychryn wrth glywed y drws yn agor, gan fod ei meddwl yn llawn o Emlyn a'r geiriau roedd o wedi'u gadael yn hofran yn y gegin. Ond doedd dim angen deud gair pan gamodd Steve i mewn i'r tŷ. Roedd wedi agor ei freichiau iddi a hithau wedi camu i mewn iddyn nhw, a gwasgu, gwasgu, y ddau'n cydio'n dynn. Yna, ar ôl ysbaid hir, dyma Steve yn cwpanu'i hwyneb yn ei ddwylo a chusanu'i thalcen, ei thrwyn, ei bochau, ei gwddw, cyn syrthio ar ei liniau a chydio'n dynn yn ei choesau, fel tasa arno fo ofn iddi fynd. Ddywedodd Ruth 'run gair, dim ond mwytho'i ben fel hogyn bach, yn ôl a blaen, gan wybod mai dyna roedd o ei angen. Ac mai dyna roedd hithau ei angen hefyd. Hyn a dim byd arall.

Roedd o wedi'i chario i'r gwely, ei rhoi i lawr arno'n dyner cyn tynnu amdani'n ofalus ofalus, pilio pob tamed o ddefnydd oddi amdani a chusanu'r haen o ddefnydd neu'r croen oddi tanodd. Doedd hi ddim yn bwysig iddo dynnu'i ddillad ei hun. Yn ei dadwisgo ara, bwriadol hi roedd yr hud – yn hwnnw oedd yr angerdd. Agorodd iddo fel anemoni, yn binc a meddal, yn ei draflyncu'n ddigwestiwn nes ei fod o'n symud fel ton tu mewn iddi.

Dim ond ar ôl iddo ddŵad y daeth y dagrau. Arhosodd Steve lle roedd o, yn dal y tu mewn iddi, ei ben wedi troi ac un foch yn gorffwys rhwng ei bronnau, a chrio nes bod Ruth yn teimlo'r dagrau'n rhedeg yn nant gynnes i lawr at ei botwm bol. Yna teimlodd y ffrwd yn mynd i lawr dros y gwastadedd at y graith geni fel rhuban arian ar hyd gwaelod ei stumog.

Trodd ei phen yn ddioglyd at y cloc. Roedd hi'n hanner awr wedi saith. Dylai fynd yn ôl at Math. Mi fyddai'n licio gwybod ei bod hi yno, hyd yn oed os nad oedd o'n deud hynny, a rŵan ei fod o wedi cyfadda'i fod yn gwybod bod ganddi berthynas efo Steve, doedd hi ddim isio iddo fo feddwl bod hynny'n rhoi rhaff iddi dreulio mwy o amser efo Steve nag o'r blaen.

Stwyriodd Steve, ac estyn yn reddfol ati.

'Ti'n dal yma. Diolch,' meddai. Yna ochneidiodd.

'Ti'n iawn?'

'Yndw . . . 'Nes i anghofio . . . am eiliad. 'Nes i anghofio popeth ei fod o wedi mynd.'

' "A deffro mewn dryswch a siom . . ." ' meddai hithau, a chlywed llais Steve Eaves a'r sacsoffon cefndirol wrth ddeud y geiriau.

' "Ni sydd ar ôl",' meddai Steve. 'Cân wych, dydi Ruthie?'

143

Pwysodd yn ôl fel bod y ddau'n gorwedd efo'i gilydd, ei phen hi ar ei frest o, a'u pennau'n llawn o'r gân. Roedd mor anodd meddwl am adael.

'Raid 'mi fynd, sti. At Math. Ma gin ti bob dim ti'i angen yn y ffrij am gwpwl o ddiwrnodau tan i ti fynd 'nôl . . .' Dechreuodd estyn am ei dillad isaf, a'u gwisgo. Teimlodd law Steve ar ei braich.

'Ruth? Nei di ddŵad 'nôl efo fi? I'r cynheb. . . *to the funeral. Will you come with me*?'

Throdd hi mo'i phen i edrych arno, dim ond dal i wisgo'i dillad ar ei heistedd. I feddwl bod rhywun yn treulio cymaint o amser yn dewis dillad, meddyliodd, mae 'na bob amser lawer mwy o wefr wrth eu tynnu oddi amdanoch. Does 'na 'run arlliw o swyn mewn gwisgo. Yr arfwisg i wynebu'r byd, dyna'r cwbl ydi dillad.

'Dwi wedi deud wrth Mam, pan oeddan ni'n eistedd o gwmpas y gegin . . . wnaeth hi ofyn i fi oedd gen i rywun sbesial yn fy mywyd, a ddwedais i "Ruth" heb feddwl eiliad.' Distawrwydd, dim ond sgytio ffrâm y ffenest. 'Ac rwyt ti'n sbesial – i mi, Ruth.'

'Steve. . .'

'Dwi'n gwybod – rydan ni wedi deud *no ties. No empty promises.* Ond . . .'

Meddyliodd Ruth am Emlyn. Emlyn â'i lygaid treiddgar, yr islais bygythiol oedd yn nodweddu pob ynganiad, pob ystum. Ei hyfdra'n meddwl y gallai gamu 'nôl i mewn i'w bywyd a pheri iddi neud pethau drosto unwaith eto. Ei haerllugrwydd wrth ymateb i'w chais iddo fo gadw allan o'i bywyd, y 'Ddim 'to, Ruth' yna oedd yn berwi o amwysedd. Y bastad yn gneud iddi grynu tu mewn, a cholli'i llais. Meddyliodd hefyd am ei sylw nad oedd hi rioed wedi byw tan y cyfnod efo fo – nac wedyn chwaith.

'Anghofia fo, Ruth . . . sorri . . . o'n i jest isio ti gyfarfod Mam a Greg. Jest isio iddyn nhw dy gyfarfod di.'

'Ga i feddwl, Steve? Ga i feddwl am y peth?' meddai, gan

144

daenu'i llaw yn garuaidd i lawr ei gefn a theimlo cysur ei wres.

26

Ar y ffordd i fyny'r lôn o Draeth Llydan i Min y Môr, roedd rhyw Sais boldew a alwai ei hun yn George wedi dŵad i fyny at Cled i holi hynt a helynt Ruth, gan nad oedd o wedi gweld golwg ohoni yn y Clwb Siarad Cymraeg ers wythnos neu ddwy. Siaradodd 'rhen foi mo iaith y nefoedd efo fi, chwaith, sylwodd Cled – dim ond ynganu 'Clwb Siarad Cymraeg' fel tasa gynno fo lond ceg o farblis. Roedd Cled wedi mwmian rhywbeth am fod yn *very busy*, prysur iawn.' Doedd ganddo fo ddim mynadd dechrau mynd i ryw fân siarad am Steve wedi colli'i dad a ballu.

Pan oedd Cled ar fin dechrau ei sgwario hi i lawr y stryd oddi wrth y mwydryn, soniodd y dyn fod 'na ryw ddwyn injans cychod yn mynd ymlaen, a how holi Cled oedd o wedi clywad rhywbeth am y peth, a thybed fasa fo'n cadw llygad i weld oedd yna *'undesirables'* yn loetran heb reswm rownd y pentre. Roedd dwyn injans o gychod wedi bod yn digwydd ers blynyddoedd, ond yn ddiweddar roedd 'na fwy o fasnach byth i'w weld ynddyn nhw. Rhyw betha o ffwr' yn dwyn gin ryw betha o ffwr' oedd y sefyllfa, hyd y gwelai Cled, a'r peth mwya anfoesol cyn belled ag y gwelai o oedd bod hogia lleol yn rhy ara deg i neud yn fawr o'r cyfle entrepreneuraidd dan eu trwynau! Wedi deud hynny, roedd o'n trio cadw part y rheiny oedd yn ddigon clên i roi gwaith garddio a thendiad iddo fo, ac mi fydda fo'n sicr o drio gneud yn siŵr na fyddai'r injans ar gefn eu cychod nhw'n magu traed.

'Are you off to "Minnie More" now?' gofynnodd y boliog.

'Meindia dy fusnas, Tonto!' meddai'r llais bach yn ei ben,

ond gwenu a nodio'i ben a wnaeth o, a chario mlaen i lawr y ffordd i gyfeiliant y 'Give her my regards!' a'i dilynai i lawr y stryd.

Roedd Math yn eistedd ar ei ben ei hun yn cael brecwast pan gyrhaeddodd Cled 'Minnie Môr'.

'Iawn, mêt? Tisio panad?' meddai Cled yn harti, gan daro'r tegell ymlaen, a gosod mwg o'r goeden fygiau ar y bwrdd a dechrau tywallt coffi i mewn iddo'n flêr, nes ei fod yn tasgu i bob man.

'Dwi'n iawn, diolch,' meddai Math, a'i geg yn llawn. Craffodd Cled yn agored ar lygad Math. Roedd hi'n dal braidd yn biws a chwyddedig ond hefyd yn dechrau troi'n felynwyrdd.

'Y llygad 'na'n trio mendio'n ddel,' meddai Cled. 'Ddudist ti'r hanas . . .?'

'Ddim yn iawn,' meddai Math. 'Welish i'm lot ar Mam neithiwr . . . o'dd hi efo Steve.'

'Steve?' meddai Cled yn ffug ddidaro, ac yn teimlo'n falch bod y tegell wedi cyrraedd ei benllanw er mwyn iddo gael gneud rhywbeth efo'i ddwylo. 'O, ia, glywish i bod o 'di colli'i dad, cradur.'

'Ma'n iawn – dwi'n gwbod bo nhw'n mynd efo'i gilydd!' meddai Math, dan wenu. 'Ma 'weld yn fôi cŵl.'

'Ydi o?' meddai Cled, a tharo tafell o fara yn y tostar.

'Dwi'm 'di ca'l cyfla i ddeud wrthi am y sgwatars yn Bod Feurig, Cled.'

Doedd Cled ei hun ddim wedi cysgu'n rhy dda neithiwr yn meddwl tybed pa sgilffyn oedd wedi rhowlio'i fag cysgu ar lawr Bod Feurig i drio safio ceiniog neu ddwy. Mi biciai heibio fory neu drennydd i gael golwg iawn ar y lle drosto'i hun. Gwenodd ar Math, a rhwbio top ei ben nes bod gwallt Math yn flerach byth.

'Hei! Be ti'n neud, dwa'? Ddim pump oed ydw i!' Gwgodd Math arno, a difarodd Cled yn syth bìn.

'Gadwn ni'r busnas Bod Feurig 'na rhyngthan ni'n dau am y tro, ia washi? Sortia i betha. Gin dy fam ddigon ar ei phlât fel ma hi efo tad Steve a . . . a'r lle 'ma a phob dim, does?'

Doedd llygad enfys Math ddim yn mynd i fod yn rhywbeth fyddai'n lliniaru'r dyfroedd iddi chwaith, meddyliodd Cled. Ond roedd 'na gynhesrwydd yn y teimlad o rannu tamed o wybodaeth rhyngddo fo a Math, a neb arall – yn y teimlad o fod yn gyfrifol am dawelu ofnau a 'sortio' problem.

'Fan'ma dach chi'ch dau'n cynllwynio!' Doedd 'run o'r ddau wedi sylwi ar Ruth yn dŵad i mewn i'r gegin, a'r llinellau duon dan ei llygaid yn bradychu'r ffaith na chawsai lawer o gwsg.

'Chdi yrrodd yr ordor imi ddŵad yma, 'de? *She who must be obeyed!*' meddai Cled, gan dynnu'r ddau damed o dost o'r tostar. Aeth i chwilio am blât, gan giledrych ar Ruth wrth basio, a sylwi hefyd bod Math yn gwenu i mewn i'w gornfflêcs.

'Ti 'di clywad am hwn yn cwffio, Cled?' meddai Ruth, a gafael yn ysgafn yng ngên Math, gan droi ei ben tuag ati iddi gael gwell golwg ar y llygad biws-felen. Gwingodd hwnnw a thynnu'i ben yn ôl chydig, gan gymryd cipolwg ar Cled wrth neud hynny. Roedd yn amlwg fel het ar hoel fod y boi wedi dyfeisio rhyw stori i drio lleddfu pethau.

'Golwg y diawl ar y llall, o be glywish i, does Math?' meddai Cled.

'Dwi'm yn lecio rhyw hen gwffio,' meddai Ruth. 'Tydio'm yn rhyw jôc fawr, Cled.'

'Duw, fel'na ma hogia, 'de? Chwara'n troi chwerw, 'de Math?'

''Wbath felly . . .' mwmiodd Math, a rhoi edrychiad ar Cled oedd yn deud wrtho am gau ei geg a gollwng y pwnc.

'Welish i un o'r Dysgwrs 'na gynna, Ruth. Cofio atat ti'n arw. Fo a'i fol. Ddim 'di dy weld ti yno ers tro, medda fo. Cofia di, llond 'i geg o Cwîn's Inglish oedd gin y bwbach, felly fuo jest iawn i mi ofyn iddo fo pryd buo fo'n 'marfar 'i Gymraeg ddwytha!'

'Swnio fatha'r hen George i mi. Do, dwi 'di colli cwpwl o sesiyna efo nhw . . .' meddai Ruth, a synhwyrodd Cled fod hyd yn oed hynny'n swnio fel tasa fo'n trymhau'r maen melin am ei gwddw. Penderfynodd y dylai roi'r gorau i dynnu blewyn o'i thrwyn, a'i fod wedi gneud peth call yn peidio sôn wrthi am y sgwatars.

'Pam 'dan ni 'di ca'l symans i ddŵad yma, 'ta?' gofynnodd, a thynnu cadair allan o dan y bwrdd.

Cymerodd Ruth anadl ddofn cyn dechrau siarad. Gallai Cled glywed ci'r drws nesa'n cyfarth, a rhyw lorri'n pasio tu allan. 'Isio gair efo chi'ch dau ydw i,' medda hi, a gollwng ei hun yn ddiolchgar i'r gadair agosa, fel tasa hi wedi bod ar ei thraed drwy'r nos. 'Ma Steve . . . wel, mae o 'di gofyn 'swn i'n fodlon mynd efo fo . . . i angladd 'i dad . . .'

Distawrwydd. Sŵn y tostar yn clecian wrth ddŵad ato'i hun ar ôl bod ar waith.

Math siaradodd gynta. '*So*? Pam bod hynny'n *big deal*?'

'Yng ngwaelodion Lloegr ma'i deulu fo, 'te? Ma Cernyw'n daith o tua saith awr.'

'Ia . . .? Mond bo chdi'm yn disgwl i *mi* fynd, 'de!' meddai Math yn bwdlyd.

''Sa raid i mi aros dros nos. Gadal y lle 'ma.'

Tro Cled oedd ymateb y tro yma. Pan siaradodd, roedd ei lais wedi mabwysiadu'r un min piwis hormonaidd â llais Math, rywsut.

'Ia, a be 'di'r broblam?'

'Wel, fedra i'm gadal y lle 'ma, na fedra?'

'Ond sgin ti neb yn aros.'

'Ddim heno, nago's. Ond gin i dri teulu'n dŵad fory, un ohonyn nhw o'r Mericia!' meddai, gan neud iddo swnio fel tasan nhw'n dŵad yn unswydd o fanno i aros efo hi yn Min y Môr. Distawrwydd eto, a dyn mawr tal efo het gowboi'n brasgamu rhyngddyn nhw a wincio. 'Fydd 'na wyth yma i frecwast i gyd, yli.'

'Dwi . . . wedi gneud brecwast o'r blaen, 'de . . . i nacw, ffaddyr, ar ôl i Mam . . .' straffaglodd Cled. Damiodd wrth glywed ei hun yn sôn am ryw sosej ac wy o flynyddoedd lawer yn ôl, yn ceulo ar y plât yn ei ddychymyg. 'Fi fydda'n cwcio radag honno – a rŵan 'fyd. Ma Len 'cw'n anobeithiol.'

'Math 'ma ddim llawar gwell, nagw't, cyw?' meddai Ruth yn annwyl. 'Fedrwn i'm disgwl i chdi ddŵad yma i neud brecwast, Cled, chwara teg. Ma gin ti Len . . .'

'Neith les i hwnnw dendiad drosto'i hun am unwaith! Diog ydi o. Mae o'n medru'n iawn, siŵr Dduw!' meddai Cled yn sgiamllyd, a dechrau cynhesu'n arw at y syniad o ddŵad yma i helpu.

'Dwi'm yn lecio gadal Math ar 'i ben 'i hun yn y tŷ 'ma, chwaith.'

'Ddim babi ydw i! Fydda i'n iawn . . .' meddai Math – ond heb fawr o argyhoeddiad, sylwodd Cled. Toedd yr hogyn 'di arfer ca'l 'i fam yno efo fo bob munud, y cradur, yn fêts penna? Doedd annibyniaeth hogia pymtheg oed ddim eto wedi amlygu'i hun go iawn yn Math. Ella mai dyna oedd yn ei neud o'n darged i'r basdads oedd yn trio'i hambygio fo. Ella hefyd mai dyna pam roedd o'n ei chael hi mor anodd brifo'i fam wrth ddeud wrthi am y rheiny.

'. . . Cled?'

Roedd Cled wedi colli dechrau cwestiwn Ruth iddo.

'Sorri, be . . .?'

'Deud o'n i bod o'n lot o waith i un – hyd yn oed i ddau, os na 'dyn nhw 'di arfar. Ddim jest gneud brecwast sy raid, ma isio llnau llofftydd, rhoid y petha yn yr injan olchi, nôl negas at frecwast bora wedyn, cymryd bwcings . . .'

'Iesu, Ruth, iawn – dwi yn dallt! Ti'n haeddu medal! Ond dwi'n siŵr medar Math a finna fanijio. Ddim y Dorchester ydi o!'

'Ia, ond dwi'm isio colli cwsmeriad da am bod y ddau

ohonach chi'n gneud smonach o betha, nagoes? Hwn 'di mywoliaeth i, sti! Hwn sy'n rhoi bwyd yn 'yn bolia ni, yn talu'r morgej . . .' Edrychodd Cled ar Ruth, a dallt yn syth. Rhwng y lindys geiriau oedd yn tywallt allan ohoni, roedd ganddi ofn; roedd 'na rywbeth yn ei dal yn ôl rhag mynd efo'i chariad i angladd ei dad.

Enw'r ofn hwnnw oedd Em.

Safodd Ruth ar ei thraed, ac ysgwyd ei phen. 'Sorri am ofyn i chdi ddŵad o gwbwl. O'n i'n wirion yn styried y peth. Wrth gwrs neith o'm gweithio. Fedra i'm gadal Math a chditha i redag y lle ar 'ych penna'ch hunan, a disgwl i bob dim redag fel arfar. Sorri, dwn 'im lle o'dd 'y mhen i.'

Safodd Math ar ei draed hefyd.

'Ga i fynd 'ŵan, 'ta?'

'Cei . . . cei, dos i'r pentra i chwilio am Dylan, neu . . . neu be bynnag leci di. Sorri am 'ych mwydro chi. Dwi'm yn mynd, a dyna fo.'

Atebodd Math mohoni, dim ond llusgo'i hun allan o'r gadair ac i'w stafell, gan ysgwyd ei ben fel bod ei wallt yn syrthio dros y llygad amryliw.

Disgwyliodd Cled nes iddo'i glywed yn dringo i ben y grisiau. Roedd Ruth yn dal i eistedd lle roedd hi, yn syllu ar y teils ar y llawr.

'Ti am ddeud 'tha fi be sy'n dy boeni di, 'ta? Go iawn?'

'Be ti'n falu . . .?' dechreuodd Ruth, ond roedd y cryndod yn ei llais yn ei bradychu. Cododd ei phen, ac edrych yn iawn arno. 'Em,' meddai hi'n syml. 'Mae o'n dal o gwmpas 'ma. Dwi'n ama bod o'n 'y nilyn i, a . . . a ma gin i ofn gadal rhag ofn iddo fo . . .'

'Rhag ofn iddo fo be? Dy ddilyn di i'r angladd? 'Di hyd yn oed Emlyn ddim yn ddigon o dwrdyn i neud hynny, nacdi?'

'Naci, ddim hynny. Dwn 'im . . . mae o jest . . . yn rhyfadd, Cled. Ddim fel roedd o stalwm. Oedd o'n wahanol radag hynny, doedd? Torri'i gwys 'i hun efo petha, a . . .Wel, ella ma dyna be ddenodd fi radag honno. Dwn 'im . . .'

151

'*Saddo* 'di'r boi, 'de? Crwydro o le i le a digwydd taro heibio fan'ma i weld oeddach chdi'n dal o gwmpas. Trio chwara efo dy deimlada di . . .'

Edrychodd Ruth arno, a gwenu, fel tasa hi'n gwerthfawrogi ei fod o'n dallt.

'Ond ma'r lle 'ma 'di symud mlaen, do? 'Dan *ni* 'di symud mlaen. Chdi a fi . . .'

Gwenodd Ruth wedyn, ac edrych i lawr, ond atebodd hi mohono.

'Sbia arna i!' chwarddodd Cled. 'O'n i'n arfar byw yn tŷ ni efo Dad, a rŵan . . . dwi'n dal yn byw yn tŷ ni efo Dad! Petha 'di symud mlaen, tydyn?!'

Ac wedyn dyma'r ddau'n dechrau chwerthin, yn chwerthin fel byddan nhw erstalwm, chwerthin nes bod eu bolia nhw'n brifo, nes bod eu bocha nhw'n goch efo'r ymdrech, chwerthin nes bo nhw isio pi-pi. Chwerthin fel nad oeddan nhw wedi chwerthin ers tro byd. Roedd o'n deimlad braf.

'Yli . . .' meddai Cled o'r diwedd, ar ôl sychu'r dagrau, a chyn i'r syrthni sy'n dilyn chwerthin fel'na gymryd ei le anochel, 'Yli, dos di efo Steve. Mae o isio chdi yna efo fo. Mae o'n beth mawr iddo fo, sti.'

'Yndi . . . yndi, tydi?' meddai Ruth, bron iawn fel petai'n sylweddoli'r peth am y tro cynta.

'Paid ti â phoeni am fan'ma, nag am Math. Mi ddo i i aros 'ma, 'li. Tra byddi di i ffwrdd. Arhosa i yn un o'r llofftydd sbâr, neu yn dy lofft di os 'di hynny'n haws i chdi.' Yna ychwanegodd, 'Mond bo chdi'n gaddo bo fi'n ca'l y dwfe pinc, ocê?' Anwybyddodd Ruth y coegni.

'Ti'n siŵr? Ond mae o'n waith anodd, sti. Cwcio brecwast i griw fel'na. 'Dio'm yn hawdd.'

''Sa ti'n lecio 'mi ofyn i Mairwen?' Doedd o ddim wedi disgwyl ynganu'r geiriau. Roeddan nhw wedi cael eu llefaru cyn iddo fo gael cyfle i feddwl amdanyn nhw'n iawn rywsut.

Gwgodd Ruth. 'Cled, 'sa well gin i beidio cael Mairwen yn cysgu'n 'y ngwely fi, os ti'm yn meindio.'

Chwarddodd Cled. 'I ddŵad draw 'ma'n y bora i helpu efo brecwast dwi'n feddwl, siŵr! Ma Mairwen a finna'n hen hanas!'

'Wela i . . . O, dwn 'im . . . Welish i hi'n dre'r dwrnod o'r blaen, fel ma'n digwydd. Oedd hi'n holi am joban. Hen fusnas ydi hi 'fyd, 'de? Ei thrwyn ym mhetha pawb.'

'Ond yn gythral o weithrag dda, Ruth. 'Sa ti'n ca'l gwerth dy bres, saff 'ti, a cheith hi'm cyfla i fusnesu os dwi o gwmpas y lle, na cheith?'

27

Eisteddai Ruth a Math ar y tywod yn gwylio'r tonnau'n rowlio tuag atynt ar Draeth Llydan. Yn y bae mwy cysgodol yn nes at y pentre roedd y cychod bach a'u bwiau fel teganau plant o liwgar. Fyddai 'na 'run cwch yn mentro angori yn yr ehangder gwyllt, digysgod yma.

Eisteddai'r ddau'n agos agos at ei gilydd, heb gyffwrdd. Math siaradodd gynta. 'Mawr ydi o, 'de? Y môr. Amêsing, dydi?'

'Yndi . . . a pheryg, 'de Math? "'Sna'm drws cefn i'r môr" fydda Mam yn arfar ddeud. Dim diwadd iddo fo.' Atebodd Math mohoni, dim ond dal i syllu gan ryfeddu.

"Swn i byth yn medru byw yn bell iawn o'r môr – fysa chdi?' meddai o'r diwedd, a'i lygaid yn sgubo o un pen o'r traeth i'r llall.

'Rioed 'di meddwl am y peth,' atebodd Ruth yn onest.

Trodd Math ei ben ac edrych arni mewn anghredinedd.

'Naddo?'

Ystyriodd Ruth y mater eto, a'r gwynt yn plycio ymylon ei sgert, yn gneud i'w gwallt gyhwfan i bob cyfeiriad. 'Dwi'm yn meddwl mod i, sti. Ddim go iawn. Gweld fy hun yn ista ar fwrdd tu allan i gaffi ar ryw *plaza* neis, efo het fawr a sigarét, ella – pan o'n i'n fengach . . .'

'Pan oedd Nain a chditha'n ffraeo pan oeddach chdi'n *teenager,* ia?'

Pwyllodd Ruth eto, ac ystyried ei eiriau. 'Doeddan ni'm yn ffraeo lot, sti. Dim, deud gwir. Coblyn o job ffraeo efo Nain, basa?'

'Wariar 'di hi, 'de?'

Edrychodd Ruth ar ei mab wrth iddo edrych 'nôl i gyfeiriad y môr.

'Yndi, ma hi'n grêt,' meddai, a hiraeth bron â mygu ei llais.

Meddyliodd Ruth pryd roedd hi wedi mynd â Math i weld ei nain ddiwetha. Roedd o wedi rhoi help llaw pan symudodd Myfi i'r cartre ryw fis ar ôl y Dolig ac wedi bod yno gwpwl o weithia wedyn, ond doedd o ddim wedi cymryd at y lle, gan gwyno bod 'na ogla rhyfedd yno. Ac, wrth gwrs, roedd yr ychydig fisoedd yno wedi gadael eu hôl ar Myfi, wedi'i sugno'n bellach i mewn i'w niwl.

Hyrddiodd y gwynt yn fwy egnïol nag arfer, a thaflu'r ddau'n nes at ei gilydd am ennyd, er eu bod yn saff rhag ei gynddaredd gwaetha yn eistedd fel hyn ar y tywod. O bell, gallai Ruth weld dau gariad yn cael eu taflu fel dwy ddoli glwt ganddo wrth iddyn nhw gwffio i gerdded yn ei erbyn, eu hystumiau'n gartwnaidd yn eu hymdrech i frwydro. Uwch eu pennau roedd yr awyr yn rhyfeddol o las, yn gynfas mawr eang fel tasa fo wedi cael ei beintio gan artist oedd â digonadd o las yn ei balet o liwiau.

Wrth ddŵad yn ôl adra wedi iddyn nhw fod yn cerdded yn Eryri ryw dro, roedd y Math seithmlwydd wedi bod yn dawedog iawn wrth edrych trwy'r ffenest a nhwytha'n gwibio ar hyd yr ynys ar y draffordd A55 wag – a honno fel afon goncrit rhwng y caeau gwastad.

'Be sy, Math?' roedd Ruth wedi'i ofyn.

'Lot o awyr sgynnon ni yn Sir Fôn, 'de?' medda fo, a'i ben bach yn gwibio mewn rhyfeddod o un ochr o'r ffenest flaen i'r llall. 'Bechod dros bobol y mynyddoedd yn cael llai na ni, 'de?'

Dadebrodd Ruth hefo gwên rŵan wrth glywed llais y Math pymtheg oed.

'Fysa Nain yn flin, ti'n meddwl, tasa hi'n gweld bo fi 'di bod yn cwffio?'

155

'Dibynnu . . .'

'Ar be?'

'Wel . . .' Roedd Math yn edrych arni o gil ei lygad. 'Os ma chdi ddechreuodd betha ta be, yn un peth.'

Edrychodd Math ar y llawr, cydio mewn tamed o wymon oedd yn sownd wrth garreg, a dechrau gneud siapiau efo fo yn y tywod.

'Ddim fi ddechreuodd . . .' meddai, gan gadw'i lygad ar y patrwm rhyfedd roedd o'n ei greu. 'Nesh i'm byd . . .' Roedd ei lais yn grynedig. Doedd dim raid i Ruth edrych arno i wybod bod cronfa o ddagrau wedi crynhoi ac yn bygwth arllwys ei chynnwys i lawr ei fochau.

'Felly 'sa Nain yn iawn am y peth, Math – fel 'swn inna,' meddai Ruth, ac estyn ei braich o gwmpas ei ysgwydd, gan deimlo'i esgyrn drwy'r anorac denau. 'Ac yn falch bo chdi 'di sefyll fyny drostat dy hun, yli . . .'

Gwthiodd Math y garreg i ganol y patrwm, nes ei bod o'r golwg dan y tywod. Taenodd ei fraich yn frysiog dros ei lygaid i sychu unrhyw ddagrau, ac yna safodd ar ei draed. 'Fyddan ni'n iawn, sti. Fi a Cled. Yn Min y Môr. Tan ddoi di'n ôl o'r angladd . . .' Yna ychwanegodd, 'Dwn 'im pam ti'n poeni!'

Ddim 'to, Ruth . . . ddim 'to.

'Byddi, wn i, cyw,' meddai Ruth, gan geisio gwenu. Safodd, a theimlo'r stiffrwydd oedd wedi dechrau amlygu ei hun yn ei phennau gliniau wrth iddi godi.

'Pryd dach chi'n mynd, Mam? Chdi a Steve?'

'Pnawn 'ma, ar ôl mynd i weld Nain yn y cartra.'

'Ddo i efo chdi. I weld Nain. Iawn? Ddo i efo chdi.'

Gan ei bod yn bnawn Sadwrn roedd maes parcio'r cartre'n llawn, a cael a chael oedd hi i'r Punto bach gael lle i nythu. Bu Math yn dawedog iawn ar y ffordd yno, a Ruth yn pendroni tybed ddylai hi fod wedi gneud mwy o ymdrech i'w rybuddio i beidio disgwyl mai'r un Nain fyddai hi.

Rhoddodd gnoc mwy petrusgar nag arfer ar ddrws agored stafell Myfi, ar ôl cael eu hebrwng yno gan ryw hogan ifanc arall nad oedd Ruth wedi'i gweld o'r blaen. Roedd cefn Myfi tuag atyn nhw fel arfer, yn syllu heb weld ar yr olygfa ddigyfnewid trwy'r ffenest. Trawyd Ruth yn syth gan yr ogla persawr cryf oedd yn llenwi'r stafell. Cododd Math ei law at ei geg yn reddfol – roedd yr ogla'n wirioneddol llethol.

'Mam. Mam? Ruth sy 'ma. Dwi 'di dŵad i'ch gweld chi, 'lwch, Mam. A dwi 'di dŵad â'n hogyn i, Math, efo fi. Dach chi'n cofio Math?' Edrychodd Math yn wirion ar ei fam am eiliad, ac yna fe sylweddolodd. Fe ddalltodd bopeth. A gweld maint y gagendor oedd wedi agor rhwng yr hen Nain a'r Nain fel roedd hi rŵan. Llyncodd ei boer a brathu'i wefus. Bron nad oedd Ruth yn disgwyl ei weld yn troi ar ei sawdl ac yn mynd 'nôl am y car.

'Dach chi'n iawn, Nain?' meddai'n ddewr, a cherdded rownd ati, fel ei fod yn ei hwynebu. Rhoddodd ei freichiau o'i chwmpas, a phlymio'i ben yn ei hysgwydd nes ei fod o'r golwg i Ruth. Am ennyd, symudodd yr hen wreigan ddim gewyn, dim ond eistedd yno a'i breichiau tenau, gwan, yn ddiffrwyth wrth ei hymyl. Yna, yn ara a phwrpasol, cododd ei breichiau am wddw Math, a'i gofleidio'n dynnach a thynnach fel tasa hi byth yn mynd i'w ollwng.

'Ruth!' meddai, 'Ruth, Ruth . . . Lle ti 'di bod? Lle ti 'di bod? Gneud dryga yn y twyni 'na eto, ia? Gneud dryga . . .!'

'Fan'ma ydw i, ylwch, Mam. Math ydi hwn. Sbïwch, dwi'n fan'ma.' Aeth Ruth rownd y ddau fel ei bod hithau'n eu hwynebu. Dychrynodd. Roedd gan Myfi finlliw coch, trwchus dros ei gwefusau, minlliw wedi'i daenu'n ddiofal fel plentyn bach yn lliwio dros y llinell, gan neud i'w cheg edrych fel ceg clown. Roedd ei hamrannau'n wyrdd i gyd – rhyw liw gwyrdd sbarcliog na fyddai'n gweddu i neb dros ei ugain oed. Ar ochr ei phen, eisteddai blodyn mawr coch Hawaiaidd, yn floesg a di-chwaeth yn erbyn purdeb ei gwallt pinc-wyn.

'Mam!' meddai Ruth, heb guddio'r arswyd. 'O, Mam, sbïwch arnach chi!'

Wrth glywed ymateb Ruth, llaciodd Myfi ei gafael yn Math, ac yna edrych o un i'r llall mewn dryswch, fel tasa hi'n gweld dwbwl.

'Math, ia? Math 'di hwn, 'te? Math . . .' meddai, gan edrych eto ar ei hŵyr a gwenu, a mwytho'i gyrls tywyll yn garuaidd. 'Dach chi 'di tyfu fyny, do? 'Di mynd yn *young man* . . . 'Sna rwbath yn pictiwrs, dwch? Dach chi 'di dŵad i fynd â fi am dro i'r pictiwrs? Fydda i'n licio pictiwrs . . . licio pictiwrs . . . Ddudoch chi 'sa chi'n dŵad yn ôl, 'do? 'Do, Emlyn?'

Fferrodd gwaed Ruth. Roedd yn ymwybodol o sŵn cloc yn rhywle, o sŵn mwmian ei mam, a Math yn ei holi. 'Pwy 'di Emlyn, Mam?' gofynnodd, gan ddal ei ben i Myfi gael ei fwytho fel ci.

'Raid 'ni fynd, Math . . .'

'Be? Mond newydd . . .'

'Raid 'ni *fynd*, medda fi!' Doedd hi ddim wedi bwriadu i'w llais swnio mor siarp. Roedd wyneb Math wedi mynd yn llwyd.

'Ond newydd ddŵad yma ydan ni, a newydd gofio pwy ydan ni ma hi, bechod. Fedran ni'm jest . . .'

'Ddown ni'n ôl eto, Math – plis . . .'

Tarfwyd ar eu dadl gan berchennog y cartre. Brasgamodd i mewn a chau mymryn ar y cyrtans rhag nerth yr haul.

'*Here you are, Myfi, love*. W, ogla neis yma, 'te! Ti'n hogan *popular* iawn heddiw, 'twyt, Myfi? *Popular* iawn, hefyd. Lot o fisitors heddiw . . .'

'L . . . lot o fisitors?' gofynnodd Ruth, a'i chalon yn rasio.

'Wel, chi'ch dau *for starters*, 'te? A cyn hynny mi ddaeth eich cefnder i'w gweld hi. 'Do, Myfi?'

'Cefndar?' gofynnodd Ruth ddigefnder i'r bladras wenog.

'Ia, o South Wales oedd o. Emyr ddudodd o, dwch?'

'Emlyn!' meddai Math, ac edrych ar Ruth.

"Na fo, ia, Emlyn. *That's the one.* Wedi dŵad i ddeud ta-ta wrth ei Anti Myfi oedd o, chwara teg iddo fo.'

'Ta-ta?'

'Ia. Mynd yn ei ôl, medda fo, 'nôl i'r Sowth ffor'na. Ond isio dŵad i weld Myfi gynta cyn mynd. Oedd o yma am *ages* efo chdi, toedd, Myfi? A 'di rhoi *makeover* del i chdi a phob dim! Dynion! Sgynnyn nhw fawr o syniad yn y *department* yna, nagoes, *bless*!'

Edrychodd Ruth ar Myfi eto, a gwenodd hithau ei gwên lipstig clown yn ôl ar ei merch, cyn dechrau ffidlan o gwmpas ei chadair a chwilio am ei bag llaw am y canfed tro y diwrnod hwnnw.

28

Roedd hi wedi bod yn sbelan ers i Cled sefyll y tu allan i nymbar 10 a chnocio ar ddrws coch Mairwen. Rhyw gnoc ddigon llechwraidd ganol nos fyddai hi fel arfer, wedi i Cled fagu plwc hefo help tipyn o laeth mwnci, fel byddai'r boi Jônsi 'na'n arfer deud ar Radio Cymru erstalwm. Ond doedd 'na'm digon o laeth mwnci wedi bod i'w demtio yno am gyfnod go hir.

Teimlai'n hyderus yn ei genhadaeth y tro yma. Agorwyd mo'r drws yn syth, a bu raid iddo gnocio eilwaith a thrio'r gloch hefyd, er bod honno'n hongian ar ei weiran y tu allan i'w bocs priodol. Roedd ar fin meddwl tybed oedd ganddo fo bapur a beiro er mwyn sgriblo nodyn yn gofyn i Mairwen ei ffonio pan agorodd hi'r drws, a golwg arni fel tasa hi wedi cysgu'n hwyr. Roedd yn amlwg wedi dechrau mynd i'r arfer drwg o beidio wynebu'r byd ar y dyddiau hynny pan nad oedd gofyn amdani yn yr ysgol gynradd. Gallai Cled gydymdeimlo efo'r awydd hwnnw i aros dan y dwfe a thrio anwybyddu'r ffaith greulon fod dim blydi ots gan y byd a wnâi o hynny ai peidio.

'Cled? Be uffar ti'n neud 'ma?' meddai Mairwen gan brysuro i orffen rhoi'r cwlwm ym melt ei *dressing gown* binc.

'Newyddion da o lawenydd mawr, os tisio gwbod,' meddai Cled yn ddigon pwdlyd am y croeso llai na thwymgalon. 'Ond mi ddo i 'nôl, os tisio, pan ti fwy yn y mŵd.'

'Yn y mŵd i be, d'wad?' meddai Mairwen yn ddigon ffwndrus – ac roedd Cled yn taeru bod lliw ei bochau wedi troi'n debycach i binc ei gwisg. Daliodd ei thir, a phwyso'i chlun yn herfeiddiol yn erbyn ffrâm y drws fel nad oedd modd i Cled hanner meddwl ei fod yn mynd i gael mynediad i'r tŷ. Mae'n rhaid ei bod yn amau'i fod o'n ffansio'i jansys ganol pnawn fel hyn, ac yn benderfynol y byddai'r fath beth yn aros yn hen hanes. Teimlodd Cled fel troi ar ei sawdl a pheidio â throsglwyddo'i neges iddi o gwbwl. Twll ei thin hi! Y llancas!

'Wel?' meddai Mairwen yn ddifynadd, a hanner cau'r drws tu ôl iddi hi, gymaint ag roedd yn bosib iddi'i neud yn yr awel fain 'ma heb rewi'n gorn ar y stepan drws.

'Brysia, wir Dduw, Cled. Dwi'n gorfod pigo Cerys, hogan fach Annette, o'r ysgol yn munud!'

'Ruth sy 'di gofyn i mi ofyn i ti os tisio dipyn o oria o waith yn Min y Môr y diwrnodia nesa 'ma. Gneud brecwast, gwlâu, sortio petha.'

'Ruth? Ti'n siriys? Welish i hi'n dre'r diwrnod o'r blaen, ag mi ofynnish iddi oedd gynni hi rwbath i mi, ag mi ddudodd "nagoes" ar ei ben.'

'Wel, ma petha 'di newid. Ma hi'n gorfod mynd i ffwr' . . .'

'I be?' Roedd llygaid Mairwen yn treiddio i mewn iddo fo rŵan, yn edrych yn hŷn ac yn fwy milain rywsut gan fod y colur 'noson cynt' yn dal yn herfeiddiol ar ei hamrannau. 'I be ma hi'n mynd i ffwr'?' meddai wedyn, o weld Cled yn ara deg yn cynnig esboniad.

'Angladd . . .'

'Pwy sy 'di marw? Chlywish i'm byd!'

'Rhyw berthyn . . . o ffwr'.' Roedd Cled wedi penderfynu eisoes mai'r peth ola roedd o am ei neud oedd bradychu Ruth ac arllwys yr holl fanylion am dad Steve o flaen y llygaid eryr yma. 'Dwn 'im yn iawn . . . Wel, fedri di, 'ta be?' meddai a'i fynadd yn diflannu.

'Dechra pa bryd?'

'Bora fory.'

'Fory?!' ebychodd Mairwen, cyn edrych i fyny ac i lawr y

stryd mewn embaras, a thynnu defnydd y *dressing gown* yn nes ati.

'Dwi am fynd draw heno i aros efo Math tra bydd hi i ffwr',' eglurodd Cled, 'ac wedyn fydd isio i chdi fod yno erbyn saith bora fory i ddechra ar y brecwast. Ma 'na wyth yn aros heno, yli.'

'Mae o'n fyr rybudd ofnadwy, dydi? Ella bo gin i blania!' meddai Mairwen yn biwis.

'Anghofia fo 'ta, os ti'n brysur. Meddwl 'sa fo'n gyfla i chdi, 'na'r cwbwl,' meddai Cled, yn dechrau teimlo bysedd ei draed yn troi'n lympiau bach oer yn ei drênyrs. Trodd oddi yno a dechrau meddwl sut roedd Math a fynta'n mynd i ddŵad i ben â gneud brecwast a gwlâu a phob dim ar eu pennau eu hunain.

'Cled!' gwaeddodd Mairwen, ac yna'n ddistawach, 'Cled, ty'd yma am funud. Dwi'm 'di deud "na", nacdw? Saith ddudist ti, ia?' gofynnodd yn gleniach, gan fflachio ychydig o ddannedd melynaidd fel arwydd o gymodi. 'Chwe phunt yr awr?'

'Dduda i 'thi bo chdi'n deud "iawn", 'ta,' meddai Cled, gan neud yn siŵr nad oedd y wên a roddodd iddi'n un rhy dwymgalon. Wrth iddo droi i ffwrdd am yr eilwaith y pnawn hwnnw, clywodd lais gwrywaidd yn deud rhywbeth aneglur o ddyfnderoedd tywyll y tŷ. Ac wrth i Mairwen gau'r drws yn ara tu ôl iddi, clywodd Cled ei giglan fflyrtlyd cyfarwydd . . .

Ar ei ffordd yn ôl adra, galwodd Cled heibio Bod Feurig. Rhoddodd ei law yn ei siaced a theimlo oerni'r cŷn yn erbyn ei fysedd. Doedd o ddim yn mynd i ddefnyddio'r peth, ddim ond os byddai raid. Ond dyn gwirion ar y naw fasa'n mynd i dŷ lle roedd 'na ryw dacla diawl yn sgwatio heb fod ganddo ryw fath o erfyn fel amddiffyniad. Ac ella mai Math oedd wedi gweld petha cwbl ddiniwed a neidio i'r casgliad bod rhywun yn aros yno. Ella mai'r hen Myfi oedd wedi gadael tipyn o olwg ar ei hôl, a Ruth ddim wedi cael cyfle i'w glirio. O gofio stad feddyliol Math y diwrnod hwnnw, fasa fo ddim syndod tasa fo wedi drysu.

Buan iawn roedd gardd Bod Feurig wedi mynd i edrych fel tasa hi'n cael ei hesgeuluso, meddyliodd. Roedd o wedi dŵad yma ddechrau'r haf, ar gais Ruth, ac wedi tynnu'r hen injan dorri gwair o'r sied, a'i chael i weithio maes o law. Awydd dŵad â Myfi adra i Bod Feurig am bnawn roedd Ruth yr adeg honno, a ddim isio i'w mam weld y lle wedi mynd â'i ben iddo. Ddigwyddodd yr ymweliad ddim yn y diwedd; doedd Cled ddim yn cofio pam rŵan. Erbyn hyn, ychydig fisoedd yn ddiweddarach, doedd 'na fawr o bwynt styrbio Myfi na thrio procio meddwl oedd wedi hen fynd i aeafgysgu. Erbyn hyn, doedd hi'm yn syndod bod rhyw gyw sgwatars wedi gweld fan'ma fel lle perffaith i neud eu nyth am chydig wythnosau.

Fe âi o gwmpas tu allan y tŷ i gael golwg iawn arno ar ôl iddo gael cip ar y tu mewn, a thrwsio pa bynnag ffenest roedd y cnafon wedi dŵad i mewn drwyddi. Wrth ddatgloi drws y briws yn y cefn a'i wthio ar agor, teimlai Cled fod y sŵn yn atseinio i fyny ac i lawr y stryd, a chryndod yn mynd drwy'r tŷ, rywsut. Safodd yn stond a gwrando am rai eiliadau. Dim. Yn ara bach, caeodd y drws ar ei ôl mor ddistaw ag y gallai. Doedd o ddim isio i'r hen gath 'na sleifio i mewn a rhoi braw iddo wrth ruthro heibio iddo ar y grisiau neu rywbeth felly. Ella bod y sguthan yn y tŷ yn barod, erbyn meddwl, yn ffrindia gora efo'r tresmaswyr ac yn piso o'i hochor hi ble fyd fynnai hi!

Wedi iddo gamu i mewn i'r tŷ, trawyd Cled yn syth gan oglau llwydni'r lle – a'r oglau arall yna hefyd, yn gryfach o lawer na pan ddaeth o yma'r tro hwnnw efo Math. Aeth i'r gegin. Roedd bwrdd drênio'r sinc yn wag fel o'r blaen, a'r cadach yn dal i hongian dros y tap. Aeth yn ei ôl allan i'r cyntedd, a cherdded yn ofalus ar y llawr teils patrymog fel petai o'n cerdded ar rew. Arhosodd wrth droed y grisiau, a gwrando. Dim byd.

Wedi gwich stepan gynta'r grisiau, mentrodd Cled i fyny'r gweddill nes cyrraedd y landin. Roedd y stafell molchi'n syth o'i flaen, a'r drws ynghau. Ar y dde roedd stafell wely Myfi, a'r drws yn gilagored. I'r chwith roedd hen stafell Ruth, ei henw'n dal ar deilsan fach wen oedd wedi'i gosod yn ofalus ddegawadau'n ôl. Meddyliodd Cled pa mor od oedd bod yma rŵan, a dwy galon tŷ yn absennol.

Trodd tuag at ddrws Myfi ar y dde a rhoi ei glust yn yr hollt cul rhwng y wal a'r drws. Dim byd. Gwthiodd y drws ar agor yn ara deg bach, codi'r cŷn yn barod yn ei law dde, a gwthio'i ben rownd y drws i edrych be oedd yno. Gyda hyder, agorodd y drws led y pen a chamu i mewn. Roedd y fatres ar y gwely yn noeth heb fath o gynfas arni, ac amlinelliad brown fel cymylau hwnt ac yma ar ei hyd. Ond doedd 'na 'run arwydd bod neb yno. Sylwodd fod y llenni wedi cael eu rhwygo oddi ar sawl bachyn ar y polyn uwchben y ffenest, gan neud iddyn nhw edrych yn gam a grotésg. Rhywun ar frys y diawl i agor y cyrtans, meddyliodd. Ar lawr roedd stwmps sigarét a phacedi creision a siocled yn od o drefnus mewn twmpath bach twt. Roedd caniau cwrw a photeli gwin wedi cael eu gwthio i'r gornel bella. Camodd at y ffenest, a'i nerfusrwydd gwreiddiol wedi'i ddisodli gan deimlad blin at y diawlad powld oedd wedi bod yn byw fel lordiaid yma, a Myfi druan mewn hôm. Trodd i gael edrych ar y stafell o bersbectif arall. Rhwygodd ddrws y wardrob ar agor, fel petai o'n disgwyl gweld rhyw gradur yn llechu yno yn ei gwman. Ond doedd 'na'm byd tu mewn i honno ond dau hangar yn clindarddach yn ysgafn yn erbyn ei gilydd yn yr awel roedd Cled wedi'i chreu wrth agor y drws ar y ffasiwn frys.

'Basdads!' meddai ar dop ei lais. 'Ffernols powld!' Wrth lefaru'r geiria fel'na, teimlodd Cled ei fod yn tramgwyddo, yn tresmasu yn rhywle lle nad oedd ganddo fo hawl i fod ynddo. Doedd 'na ddim bag cysgu'n swis rôl yn y gornel na than y gwely, fel roedd Cled wedi disgwyl ei weld. Roedd pwy bynnag a fu yno wedi gadael bellach – wedi bod ac wedi mynd. Fasa gin y copars damed o ddiddordeb gan fod y sefyllfa wedi'i datrys ei hun, i bob golwg. Mi âi o gwmpas y tŷ i drwsio ac i neud yn siŵr nad oedd 'na'm ffordd i neb arall fedru torri i mewn, ac yna byddai'n gadael cartre Myfi i'r pryfaid cop a'r oglau llwydni. Ac mi wnâi o led-awgrymu i Ruth ella basa'n syniad rhoi'r lle ar y farchnad.

Doedd o ddim wedi bwriadu gwthio drws stafell Ruth ar agor. Doedd 'na ddim dwywaith yn ei feddwl nad oedd y stafell honno hefyd yn wag, ond teimlai ym mêr ei esgyrn fod croesi rhiniog y stafell yn gamgymeriad dybryd. Roedd y gorchudd gwely glas yno o hyd, yn union fel roedd Cled yn ei gofio, a brwsh gwallt a bocs bach pren wedi'u gadael ar y bwrdd plastig gwyn efo drych oedd o flaen y ffenast. Roedd ambell boster yn dal i fyny ar y wal hefyd: y silwét hwnnw o ddau'n cusanu, yr un â'r geiriau 'Gwnewch bopeth yn Gymraeg' arno, a'r poster o'r gân 'Cei Felinheli' gan y Ficar.

Ychydig eiliadau ar ôl iddo gamu i mewn, bu'n rhaid iddo eistedd i lawr ar gynfas glas y gwely i sadio. Roedd cornel un wal wedi'i gorchuddio efo lluniau o Ruth – rhai'n ddu a gwyn a rhai'n lliw, ac ambell un o Ruth efo rhywun arall hefyd. Doedd dim raid i Cled graffu'n fanwl i weld mai Emlyn oedd o, ond dyna wnaeth o 'run fath, i neud yn siŵr. Lluniau ohonyn nhw'n blant oedd rhai, lluniau hefyd o'r ddau yn eu harddegau, o'r cyfnod pan fyddai Emlyn yn dŵad yma i aros efo'i nain. Ruth yn gwenu ar y camera, a'i gwên yn culhau ei llygaid yn erbyn yr haul. Emlyn fel arfer yn gwgu, fel tasa fo'n filain efo'r camera am dramgwyddo ar ei amser o efo Ruth. Ambell lun agos agos o'r ddau hefyd, fel petai Ruth neu Emlyn yn dal y camera hyd braich er mwyn cael y ddau ohonyn nhw yn y llun. Doedd 'na 'run llun ohono fo, Cled – fel tasa fo rioed 'di bod. Roedd y lluniau wedi'u gwasgu at ei gilydd mor glòs fel nad oedd lle i weld rhimyn o bapur wal rhyngddyn nhw, a chornel ambell lun yn lapio dros gornel un arall. Doedd 'na'm lle i ddim byd na neb rhyngddyn nhw.

Sylweddolodd Cled yn syth nad oedd dim arwydd bod y lluniau'n dechrau plicio oddi ar y papur wal – fel byddai wedi bod yn siŵr o ddigwydd petai Ruth wedi'u gosod yno flynyddoedd yn ôl pan oedd hi'n byw yma. Gweithred ddiweddar oedd hon – gweithred ddiweddar Emlyn.

Pan aeth Cled allan o'r stafell wely, a'i ben yn troi, daeth yn ymwybodol o'r ogla rhyfedd, unigryw bron yn syth. Pam nad oedd o wedi'i daro wrth iddo ddringo'r grisiau gynnau? Roedd rhimyn o olau dydd yn stribed ar hyd gwaelod drws y stafell molchi, gan fod y drws ryw hanner modfedd yn rhy fyr. Roedd hi'n amlwg mai o fanno roedd yr oglau drwg yn dŵad.

Pan agorodd y drws bu'n rhaid iddo gamu'n ôl yn syth, a'i law dros ei geg a'i drwyn. Daeth ogla pydru ffiaidd drosto gan neud iddo fod isio chwydu yn y fan a'r lle. Teimlai fel cau'r drws yn sownd a rhedeg allan o'r tŷ ond daeth rhyw ddewrder drosto o rywle, a gwnaeth ymdrech i gladdu'i drwyn a'i geg yn llawes ei siaced a mentro 'nôl i mewn i'r stafell molchi.

Daeth tarddiad y drewdod yn amlwg yn syth o'r cwmwl prysur o bryfaid oedd yn hofran o gwmpas y bath. Aeth Cled yn nes at ei ymyl, gan bwyll, er bod ei feddwl yn sgrechian arno i beidio. Yno, yn gorwedd ar waelod y bath, roedd Moli'r gath, ei cheg yn grechwen ffiaidd a ffrwd goch tywyll a edrychai bron yn ddu yn rhuban o gwmpas blew gwlyb ei phen, ac ar hyd enamel gwyn y bath hyd at y plwg. Wrth syllu arni, sylwodd Cled bod ei chorff yn symud y mymryn lleia. Doedd hi rioed yn dal yn fyw, y graduras druan? Aeth yn nes eto, ac yna camu'n ôl wedi ffieiddio, o weld mai cynrhon oedd yn berwi tu mewn iddi, wedi ei meddiannu. Bagiodd yn ei ôl am y drws, ac wedi cyrraedd top y landin, rhuthrodd i lawr y grisiau dair stepan ar y tro, ac allan i'r awyr iach, i gwffio am ei wynt yn annibendod gwyrdd gardd gefn Bod Feurig.

29

Awr yn ddiweddarach, a churiad ei galon wedi arafu o'r diwedd, daeth Cled i lawr grisiau ei gartre a bag ymarfer corff du yn ei law, y gwe pry cop wedi'i llnau'n lân oddi arno. Roedd Len yn sefyll fel sentri yng ngwaelod y grisiau.

'Lle ti'n mynd? I'r Olympics?'

'Naci,' meddai Cled yn swta, a gwthio heibio iddo am y gegin, gan gipio'r siaced ledar oddi ar y polyn ar waelod y staer. Agorodd ddrws yr oergell, gan sylwi'n ddiolchgar nad oedd honno wedi penderfynu gollwng dŵr, beth bynnag, ond suddodd ei galon pan welodd y silffoedd gwag y tu mewn. Roedd wedi hanner gobeithio medru gadael ei dad am ddiwrnod neu ddau, heb orfod rhedeg i nôl neges iddo fo rhag iddo lwgu. Roedd 'na hanner potelaid o lefrith, sgwaryn bach o gaws coch mewn cling ffilm, a chwarter twbyn o fenyn. Erbyn iddo agor drws y rhewgell o dan y ffrij, roedd yn ymwybodol fod Len wedi symud ei stondin ac yn rhythu arno ac ar ei symudiadau o glydwch ei orsedd yn y gegin o flaen y bocs.

'Be sy 'na i de?' gofynnodd Len, gan lygadu Cled fel twrna.

'Fydda i wedi picio i nôl petha ichi o'r siop yn munud. Digon . . . digon i bara tua dau ddwrnod.'

'Pam, lle ti'n mynd, 'lly? Ar dy holides?' Doedd dim amau'r gwatwar yn ei lais, ond roedd Cled yn barod amdano. Am unwaith, fyddai o ddim yn gadael i'w dad neud iddo deimlo'n euog.

'Ruth sy 'di gofyn i mi roi help llaw iddi efo'r B&B. Cadw llygad ar Math a ballu.'

'Pam, be sy haru hwnnw?' meddai Len. 'Ar ddrygs mae o?'

'Blydi hel, Len! Newidiwch y blydi record, wir Dduw!'

'Ond be dwi fod i neud yn fan'ma? Llwgu?'

'Llwgu?!' meddai Cled yn watwarllyd. 'Llwgu be, dwch!'

Ella basa wedi bod yn well jest gadael nodyn ar y bwrdd. Dengid oddi yno pan oedd Len yn y lle chwech, neu'n hwyr yn y nos. Dianc o'i dŷ ei hun fel lleidr rhag gorfod wynebu'r lol yma. Damiodd nad oedd o wedi meddwl o ddifri am neud y fath beth. Iacha'i groen, croen cachgi. Pendronodd p'un ai i fynd rŵan a gadael i Len fentro'r daith i lawr at y siop ei hun, 'ta be. Mi fedra'i dad neud y siwrne'n iawn – ond toedd o wedi magu gwreiddiau yn eistedd ar ei din yn y tŷ cyhyd, a'r syniad o orfod cerdded i'r pentre wrtho'i hun yn ymddangos fel dringo'r Wyddfa iddo.

Yna daeth cnoc ar y drws cefn. Edrychodd y ddau ar ei gilydd, ac yna'n ôl ar wydr y drws, ac ar y silwét oedd yn erbyn y gwydr. Gwyddai Cled yn syth mai Ruth oedd yno a chythrodd am y drws, ei ben yn llawn lluniau cynrhon a chath farw mewn bath.

Doedd dim raid i Ruth yngan gair i Cled fedru gweld ei bod wedi cynhyrfu go iawn. Crynai mewn modd gwahanol i gryndod oherwydd oerfel. Glaniodd ei llygaid yn syth ar Len a lled-wenu arno.

'Dwi'm 'di'ch gweld chi erstalwm, Len. Dach chi'n iawn?' gofynnodd, gan geisio ymddangos mor ddidaro â phosib. Ond roedd hi'n actores sobor o wael.

'Cled yn dŵad acw, yndi?' meddai Len, gan dorri trwy unrhyw esgus o fân siarad. 'Mynd acw lond 'i haffla, a ngadal i'n llwgu yn fan'ma, 'li, Ruth. Dyna chdi fab gwerth 'i ga'l!'

'Sorri, Len . . . 'Swn i'm yn gofyn 'blaw bo . . .'

Neidiodd Cled i mewn i'w hachub. 'Paid â chymryd sylw ohono fo. 'Di ca'l 'ych sbwylio dach chi, 'de, Len?'

'Sbwylio?!' meddai Len yn sbeitlyd. 'Sbwylio gin bwy,

d'wad? 'Sa gin ti'm to uwch dy ben, machgan i, 'blaw mod i . . .' Ond stopiodd yr hen foi wrth sylwi fod Ruth yn edrych ar y llawr ac yn ymddangos yn wirioneddol ypset. Gafaelodd Cled yn ei phenelin yn ysgafn.

'Ty'd drwadd i'r rŵm ffrynt, yli, i ni ga'l llonydd.' Nodiodd Ruth a chychwyn symud i gyfeiriad y cyntedd.

'Lwgwch chi ddim, Len, peidiwch â phoeni,' meddai Cled. 'Er, 'sa chi'n medru byw ar 'ych blonag am fis go dda, ddudwn i!' Wrth weld Len yn gwgu mwy fyth, ychwanegodd Cled mai jôc oedd honna, siŵr iawn. 'Lle ma'ch sens o hiwmor chi, dwch? Sbio ar ormod o hen ffraeo ar y bocs sgwâr 'na'n gongol ydach chi!' Meddalodd Len ryw ychydig, ac estyn am y dabledan hir, ddu er mwyn newid y sianel.

'Dy fam yn o lew, Ruth?' meddai, heb dynnu'i lygaid oddi ar ryw greaduriaid mewn dillad coch yn neidio trwy gylchau i mewn i bwll o ddŵr. Arhosodd Ruth yn ei hunfan, ac yna troi'n ei hôl nes roedd hi'n sefyll wrth ymyl Len, bron iawn yn ei gyffwrdd. Sylwodd Cled fod ei llygaid wedi llenwi.

'Yndi, Len. Mopio reit ddrwg ar y funud, 'chan. Bechod 'i gweld hi, deud gwir.'

'Cofia fi ati, nei di, dol?' meddai Len, ac edrych i fyny arni am eiliad cyn troi ei ben yn ôl i rythu ar gampau gwallgo'r gwylliaid cochion. 'Hogan iawn, Myfi . . .'

'Yndi, Len. Yndi, ma hi. Diolch . . .' Roedd y llygaid yn bygwth gorlifo, a'r awgrym o amser presennol y ferf wedi'i chyffwrdd. Cychwynnodd unwaith eto am y parlwr ffrynt.

'Hwyl fyddan ni'n ga'l stalwm, sti,' ychwanegodd Len mewn llais nad oedd Cled wedi'i glywed ers blynyddoedd. 'Lot fawr o hwyl, 'de . . .'

Nodio'i phen wnaeth Ruth, heb ateb, ac anelu trwy'r drws i'r cyntedd. Agorodd yr argae pan gyrhaeddodd y rŵm ffrynt efo Cled. Suddodd i'r soffa agosa a beichio crio, ei dwylo'n gwpanau am ei hwyneb. Aeth Cled i eistedd ar fraich y gadair a rhoi ei law ar ei hysgwydd, a disgwyl nes i'r cryndod ostegu.

'Be sy, Ruth?' meddai o'r diwedd.

'Emlyn . . . Mae o 'di bod yn gweld Mam . . .' meddai, a'i llais yn cael ei atalnodi gan igian ei chrio. Eisteddodd y ddau, a gwrando ar y miwsig yn dŵad o'r teledu yn y gegin gefn fel tasa fo'n dŵad o fyd arall.

'Sut ti'n . . .?'

'Y Metron 'na ddudodd. Deud bod 'y nghefndar i o'r Sowth 'di dŵad draw i weld 'i Anti Myfi!'

'Cefndar?! Be ddiawl haru o? Be o'dd o isio?' Edrychodd Ruth i lawr, a'i gwefus uchaf yn crynu. 'Ruth, be o'dd o isio?' Atebodd hi mohono.

'Nath o rwbath, Ruth? Nath o rwbath i Myfi?' Roedd yn rhaid i Cled ofyn, â chrechwen cath farw mewn bath yn dyst i gyflwr meddwl y diawl boi.

'Nath o mo'i brif. . . brifo hi na dim – roedd hi'n hapus braf, ond . . .' Sylwodd Cled fod ei bysedd wedi dechrau troi defnydd godre'i blows yn rhaff, ac yn gwasgu, gwasgu . . .

'Ond be, Ruth?'

'Roedd o 'di rhoi *make-up* arni . . . fel clown. Fel hwran clown, fel . . .' Methodd Ruth orffen y frawddeg. Cadwodd Cled ei law ar ei hysgwydd. Fedra fo feddwl am ddim byd arall i'w neud, er ei fod o'n teimlo fel gafael ynddi a'i gwasgu ato.

''Sa chdi 'di'i gweld hi, Cled!' Roedd pob gair ddôi i ben Cled yn swnio'n annigonol, pob rheg yn ychwanegu rywsut at ffieidd-dra'r ddelwedd o Myfi fach ddiniwed a'i cholur grotésg. 'Fedra i'm mynd efo Steve i angladd 'i dad rŵan. Fedra i ddim, na fedra?'

'Ffonia'r cartra a'u warnio nhw i beidio gadal y boi yn agos at Myfi eto. D'wad yn iawn wrthyn nhw na tydio'n perthyn dim. Ffonio'r cops os oes raid!' Eisteddodd Ruth yn sythach yn ei sêt, a dechrau sychu'i bochau gwlyb.

'Na . . . fedra i'm gneud hynny, yli.'

'Pam, d'wad? Ti'm isio cadw ar y crîp, nago's?'

'Nago's, siŵr. Ond . . . ond be mae o 'di neud, Cled? Mond

rhoi lipstig ar Mam. 'Sa nhw'n chwerthin am 'y mhen i, basan!'

'Do's wbod be arall mae o 'di neud!' meddai Cled, a difaru agor ei geg yn syth. Doedd o ddim isio codi'r busnes Bod Feurig efo hi rŵan, a hithau fel hyn. 'Ond 'dio'm i fod yno, nacdi, Ruth? Sgynno fo'm hawl, os *ti*'n deud bod ganddo fo ddim.'

''Dio'm mor hawdd â hynny, nacdi?' meddai Ruth, ac edrych i lawr fel tasa hithau'n difaru.

'Pam?' holodd Cled. 'Pam dio'm mor hawdd â hynny?'

''Dio ddim, iawn?!' meddai Ruth yn biwis, a sefyll ar ei thraed. 'Well 'mi fynd. Sorri bo fi 'di dwâd yma. O'n i jest . . . Ddyliwn i fynd.'

Teimlai Cled ddieithrwch newydd rhyngddyn nhw, gwagle nad oedd o'n gwybod ei hyd na'i led. Sylweddolodd nad oedd y dieithrwch yma'n newydd o gwbwl, mewn gwirionedd, ond dieithrwch oedd wedi bod ynghwsg ers i Emlyn fynd i ffwrdd y tro cynta, bymtheg mlynedd yn ôl.

'A ti am ddeud wrth Steve bo chdi'm yn mynd i'r angladd 'lly? Oherwydd y crinc yna?'

Edrych ar y llawr wnaeth Ruth. 'Mi ddudodd y Metron ma dwâd i ffarwelio oedd o.'

'Ffarwelio?'

'Os dio'n deud y gwir, 'de?'

'Pam na fasa fo?' gofynnodd Cled.

'Dwn 'im . . . Rhyw deimlad sgin i, 'na'r cwbwl. Well 'mi beidio mynd, tydi Cled? Aros yma.'

'Chdi ŵyr dy betha. Ond synnwn i ddim nad ydio wedi mynd, sti Ruth.'

Edrychodd Ruth i fyw ei lygaid.

'Pam ti'n deud hynna?'

'Dwn 'im, jest rhyw deimlad sgin i yn 'y nŵr.'

Symudodd Ruth ei llygaid oddi wrtho ac i gyfeiriad y llenni les llwydaidd ar y ffenest fawr.

'Mae o 'di newid, sti Cled. Rwbath 'di . . . digwydd iddo fo – tu mewn, sti.'

'Boi peryg.'

Cododd Ruth ei phen.

'Peryg? Ti'n meddwl bod o'n beryg?'

'Be sy'n bod, Cledwyn bach? Moyn dy fami 'yt ti, ife? Ife? Moyn Mami ddod i nôl ti?' Sŵn y môr yn llyfu ochra'r tywod, y gwynt yn sisial cyfrinachau . . .

'Doedd o'm yn gall o'r cychwyn, os ti'n gofyn i mi. Ond 'na fo – oeddach chi'n llawia, doeddach? Chdi a fo.'

Atebodd hi mohono'n syth, ond roedd ei llais yn bwyllog a didwyll pan ddaeth o.

'Ar un adag, 'swn i 'di gneud rwbath iddo fo, yli.'

Eisteddodd y ddau mewn distawrwydd am sbelan. Daeth Cled yn ymwybodol o 'sictod mawr yng ngwaelod ei stumog.

'Dwi 'di deud wrtho fo am adal llonydd i mi, Cled. Am adal llonydd i ni. Ti'n meddwl bod o 'di gwrando, 'ta? *Ydio* 'di mynd?'

'Ella bod y geiniog 'di disgyn i'r cwd o'r diwadd,' meddai Cled.

Nodiodd Ruth ei phen yn ara.

30

'Dere mla'n! Agor y blydi drws, Ruth, be sy'n bod 'no ti?' Sŵn
car yn gyrru heibio. Gola'n sgubo fel brwsh glân am funud. Y
ddau ohonan ni'n fferru, fel cwningod. 'Dan ni ofn. Ma'r gola'n
pasio heibio a 'dan ni'n dau yn y tywyllwch bol buwch 'ma eto,
o flaen y tŷ. Dwi'n estyn fy llaw at fwlyn y drws, ac mae o'n
troi heb ddim traffarth tro 'ma, ond yn agor o'r tu mewn.

Mae Myfi'n sefyll yno, ac mae hi'n gwisgo negligee binc
baby doll a lipstic pinc mawr ar ei gwefusau. Gwena pan wêl
hi ni, neu'n hytrach ma hi'n edrach heibio fi at Em, a'i llygaid
yn dawnsio'n bryfoclyd arno fo.

'Mam! Mam?' medda fi, ond tydi hi'n cymryd fawr o sylw
ohona i.

Mae Cled yn ymddangos wedyn o'r tu mewn i'r tŷ, ac yn flin
ein bod wedi cyrraedd, fel tasa fo'n byw yno ei hun.

'Ewch o'ma! Sgynnoch chi'm hawl arni! Sgynnoch chi'm
hawl yma!' medda fo, ac mae Em a finna'n dechra chwerthin
nes bo ni'n wan jest, oherwydd mae Cled yn edrych mor
ddoniol pan mae o 'di gwylltio fel hyn. Ac wedyn mae Em yn
stopio chwerthin ac yn tynnu rhywbeth allan o'i boced ac yn
tanio. Clec.

Mae Myfi'n syrthio i'r llawr o'n blaena ni, ac mae 'na flodyn
mawr coch yn ymledu dros y negligee baby doll binc . . .

'Mam! Mam! Be ti 'di neud? Be ti 'di . . .?'

'Ruth? Ruth? Ti'n iawn?'

Cymerodd ychydig eiliadau iddi sylweddoli mai yn y car
yn gwibio i gyfeiriad teulu diarth mewn galar oedd hi, a

Steve wrth ei hochor. Rhythodd arno am eiliad, ond gan ei fod o'n gwenu'n ôl arni, gwnaeth hithau 'run fath gan obeithio'i bod yn argyhoeddi.

'Ti wedi bod yn gweiddi am dy fam yn dy gwsg, ac yn flin iawn efo rhywun!' meddai Steve. 'Nid fi, gobeithio!'

'Na, nid chdi. Bendant nid chdi. Jest . . . breuddwyd wirion. Sorri, Steve!' meddai'n llawn embaras, a cheisio cael gwared o'r llun erchyll o Myfi o'i phen. 'Lle 'dan ni?' gofynnodd, gan ddylyfu gên a syllu allan trwy ffenest y car ar dirwedd gwyrdd anghyfarwydd Lloegr.

'Ddim yn bell rŵan. Ti'n iawn?' gofynnodd Steve.

'Yndw . . . yndw, wir. Jest . . .'

'Poeni am Math?'

'Ia, am wn i. Dwi'n wimp, dwi'n gwbod. Dwi'm 'di adal o ar ei ben ei hun mor hir o'r blaen.'

'Ti'n iawn, ti *yn* wimp!'

'Hoi! Sdim isio i ti gytuno efo fi!' Plethodd Ruth ei breichiau mewn ffug anniddigrwydd a gwenodd Steve y wên ddistaw honno oedd wedi'i denu ato yn y lle cynta.

'Fydd Math yn hoffi cael ei *space*, siŵr iawn! Dwi'n cofio fi'n bymtheg oed. O'n i wir isio i *mater* a *pater* ddiflannu fel bod fi'n medru cael partis gwyllt!' Gwenodd eto, cyn i'r wên ddiflannu'n gynt nag arfer, ac i ddwy linell fach anghyfarwydd ymddangos rhwng ei lygaid.

'Dwn 'im os 'di Math yn foi am bartis gwyllt,' meddai Ruth. 'A ma'r busnes colli ysgol 'ma . . .'

'Ond mae Cled efo fo, Ruth. Fydd Cled a Math yn iawn. Fydd Cled yn gneud yn siŵr o hynny.'

'Byddan, ti'n iawn, ma siŵr . . .' meddai hithau. Ac o ddeud y geiriau, dechreuodd feddwl y gallai gredu ynddyn nhw. Ella bod pob dim yn iawn. Ella bod Em wedi mynd, fel roedd Cled yn deud – adra 'nôl, lle bynnag roedd fanno.

I be fasa fo'n aros? Doedd hi ddim wedi rhoi llygedyn o obaith iddo y byddai 'na gyfle i ailgynnau'r tân . . . Dyna idiom llawn ystyron oedd hwnnw, meddyliodd. Fuo'r ymadrodd yna rioed yn fwy cyforiog o bosibiliadau! Doedd ganddo ddim rheswm arall dros ddod yma, yn waith nac yn deulu, rŵan bod ei nain wedi mynd. Doedd o rioed wedi bod yn agos iawn at ei rieni, o'r hyn fydda fo'n ddeud. A phan wahanodd y ddau ac Em tua tair ar ddeg, siaradodd o ddim amdanyn nhw wedyn, fel tasan nhw rioed wedi bodoli.

Mae'n rhaid ei bod hi wedi pendwmpian eto, oherwydd aeth y 'ddim yn bell iawn' yn ddim. Roeddan nhw wedi cyrraedd. Camodd Ruth allan o'r car a theimlo swildod llethol mwya sydyn, ond cafodd hwnnw'i ddisodli'n fuan gan harddwch y panorama oedd o'i blaen. Tŷ mawr Sioraidd ar y bryn uwchben pentre Mevagissey oedd cartre rhieni Steve, a'i ffenestri tal, urddasol yn edrych i lawr ar fae bach tlws. Gan eu bod mor uchel i fyny, doedd dim smic yn dŵad o'r pentre islaw – bron iawn fel tasa'r lle'n dre degan, a phobol a cheir a chychod plastig wedi'u gosod yn ofalus gan law fechan. Oedd 'na bysgod plastig yn y môr hefyd? meddyliodd Ruth – ac ella rwydi bach bach wedi'u gneud o dameidiau o ddefnydd o fasged wnïo?

Galar plastig afreal oedd galar rhywun arall hefyd. 'Wrach mai camgymeriad oedd cytuno i ddod yma efo Steve.

'Ti'n cario dy fag dy hun, madam!' meddai Steve, a dadebrodd Ruth i sylweddoli bod Steve wedi estyn y ddau fag o'r bŵt ac yn dal un iddi. 'A galwa hi'n Susie. Mae'n gas ganddi i neb ei galw hi'n "Mrs". Mae wedi bod 'run fath erioed. Annibynnol!' meddai, gan edrych yn awgrymog ar Ruth. 'Tebyg iawn i rywun arall dwi'n nabod.'

Clywodd Ruth sŵn crensian ar y cerrig mân, a gwelodd ddynes fach gron yn tacio i'w cyfeiriad, a'i gwallt brith mewn 'bòb' modern yr olwg oedd yn anghymarus efo'r ffrog macsi biws a ymledai ar hyd y gro ar ei hôl.

Roedd ei breichiau ar led.

31

''Sa gin i gynffon, 'swn i'n ei hysgwyd hi!' meddai Cled wrtho'i hun, a chwibanu'n harti wrth olchi'r llestri yng nghegin Ruth, a rhoi'r platiau i sefyll yn sowldiwrs ar y fframyn plastig gerllaw. 'Ti'm yn gall, washi!' meddai'r hen lais bach piwis yn ei ben, yn trio cael y llaw uchaf, 'yn meddwl bo chdi 'di landio am bo chdi'n golchi llestri Ruth a thendiad ei mab hi am ddeuddydd.' Ond doedd y llais piwis (oedd yn swnio'n debyg iawn i lais Len, erbyn meddwl) ddim yn mynd i gael disodli'r teimlad gorfoleddus o hapus oedd yn rhedeg trwy ei wythiennau'r eiliad honno. Roedd o wedi cael ei roi yng ngofal Min y Môr a Math, ac roedd Emlyn blydi Morgan 'di'i heglu hi 'nôl dan y garreg y daeth ohoni. Fe âi draw i Bod Feurig cyn i Ruth ddŵad adra, i llnau a chael gwared o bob arwydd o'r crîp, a dyna ni wedyn. Ac roedd o hefyd wedi cael mynd o wynt Len am chydig ddiwrnodau yn y fargen. Roedd bywyd yn dda.

Roedd tri o'r wyth roedd o'n eu disgwyl heno wedi cyrraedd, a hynny chydig yn gynnar fel nad oedd Cled prin wedi cael amser i dynnu ei siaced. Roedd Math yno fel bwled, chwarae teg iddo fo, ac yn gwbod yn iawn ym mha stafelloedd i'w rhoi nhw. Gofynnodd un o'r gwesteion i Math oedd Ruth o gwmpas y lle, iddo gael ei chyfarfod. Clywai Cled yr hogyn yn esbonio'i bod hi wedi cael ei galw i ffwrdd ar fyr rybudd, ond y byddai Min y Môr yn dal i redeg fel wats efo fo, y mab, a Cled y manijar o gwmpas i oruchwylio pethau.

Gwenodd Cled wrth feddwl am hynna. Mi fyddai'n siŵr

o dynnu coes Math ei fod o 'di cael ei ddyrchafu'n fanijar ganddo fo – a holi a oedd cynnydd i fod, felly, yn ei gyflog. Doedd o'm wedi clywed Math yn deud cymaint o eiriau ers tro byd. Rhyw frawddegau emosiynol digon siort, wedi'u gwasgu allan, oedd y rheiny gafodd o gin y cradur ar lan Llyn Maelog, a Cled ei hun ddim mewn stad i fedru gneud dim ond cynnig rhyw gyngor carbwl iddo fo. Ond meddw neu beidio, roedd y Cled sobor yn dal i glywed y gwewyr oedd yn llais yr hogyn.

Ar y gair, clywodd siffrwd y tu ôl iddo fo, a gweld y dyn ei hun yn hanner cerdded, hanner llithro i mewn i'r gegin.

'Iawn?' mwmiodd Math, gan fynd draw at y tegell a phwyso'r switsh. Dechreuodd hwnnw riddfan a thagu a phrotestio.

'Dŵr yn 'i fol o gynta, ia mêt?' meddai Cled, gan estyn am y tegell a dechrau'i lenwi dan y tap. Gwgodd Math, a mynd i eistedd wrth y bwrdd. 'Iancs ydan ni'n ddisgwyl rŵan, ia? Pump ohonyn nhw, ia?'

'Chwilio am eu cyndeidia neu rwbath oeddan nhw 'di ddeud wrth Mam.'

'Tydyn nhw i gyd! Ond tasan nhw'n byw yn yr un pentra â'r diawlad, 'sa nhw'm yn 'u harddel nhw, ma siŵr, 'u hannar nhw! Hyd yn oed os oeddan nhw'n gwbod yn iawn i bwy oeddan nhw'n perthyn.'

'Ti'n meddwl bod hynna'n bwysig, Cled?'

'Be'n bwysig?'

'Gwbod o le ti'n dŵad, gwbod i bwy ti'n perthyn?'

'Dwn 'im, sti. . . Ond 'swn i 'di rhoid rwbath pan o'n i'n hogyn i Steve McQueen fod yn dad i mi yn lle Len, yn enwedig pan fyddwn i'n ca'l stid!'

Chwarddodd Cled, ond chwerthiniad braidd yn wag oedd o. Ddywedodd Math ddim byd yn ôl, ond aeth i'w boced a dechrau ffidlan efo'i iPhone, a'i wallt yn gyrtan cyrliog rhyngddo a gweddill y byd. Diawliodd Cled ei hun am fod mor ansensitif. Roedd y sgwrs efo Ruth ddoe yn dal i lynu yng nghorneli'i feddwl. "Dio'm mor hawdd â hynny' roedd hi wedi'i ddeud. A mwya'n y byd o amser oedd yn pasio rhwng clywed y geiriau go iawn a'u hailchwarae yn ei ben, mwya'n y byd o bosibiliadau oedd yn ffrwtian i'r wyneb.

I ddechrau, roedd hi wedi bod mor anfoddog i gysylltu efo'r copars. Doedd Ruth na fynta rioed wedi bod yn rhyw lawia mawr efo'r hogia mewn glas, ac yn ystod y cyfnod pan oedd Ruth yn stwnshian efo'r petha iaith 'ma, roedd hi'n dŵad yn ôl o brotest yn amal efo straeon am blismyn yn llusgo protestwyr heddychlon ar hyd y llawr gerfydd eu gwalltiau, yn rhwygo siacedi, yn gafael yn sgrepan ambell un a'u taflu i mewn i gefn car a gyrru i ffwrdd ar ras. Doedd ganddo ddim rheswm dros amau nad oedd be oedd hi'n ddeud yn wir. Ond eto, roedd 'na adegau pan oedd y gleision yn medru bod o help, ac mi fyddai rhywun wedi meddwl y basa Ruth yn gweld bod cael rhyw fath o waharddiad ar Emlyn rhag ymweld â'i mam yn y cartre'n un o'r adegau hynny.

Ond roedd 'na rywbeth arall yn awgrymu'i hun i Cled, rhywbeth nad oedd o isio meddwl gormod amdano. 'Petha ddim mor hawdd â hynny' roedd Ruth wedi'i ddeud. Fel petai hi'n gyndyn o gael Emlyn i drwbwl, fel tasa ganddi ryw ddyletswydd iddo. Edrychodd eto ar Math. Hyd yn oed dan y cyrtan gwallt, roedd hi'n amlwg fod rhywbeth yn ei boeni. Eisteddai â'i ysgwyddau wedi crymu, ei lygaid wedi'u hoelio ar damed o decst fel petai o'n disgwyl i blanhigyn ddechrau tyfu ohono a dawnsio o'i flaen, fel yn yr hen albyms Sargeant Pepper.

"Sa'm yn rhatach ichdi iwsio ffôn y tŷ na hwnna, d'wad?' gofynnodd Cled, yn rhyw lun ar drio cymodi.

'Ffêsbwc ydio!' atebodd Math yn swta.

Trodd Cled oddi wrtho mewn embaras. Er bod y ddau wedi agor eu calonnau i'w gilydd yn eu gwendid wrth Lyn Maelog, roedd hi'n anoddach ailgydio yn y gonestrwydd agored hwnnw rŵan. Roedd yr hen wal yna wedi tyfu'n ôl rhyngddyn nhw, a doedd gan Cled ddim syniad sut i'w dringo.

'Be tisio i swpar?' gofynnodd, gan lwyeidio chydig o goffi i waelod y gwpan ac arllwys y dŵr berwedig o'r tegell ar ei ben. 'Dwi'n giamstar ar Spag Bol, hyd yn oed os dwi'n deud fy hun. Chei di'm un gwell 'rochor yma i Bont Borth, dwi'n deud 'tha chdi!'

'Be? Y . . . dwi'm isio bwyd,' meddai Math.

'Ia, wel, mi fydd hi tua awran cyn bydd o'n barod, sti, a mi fetia i di unwaith clywi di'r ogla da'n dŵad o'r gegin, fyddi di'n methu'i . . .'

'Blydi hel, Cled!' Cododd Math ei ben ac edrych yn syn ar Cled. 'O sorri . . . sorri, Cled, dwi . . . Ond fedra i'm . . . Jest gad lonydd i mi, iawn? Plis . . . jest . . . gad lonydd i mi!' A chan ddal ei afael yn y ffôn diawl, diflannodd i fyny'r grisiau i'w lofft, gan adael Cled yn syllu ar y coffi gwan yn y mŵg.

Pan ganodd cloch y drws, roedd yn rhyddhad cael rhywbeth i fedru ymateb iddo. Sychodd ei ddwylo ar ei jîns yn frysiog a brasgamu tuag at y drws ffrynt, yn barod i dderbyn yr ymwelwyr.

Mairwen oedd yno. Wedi'i gwisgo fel tasa hi'n mynd i glwb nos ym Mangor, yn golur ac yn sent i gyd, a'i bronnau wedi'u gwasgu fel dwy dorth doeslyd i mewn i'w siwmper dynn.

''Di dŵad draw i ddallt y rôps at bora fory, Cled. Gobeithio bo hynny'n iawn . . .' Gwthiodd i mewn drwy'r drws fel ei bod yn sefyll wrth ei ymyl – yn dalach o ddwy fodfedd na fo yn ei sodlau.

'Ti'n siriys ddiawledig am y joban 'ma, chwara teg 'ti!' meddai Cled, a diolch ei fod wedi'i hargymell i Ruth fel gweithwraig dda, er gwaetha'i holl feiau.

'*Professional* dwi, 'de?!' meddai Mairwen yn bwysig, ac roedd rhywbeth yn ei hymarweddiad oedd yn gneud i Cled deimlo'n rhyfedd. Roedd hi'n siarad yn wahanol, ei goslef yn fwy hunanymwybodol. 'A dwi 'di dŵad â rhywun draw efo fi i ddeud "helô"! Ty'd mewn!' meddai hi'n llancas, fel tasa hi pia'r lle, gan gymryd cam at y drws agored a sbecian rownd y gornel at flaen y tŷ.

Ac yna roedd o i mewn yn y cyntedd cyn i Cled fedru cymryd ei wynt, cyn iddo fedru cau'r drws yn ei wyneb a'i wthio allan i'r stryd.

'Raid i ni stopo cyfarfod fel hyn, t'bod, Cled!' meddai Emlyn, a'i lygaid gwyrddion oeraidd wedi'u hoelio arno, yn bradychu'r wên ar ei wefusau.

32

Deffrodd Ruth i sŵn gwylanod fel arfer, a chymerodd ychydig eiliadau iddi gofio nad yn ei gwely yn Min y Môr roedd hi ond yng nghartre rhieni Steve. Cymerodd lai o eiliadau i gofio pa achlysur oedd wedi'i thynnu yma, a theimlodd drymder o ddiflastod wrth feddwl am y diwrnod oedd o'i blaen. Bron ar yr un pryd, teimlodd yn euog am fod mor hunanol. Cyn iddi gael cyfle i ddechrau ymgodymu mwy efo'r sefyllfa, clywodd gnoc ysgafn ar y drws a daeth Susie, mam Steve, i mewn a phanad o de yn ei llaw.

'Oh, good, my dear, I'm glad you're awake. Steve told me that you'd probably not sleep past seven, since you're so used to getting up early to serve breakfast for your guests.' Gosododd y banad yn ofalus ar y bwrdd bach wrth ymyl y gwely. Edrychodd Ruth yn euog ar y dillad crychiog wrth ei hymyl lle roedd Steve wedi bod yn gorwedd. Roedd yn dal yn deimlad rhyfedd cael eu perthynas wedi'i chydnabod mor agored, yn enwedig o flaen ei fam. Nid bod Susie'n fymryn dicach, yn ôl pob golwg.

'Thanks. . . No, this is a bit of a luxury for me . . .' meddai Ruth, a theimlo'n syth pa mor rhyfedd oedd hi i ynganu geiriau cynta'r bora yn yr iaith fain. Ar y dechrau, yn Saesneg y byddai Steve yn dadebru pan fydden nhw'n deffro efo'i gilydd, ond roedd o'n medru gneud hynny'n gynyddol yn Gymraeg rŵan – ella oherwydd mai deffro o gwsg ar ôl caru roedd o, yn hytrach na deffro ar ôl noson iawn o gwsg.

'How are you feeling, Susie?' gofynnodd Ruth. Cododd Susie ei hysgwyddau fel petai Ruth wedi gofyn cwestiwn astrus iawn iddi. Suddodd ar y gwely, a dechrau tynnu ar damed bach o edau rydd oedd yn codi o'r gorchudd dwfe.

'We'd been so happy, Ruth. That's the hardest thing. And when you're happy, you have a kind of immunity to everything else, don't you find? We were happy, and we were going to stay happy for ever. I don't think it even entered our heads that it would ever end . . . Silly, I know.'

'Some people never have that feeling, Susie.'

'I know, I know, dear. And in time, I know that I'll be able to remember and smile.'

Gwenodd y ddwy ar ei gilydd. Roedd heddiw'n mynd i fod yn ddiwrnod anodd i bawb, ond y Susie fechan gynnes yma fyddai'n cynnal pob un ohonyn nhw, a thrwy hynny fedru'i chynnal ei hun.

Ar ôl i Susie adael, eisteddodd Ruth lle roedd hi am rai eiliadau, gan dynnu'i phennau gliniau'n nes ati ac edrych ar yr awyr drwy'r ffenest. Teimlodd chwithdod rhyfedd wrth feddwl am ei mam ei hun, y Myfi nwyfus greadigol oedd yn llawn direidi. Chlywodd Ruth rioed mohoni'n siarad yn annwyl am 'run cariad, heb sôn am grybwyll gair pwy oedd tad Ruth. Doedd hithau rioed wedi holi, chwaith, erbyn meddwl, er bod y peth wedi'i chnoi o bryd i'w gilydd – fel y tro hwnnw yn yr ysgol gynradd pan oeddan nhw'n gwneud prosiect ac yn llunio coeden deulu, a hithau'n siomedig bod un ochr i'w choeden hi'n hollol wag, ac un Mairwen a Cled a'r lleill yn ddeiliog o enwau cyndeidiau. Eto, wnaeth hi rioed feddwl nad mewn cariad y cawsai ei chenhedlu: roedd tynerwch Myfi wrth edrych arni weithia'n awgrymu bod 'na hanes cariadus yn lapio am y ddwy.

Wedi cael cawod, aeth i lawr am frecwast. Wrth basio lolfa braf yn gyforiog o lyfrau, gwelodd fod dyn tal, tenau a'i gefn ati yn astudio un o'r llyfrau. Cnociodd y drws yn ysgafn, a throdd y dyn i'w hwynebu. Gwyddai'n syth mai Greg, brawd Steve, oedd o, gan ei fod yr un ffunud â Steve ond yn fersiwn llai athletaidd, mwy academaidd ohono.

'You must be . . .'

'Greg, Steve's better looking older brother!' meddai Greg dan wenu, a rhoi'r llyfr 'nôl yn ei briod le ar y silff. 'Keats always seems to put everything in perspective in times of adversity,' meddai, gan ychwanegu bron iddo fo'i hun, 'I always find the inexorable march of Nature oddly comforting, don't you? "Season of mists and mellow fruitfulness . . ." ' Gwenodd wrth ymgolli yn sŵn y geiriau.

'I'm sorry . . . about your father,' meddai Ruth, yn ymwybodol pa mor denau ac annigonol y swniai'r geiriau yn y stafell swmpus, lawn geiriau yma, pob un ohonyn nhw'r eiliad yma'n fud.

'Shame you never got to meet him, Ruth,' meddai Greg. 'He was great.' Yna ychwanegodd, 'Or should I say, *they* were great together.'

'You're lucky,' meddai Ruth, a doedd dim ots ganddi sut roedd hynny'n swnio i'r boi diarth 'ma oedd yn nabod dim arni.

'D'you think so? "The children of lovers are orphans" – isn't that what they say?' meddai Greg, a gwên drist yn chwarae ar ei wefusau. Ar hynny, teimlodd Ruth law am ei gwasg. Steve.

'Ti'n iawn, Ruth?' meddai. 'I see that you two have met.'

'At last!' meddai Greg, gan roi winc ar Ruth.

Treuliwyd gweddill y bora'n cyfarch pobol ac yn derbyn perthnasau a ffrindiau i'r tŷ cyn yr angladd am un ar ddeg. Gan nad oedd disgwyl i Ruth nabod neb na chyfrannu at unrhyw ran o'r ddefod yma o gydalaru – ar wahân i neud paneidiau o de a choffi, a gweini'r bisgedi a'r sgons – aeth am sgowt o gwmpas y gerddi ar ei phen ei hun. Roedd yr olygfa'n wirioneddol odidog, a synnai fod Steve wedi cael ei ddenu o le mor brydferth i fyw filltiroedd i ffwrdd mewn gwlad ddiarth fel Cymru. Teimlai'n amal fod yna elfen nomadaidd mewn Saeson – rhyw deimlad bod nunlle a phobman yn perthyn iddyn nhw, rywsut – bod modd iddyn nhw fagu digon o wreiddiau i led-fyw mewn unrhyw gymuned, cyn codi pac eto tasa raid. Doedd yr ymlyniad corfforol, bron, oedd gan y Cymry at eu gwlad ddim ynddyn nhw. Oedd hynny'n beth da ai peidio . . .?

Meddyliodd tybed ddylai hi roi caniad i Math i weld sut roedd pethau adra. Edrychodd ar ei wats. Dim ond deg o'r gloch oedd hi. Byddai Cled, Mairwen ac yntau ynghanol miri'r brecwast, a dim ond tarfu ar unrhyw drefn oedd ganddyn nhw wnâi hi petai hi'n ffonio rŵan. Fe gysylltai ar ôl cinio – ar ôl yr angladd, ac ar ôl iddyn nhw adra gael cyfle i gael eu traed danyn.

Allai hi ddim llyffanta allan yn hir, gan fod awel hydref yn brathu. Aeth yn ei hôl i mewn trwy'r drws ffrynt. Clywodd donnau o chwerthin yn dod o gyfeiriad y gegin a hymian parhaus mân siarad rhyw hanner dwsin o bobol. Tydio'n rhyfedd fel mae chwerthin yn gydymaith agos i grio, yn enwedig ar adegau fel hyn, meddyliodd. Diolch byth, roedd Steve wedi deud wrthi nad oedd disgwyl iddi hi fynd i gyfarfod yr holl bobol ddiarth. Gwyddai Ruth ei fod o'n ddiolchgar iddi am ddŵad adra efo fo, yn enwedig i gyfarfod ei fam a'i frawd. Roedd o'n ddigon call i beidio'i gwthio ymhellach yn ei dyletswyddau.

Trodd i'r chwith o'r prif gyntedd nes ei bod yn ôl yn y stafell lawn llyfrau. Hwyrach y gallai eistedd a phori trwy ryw lyfr neu'i gilydd nes byddai'r criw wedi mynd. Mi fyddai 'na saib fach wedyn cyn i'r ficer ddŵad i arwain y gwasanaeth, a digon o amser i newid ac ati. Wrth lwc roedd y stafell yn wag, ac aeth i sefyll o flaen y brif silff lyfrau. Mae'n rhaid bod tad Steve yn foi oedd yn hoff o'i glasuron, meddyliodd, wrth sganio trwy'r silff a chwilio am enwau cyfarwydd ymhlith Homer, Tacitus a Virgil, ac eistedd ar gadair gyfforddus hefo llyfr oedd at ei dant.

Pan gododd ei phen o'r llyfr ymhen ychydig, denwyd ei llygad gan gyfrifiadur oedd yn edrych yn rhyfedd o fodern ynghanol y stafell hynafol. Tybed fyddai o'n syniad iddi weld beth oedd cyflwr ei blwch ebyst, rhag ofn bod 'na gwsmeriaid yn disgwyl ateb i'w hymholiadau am le i aros? Roedd y rhan helaetha o'i bwcings yn dŵad dros y we erbyn hyn, a Math wedi bod wrthi un penwythnos gwlyb yn creu gwefan ddigon proffesiynol yr olwg i 'Min y Môr B&B'.

Aeth i mewn i'w chyfri'n ddigon didrafferth, ac ateb dau ymholiad efo'r frawddeg arferol ei bod 'oddi ar y safle ar hyn o bryd', ond y byddai'n ymateb yn llawnach iddynt drannoeth. Roedd yn anhygoel meddwl mai dim ond am ddwy noson y byddai wedi bod oddi cartre, ac i ffwrdd oddi wrth Math. Roedd yn teimlo'n llawer hwy yn barod.

Eisteddodd 'nôl ar y gadair a chlustfeinio. Roedd yr hymian siarad yn dal i ddod o'r gegin, a dim math o synau'n awgrymu bod unrhyw un yn hwylio i adael. Syllodd ar sgrin y cyfrifiadur. Ar adegau fel hyn, ac amser ar ei dwylo, byddai bod yn aelod o'r Gweplyfr – y Ffêsbwc, chwedl Math – yn reit handi, meddyliodd. Anelodd y saeth i gyfeiriad yr eicon oedd yn dynodi'r we, a theimlo'n ddiolchgar bod hwnnw hefyd i'w weld yn gweithio'n chwim yma. O ran 'myrraeth, aeth ar safle Min y Môr i ddechrau, a theimlo balchder o weld y lluniau da a'r modd slic roedd posib i'r darpar gwsmer weld lluniau'r stafelloedd a'u hargaeledd ar gyfer dyddiadau penodol. Roedd hi wedi gneud yn siŵr hefyd fod y Gymraeg yn rhannu'r un gofod â'r Saesneg, ac wedi gwrthod cael botwm oedd yn rhoi'r dewis i bobol gael gwybodaeth yn Gymraeg neu yn Saesneg. Roedd hi'n rhy hawdd i bobol anwybyddu'r Gymraeg yn llwyr wedyn – dyna oedd ei dadl efo Math. O leia, wrth gael y Gymraeg a'r Saesneg efo'i gilydd, doedd dim posib i bobol beidio â gwybod bod Min y Môr a Rhosneigr yn y Gymru Gymraeg.

Caeodd y safle, ac ochneidio. Be rŵan? Yna'n sydyn roedd hi'n teipio eto, a'i bysedd yn hedfan dros y botymau llythrennau nes ei bod yn edrych ar restr o gyfeiriadau gwybodaeth am Emlyn Morgan o Gastellnewydd Emlyn.

Doedd hi ddim wedi cael gwybod ganddo lle roedd o'n gweithio na be roedd o'n ei neud. Roedd o fel petai wedi disgwyl llithro 'nôl i'w hen fywyd heb orfod esbonio dim ar y bwlch ers iddyn nhw gyfarfod ddiwetha.

Yna, gwelodd rywbeth a wnaeth i'w gwaed fferru. Cliciodd ar bennawd â'i bysedd yn crynu. Pennawd o bapur newydd oedd o, a llun Emlyn Morgan yn glir ar y sgrin.

Hunt for AWOL Newcastle Emlyn kidnapper.

Syllodd Ruth ar y sgrin heb fedru symud na llaw na throed.

33

Ella mai'r ffaith ei fod o mewn gwely diarth a barodd i Cledwyn fethu cysgu winc tan bedwar o'r gloch y bora – neu bod y cyfrifoldeb trwm o orfod bwydo sosej, wy a bacwn i giang o bobol ddiarth lwglyd yn pwyso ar ei feddwl. Ond wyneb Emlyn Morgan oedd yn mynnu rhythu arno'r munud y mentrai gau ei lygaid. Wrth orwedd yn ôl ar y clustog a chlywed y glaw yn pitran patran ar y ffenest, teimlai Cled mor braf fasa hi tasa pob dim yn lân ac yn syml fel glaw ar ffenest.

Wedi iddo lwyddo i gysgu o'r diwedd, Emlyn Morgan oedd y prif gymeriad yn ei freuddwyd hefyd – yn chwerthin, yn gwatwar ei enw'n wenwynllyd fel gwylan yn wylofain. Sŵn tonnau'r môr yn diasbedain yn gymysg â llais y diawl, a Cled yn marw o gywilydd. Roedd Ruth yno hefyd, a Cled yn dechrau ymddiheuro iddi'n ddi-baid: 'Sorri sorri sorri bod Emlyn yn dal yma, sorri mod i 'di dy berswadio di bod o 'di mynd, sorri . . .' Ond doedd Ruth ddim fel petai hi'n gwrando arno, dim ond yn pwyntio ato fo, Cled, ac yn chwerthin am ei ben mewn hen lais main. Roedd Moli'r gath yn gneud ffigwr wyth rownd ei goesau, ond wrth iddo blygu i'w chyffwrdd chwalodd y gath yn llwch coch rhwng ei fysedd. Wedyn daeth Math draw o'r tu ôl i un o'r creigiau ar y traeth, ond nid chwerthin ddaru Math ond sbio fel tasa fo wedi'i siomi trwyddo . . .

Rhwygwyd Cled o'i hunllef gan sŵn cnocio ar ddrws y stafell wely. Llais Math oedd yna.

'Cled! Cled? Deffra!'

Neidiodd Cled o'r gwely ac agor y drws yn frysiog. Safai Math yno yn ei ddillad, a thybiai Cled nad oedd wedi bod allan ohonyn nhw drwy'r nos, o'r olwg oedd arno.

'Be sy? Be sy 'di digwydd?' gofynnodd, ar fin rhuthro i lawr y grisiau yn ei drôns i sortio unrhyw helynt allan yn y fan a'r lle.

'Ti 'di cysgu'n hwyr, 'do? Ma hi'n chwartar i wyth. A ma'r criw cynta isio bwyd am wyth, meddan nhw, tydyn?'

'Brecwast! Blydi hel, yndyn!' meddai Cled, a chau'r drws yn glep yn wyneb Math gan ddechrau ymbalfalu am y dillad roedd o wedi'u taflu ar y llawr y noson cynt.

'Ond tydi Mairwen ddim 'di cyrradd?' galwodd yn ffwndrus ar Math drwy'r drws.

'Ffoniodd hi gynna. Deud sorri bydd hi'n hwyr.'

Pan gyrhaeddodd Cled y gegin, roedd Math yn dŵad trwadd o'r stafell frecwast.

'Sos coch a sos brown ar y byrddau. Digon o gwpanau a soseri i bawb, halan a pupur ar bob bwrdd . . .' meddai, a rhyw sioncrwydd newydd yn perthyn iddo.

'Fi 'di'r cwc a gei di weini, iawn?' cynigiodd Cled, gan deimlo y byddai'n well gan unrhyw westai weld wyneb ifanc golygus Math dros eu brecwast yn hytrach na'i gorpws canol oed seimllyd o. A ph'run bynnag, tasa fo'n onest, doedd ganddo ddim rhithyn o fynadd cogio gneud sgwrs a chwarae *mine host*.

'Ia, iawn, mots gin i!' meddai Math efo asbri nad oedd Cled wedi'i weld ynddo ers tro.

'Rhywun 'di ca'l tri Weetabix i frecwast, do?' meddai Cled, ond dim ond gwenu wnaeth Math a mynd trwadd efo mwy o syrfiéts papur gwyn. Syllodd Cled ar ei ôl am funud. Doedd o ddim yr un hogyn â'r cysgod brathog oedd wedi bod yn rhythu ar ei ffôn symudol neithiwr. Roedd o'n syniad i'r boi gael rhywbeth i'w neud efo'i ddwylo yn lle hel meddyliau o gwmpas y lle. Mi fyddai'n deud hynny wrth

Ruth, hefyd, pan ddôi hi'n ôl. Doedd 'na'm daioni mewn bod yn rhy segur a rhoi cyfle i hen feddyliau duon gyniwair. Ella bod yr un peth yn wir amdano fo ei hun, ran hynny. Ella byddai hisian wy mewn padell neu grafu menyn ar dost yn ddigon i ddileu llun a llais ambell un arall o'i ben yntau hefyd.

Awr yn ddiweddarach, trawodd Cled y tegell ymlaen am y pumed tro. Pwy ddiawl oedd yn honni mai'r Cymry a'r Saeson oedd fwya ffond o yfed te? Doeddan ni ddim ynddi o'i gymharu â'r Mericians 'ma, yn brefu am fwy a mwy o de o hyd, fel tasan nhw wedi bod yn crwydro am fis ar draws yr anialwch. Hwyr glas i'r diawlad ei heglu hi o'ma am lan môr, wir, sgyrnygodd. Mi fydd hi'n amsar cinio arnyn nhw'n symud 'u tina o 'ma fel hyn, a dim cyfle i Mairwen neud eu gwlâu na dim cyn nos. Go damia! Methodd rwystro'r cymylau rhag dechrau cronni eto wrth i'r meddwl am Mairwen beri i Emlyn ymddangos fel ysbryd yn ei ben . . .

Roedd Math i'w weld yn cael hwyl yn paldaruo efo'r Mericians, ac yn dŵad trwadd i'r gegin bob tro yn wên o glust i glust. Ond nid y fo oedd yn gorfod meistroli gril diarth ac ymdopi efo bwydo wyth o bobol, a'r cwc mond wedi arfer efo dau ar y mwya. Dim ond tostyn neu fowliad o rawnfwyd gymerai Len a fynta, beth bynnag. Roedd y cais am wy 'over easy' wedi'i ddrysu, a Math wedi gorfod dŵad yn ei ôl ddwywaith efo sglefran ar blât cyn i'r hen Americanwr fod yn hapus. Roeddan nhw hefyd wedi gofyn iddo a oedd mochyn y sosejys wedi bod yn crwydro'n ffri yn yr ardal, a phan holodd Math Cled am y 'free range', dywedodd Cled ag awdurdod mai sosejys o'r ffarm i lawr y lôn oeddan nhw a'u bod yn gwichian yn ddel yn Gymraeg yr adeg yma wythnos d'wetha. Clwydda noeth: roedd Cled yn siŵr mai o'r siop fwyd enfawr yng Nghaergybi y daethai pob dim oedd ar eu platiau. Ond pwy oedd o i ddifetha'r freuddwyd iddyn nhw, a nhwytha ar eu holides?

Erbyn i Mairwen gyrraedd am ddeg, roedd antics y

brecwast drosodd, fwy neu lai. Ymddangosodd honno o flaen Cled fel angel binc mewn panto Dolig y munud y steddodd o wrth y bwrdd brecwast i fwynhau panad. Does 'na fawr o olwg gwaith ar hon, meddyliodd.

'Ti 'di syrfeifio, 'lly?' meddai Mairwen yn rêl llancas, a dechrau tywallt coffi i mewn i fŵg iddi hi'i hun. Sylwodd Cled fod ei llygaid yn gwibio dros y gegin, yn llygadu popeth o fewn golwg.

'Mi a'th pob dim fel wats, diolch iti. Pawb yn brolio!' meddai Cled, er mwyn rhoi caead ar ei phiser ond hefyd fel y medrai symud y sgwrs yn ei blaen i gyfeiriad pwysicach. Gadawodd i'r ychydig eiliadau nesaf gael eu llenwi â sŵn tywallt dŵr poeth, agor a chau ffrij, arllwys llefrith, troi coffi efo llwy de – synau di-nod, difygythiad. Daeth Mairwen i eistedd gyferbyn â fo.

'Be ddigwyddodd i chdi? Cloc larwm 'di malu?' gofynnodd Cled yn ddigon sych.

'Sorri, Cled,' meddai Mairwen, a'r hen wên fach smyg 'na ar ei gwefusau. 'Roedd hi braidd yn *awkward* i mi ddŵad draw yn gynt, os ti 'nallt i . . .'

'Mond i chdi ddallt bo chdi'n cael dy dalu pan ti'n dechra gweithio a dim cynt. Iawn?'

'Iawn, ocê!' meddai Mairwen yn dalog. 'Ti rêl pen bach weithia, sti!'

Atebodd Cled mohoni, dim ond edrych arni'n cymryd swig o goffi fel tasa ganddi trwy'r dydd i'w yfed.

'Synnu 'fyd . . .' meddai Cled yn bwyllog.

'Synnu be?' meddai hi, gan bwyso mlaen i helpu'i hun i un o dair sosej dros ben oedd yn oeri'n ddel ar blât. Cinio Math, i fod.

'Synnu gweld Emlyn Morgan ddoe,' meddai yntau.

'Mi oedd o'n deud bod o 'di gweld chdi o gwmpas y dwrnod o'r blaen!' meddai Mairwen – ac yna gwenu'n sbeitlyd iddi'i hun, fel petai'n cofio union eiriau Emlyn amdano. 'Ti 'di newid dim, medda fo!'

'Dwi'm yn deud na welish i o. Ond dwi'n dal i synnu 'run fath.'

'Pam?'

'Wel, synnu bod o'n dal yma, i ddechra. 'Di clywad bod o 'di mynd yn 'i ôl i'r Sowth.'

'Wel, tydio'm 'di mynd, nacdi Cled? Mae o'n aros efo fi am *few days*, deud gwir. 'Di gorfod symud allan o'r lle roedd o'n aros cynt.' Meddyliodd Cled am y fatres noeth yn Bod Feurig.

Roedd Emlyn wedi anelu at gael aros am banad yma neithiwr, ond chafodd o'm dŵad ddim pellach na'r cyntedd. Mi cadwodd Cled o yno ar ei ben ei hun, hyd yn oed pan aeth o a Mairwen i fyny'r grisiau i Cled ddangos y stafelloedd iddi. Mi aeth y ddau yn fuan ar ôl hynny, a chwerthin sbeitlyd Mairwen yn ei morio hi i lawr y stryd.

'Gwatshia fo, Mairwen, ia?' meddai Cled rŵan wrth fwrdd y gegin. 'Ti'm yn nabod o erbyn hyn, cofia.'

'A be ma hynna fod i feddwl, e?'

Hen jadan fach gegog oedd Mairwen yn yr ysgol, ond bod Cled yr oedolyn wedi medru cymryd arno bod yn ddall i'w ffaeleddau trwy niwl diod a chwant. 'A chwant y cnawd yn drech na'r Ysbryd Glân', fel byddai Len yn ei ddyfynnu weithia wrth fodio trwy'r *Sunday People.*

'O'n i'n synnu'i weld o efo chdi 'fyd, deud gwir, Mairwen!'

'Oeddat ti? Pam?'

'Dwn 'im . . . rioed 'di meddwl amdanach chi felly, rwsut. Efo'ch gilydd, 'lly. Rioed 'di meddwl bo chdi 'i deip o.'

Eisteddodd Mairwen i fyny yn dalog yn ei sêt a dal ei gên ychydig yn uwch, er mwyn magu ychydig o urddas.

'Ches i fawr o gyfla erstalwm, naddo?'

'Naddo?' Roedd profiad Cled o ddal mecryll a'u cymell i mewn i'w rwyd yn talu ar ei ganfed. Aeth Mairwen yn ei blaen, yn codi hwyl.

'Ruth nath 'i gymyd o drosodd, 'de? Pan oeddan ni'n fengach. Neb arall yn cael *look in* gynni hi. Ti'n bownd o fod yn cofio sut oeddan nhw, Cled! Bob tro bydda Em yn dŵad yma yn yr holides at ei nain . . . neb arall yn bwysig ond nhw'u dau.'

'Ddim fel'na dwi'n cofio petha!' meddai Cled – ond mi wyddai heb edrych yn iawn arni ei bod yn dallt mai deud celwydd roedd o am sut buodd hi go iawn – y triawd a aeth yn ddeuawd; gwrando ar Radio Luxembourg yn hwyr y nos yn ei stafell fach adra, a theimlo bod ei fyd ar ben . . .

''Di colli'u penna efo'r iaith a bob dim,' aeth Mairwen yn ei blaen. 'Gweiddi yng ngwyneba pobol y pentra 'ma os oeddan nhw'n gwrthod 'u hatab nhw'n Gymraeg. Cofio? Rêl nytars! Gwisgo crysa efo WDA 'di sgwennu arnyn nhw mewn Tippex!'

'FWA, nid WDA,' meddai Cled, gan drio peidio chwerthin. 'Free Wales Army.'

'Oedd gin i ofn y ddau ohonyn nhw,' meddai Mairwen, a chymryd llwnc go dda o'i phanad.

'A ma petha 'di newid, yndyn?' holodd Cled wedyn, gan ddifrifoli. 'Emlyn Morgan? Mae o'n foi newydd 'ŵan, yndi? Hen foi iawn, ydio? Lyfli . . .!'

Gwenodd Mairwen, a brathu'i gwefus i ddangos ei bod yn meddwl am Emlyn Morgan mewn ffordd gwbwl wahanol rŵan, a'i fod o wedi ennill y frwydr efo hi, gorff ac enaid.

'Yndi, Cled. Mae o 'di newid. Ddim 'run un. Peth gora nath hi oedd gorffan efo fo, medda fo – er bod o 'di torri'i galon ar y pryd, bechod. Em druan . . .'

Syllodd y ddau ohonyn nhw ar ei gilydd am funud, a meddyliodd Cled ei fod yn beth rhyfadd sut roedd dau berson yn medru nabod yr un boi a berwi o deimladau hollol wahanol tuag ato. Em uffar. Alwodd Cled rioed mohono fo'n 'Em', p'run bynnag. Roedd 'na ormod o gynhesrwydd ac anwyldeb yn y talfyriad. A fedra fo ddim peidio clywed llais Ruth yn ei ddeud o . . .

'Cym' bwyll efo'r boi, 'na'r cwbwl dwi'n ddeud,' meddai Cled.

''Dan ni *yn* ofalus, paid ti poeni!' meddai Mairwen, wedi

cam-ddallt. 'Dwi'n ddigon hapus bod yn nain, dwi'm isio bod yn fam eto, thenciw!'

'Well 'ti ddechra ar y llofftydd 'na, d'wad?' meddai Cled o'r diwedd, a gobeithio bod ei lais yn swnio'n weddol wastad. 'Ma'r Mericians 'na'n aros am noson arall, a'r lleill 'di gadal ar ôl brecwast bora 'ma. Criw newydd yn dŵad i mewn erbyn heno.'

'Mi a' i 'ta, 'cofn 'chdi gario straeon mod i'n diogi hyd y fan 'ma!' meddai Mairwen yn biwis, gan godi o'i chadair, gadael y mŵg coffi lle roedd o ar y bwrdd, a dechrau ffit ffatian am y cyntedd yn ei sandalau hafaidd di-gefn.

Wrth i Cled ddianc o'r tŷ a mynd i lawr at lan y môr, anadlodd yr awyr iach yn ddwfn nes llenwi pob modfedd o'i ysgyfaint. Roedd sŵn yr ychydig gychod oedd heb eu hebrwng i mewn i ddiogelwch dros y gaeaf yn tincial yn yr awel, a ffenest ambell un o'r rhai oedd â chaban yn sgleinio fel sêr wrth ddal pelydryn o haul anfoddog y bora. Roedd y glaw dros nos wedi cilio am y tro ond y cymylau llwydion yma a thraw yn addo mwy. Syllodd Cled ar yr olygfa nad oedd modd blino arni, gan fod y môr yn wahanol bob tro. Roedd un wylan yn rhywle'n codi canu a'r lleill yn ymuno â hi'n un côr aflafar a bloesg, eu lleisiau'n cario'n feddw ar ymchwydd y gwynt.

Chlywodd o mo Emlyn yn landio tan iddo ddod i sefyll reit wrth ei ochr a dechrau siarad.

'O's cwch 'da ti, 'te, Cled? Mas 'na?'

Dechreuodd calon Cled gyflymu ar ei waetha, a chymerodd gipolwg ar Emlyn. Roedd yntau'n syllu ar y dŵr, a chap gwlân tenau yn dynn am ei ben nes bod amlinelliad ei benglog yn glir. Trodd Cled ei ben oddi wrtho, heb ei ateb yn syth. Doedd o ddim isio sarnu enw'r *Ledi Neigr* trwy ei ynganu o flaen hwn. Lleia'n byd wyddai Emlyn amdano, gora'n byd. Toedd y sbrych yn cadw'i gardiau ei hun yn agos ar y diawl at ei frest?

'Mis arall a fydd dim un bad ar ôl mas 'na. Pawb 'di dod
â nhw mewn i gwato rhag stormydd y gaeaf. A'u blydi
perchnogion 'di cachu hi bant am yr haul, neu Cheshire neu
rywle!'

'Dŵad yma dros yr holides fyddat titha 'fyd, Emlyn.
Doeddat ti rioed yn un o hogia'r pentra.' Trwy gil ei lygad,
gallai weld Emlyn yn estyn sigarét o boced ucha'i siaced a
gneud cawell o'i ddwylo er mwyn tanio'r fatsien. Sugnodd
arni'n hunanfoddhaus.

'Ie, falle,' meddai o'r diwedd. 'Ond lan fan hyn, yn 'y mhen
i, o'n i 'ma drw'r flwyddyn, twel. Sŵn tonne Rhosneigr o'n
i'n glywed wrth gwmpo i gysgu.'

Wyddai Cled ddim be i'w ddeud am funud. Daeth llun i'w
ben o hogyn bach yn gwthio clustog dros ei glustiau rhag
gweiddi mam a thad, yn gwasgu'r clustog fel bod 'na ddim
aer ar ôl bron iawn, dim ond sŵn tonnau'r môr. Ysgydwodd
ei hun rhag dechrau magu unrhyw hunandosturi.

'Lle ti'n aros, 'ta?'

''Da Mairwen, whare teg iddi.'

'A chyn hynny? Rhosneigr 'ma o hyd?' Anwybyddodd
Emlyn y cwestiwn, dim ond dal i edrych allan ar y dŵr, a
rhyw gysgod o wên ar ei wyneb.

'Be tisio efo ni, Emlyn?'

'Be wedest ti?'

'Pam ti 'nôl 'ma? Ar ôl yr holl amsar, pam ti'n d'ôl?'

Edrychodd Emlyn arno am eiliad, ac yna trodd oddi wrtho
i edrych allan dros y dŵr unwaith eto, a'r hen hanner gwên
'na'n cosi ymylon ei geg. Gwelodd Cled ben y sigarét yn
gylch coch, ffyrnig, wrth i Emlyn dynnu arni.

'Yli, ma Ruth yn hapus,' meddai Cled.

'Odi 'ddi . . .?' Heb falais, heb amheuaeth, heb droi ei ben.

'Ma hi a Math yn byw'n tshiampion efo'i gilydd. Hapus
braf.'

'Math. Ie, Math . . .' meddai Emlyn, a'r wên yn mynd yn

lletach. Teimlodd Cled ryw oerni'n dŵad o rywle a nythu rhwng coler ei grys a'i wddw.

'Bachan clefer, odi fe? Math?' meddai'r llall, heb droi ei ben.

'Digon yn 'i ben o. Gneud yn iawn, chwara teg iddo fo,' meddai Cled, a difaru'n syth na fasa fo 'di mynd dros ben llestri i'w frolio, a honni'i fod yn rhyw fath o jîniys. Gallai deimlo Emlyn yn edrych arno. Roedd o wedi ogleuo gwaed.

'Pam "whare teg" iddo fe?'

'E?'

'Wedest ti fod e'n gneud yn iawn whare teg iddo fe.'

'Duwcs uffar, dwn 'im. Fel'na 'dan ni wrthi ffor'ma, 'de – ti'm yn cofio?'

'Fi'n cofio popeth gwerth 'i gofio, twel.'

'W't ti?' Feiddiodd Cled ddim sbio ar y diawl. Mi fyddai hwnnw wedi gweld y cryndod yng nghannwyll ei lygaid, rhyw symudiad bychan nerfus fyddai wedi tanseilio pob dim a rhoi'r awenau 'nôl yn ei ddwylo fo.

'Ma fe'n bymtheg nawr,' meddai Emlyn, â rhyw sicrwydd oedd yn gneud i Cled deimlo'n sâl. 'Pymtheg o'd . . . pwy feddylie, ife?'

Allai Cled mo'i ateb. Roedd hwn mor sicr o'i betha, doedd dim isio i Cled gadarnhau dim byd iddo am Math.

'Pymtheg mlynedd yn ôl fel ddo', on'd yw e? So ti'n cytuno, Cled?'

'Lot 'di digwydd. Lot o ddŵr dan bont . . .'

'O's . . .' meddai Emlyn yn bwyllog. 'O's, ti'n iawn fan 'na. Ond ma'r bont dala i fod 'na, twel. Rhwng Ruth a fi. Yn cysylltu ni . . . A 'sa i'n anghofio 'na.'

'Ma nhw'n iawn . . . ma'r ddau 'di bod yn iawn hyd yma. Ac mi fyddan nhw'n iawn eto 'fyd.'

'Ti 'di joio fe, do fe? Whare *Dadi*!' Roedd y dirmyg yn dew yn ei lais, y dirmyg oedd yn hen gyfarwydd i Cled. Llyncodd ei boer a cheisio cadw rheolaeth ar ei lais ei hun.

'Ma' Ruth 'di bod yn ddigon o dad a mam iddo fo.'

'Ti'n gweud, 'yt ti?'

'Yndw, mi ydw i'n deud!'

'A beth bytu pan ma Ruth bant yn cnychu Saeson – beth bytu 'na? Odi rheiny'n whare dadis i Math 'fyd, 'yn nhw?'

Doedd Cled ddim am fachu yn yr abwyd. 'Cadwa'n glir, Emlyn. 'Sna'm croeso i ti yma, yli.'

'Nago's e? Medde pwy, 'de?'

'Medda pawb!'

'Pawb?! Wel, fydde hi Mairwen ddim yn cytuno 'da ti, fydde hi? Ma hi wastod yn falch iawn o ngweld i. Ffaelu gneud digon drosta i, os ti'n dyall beth sda fi.'

Y cwd bach budur, meddyliodd Cled. Gwasgodd ei ddyrnau'n beli pigog.

'Dwi na Ruth ddim isio chdi 'nôl.'

'So pethach cweit mor syml â 'na, wy'n ofan . . .'

'Be bynnag ti'n drio neud, neith o'm gweithio, yli. Wa'th 'chdi heglu hi o'ma ddim. Cyn 'mi ga'l chdi am *harrassment, breaking and entering . . .*'

Sythodd Emlyn drwyddo i gyd, a throi i sbio'n iawn ar Cled. Wedi dal ei lygaid am eiliad, dechreuodd Cled droi a cherdded oddi yno. Clywodd Emlyn yn dal i alw, yn dal i hyrddio geiriau ar draws y stryd wyntog, wag.

"Sa i'n mynd i unlle 'to, Cled! Ma 'da ni hanes, Ruth a fi. 'Sa i 'di cwpla 'ma 'to! Ti'n clywed? 'Sa i 'di cwpla!'

34

Prin roedd hi wedi cael cyfle i fynd drwy'r erthygl gyfan ar sgrin y cyfrifiadur pan ddaeth Steve i mewn i ddeud fod y ficer wedi cyrraedd, a bod Susie'n gofyn i bawb ymgynnull yn y lolfa ar gyfer y gwasanaeth. Neidiodd am y botwm er mwyn dileu'r llun a'r sgwennu ar y sgrin, fel hogan ysgol wedi'i dal yn edrych ar luniau amheus ar y we.

'Ti'n iawn?' meddai Steve, o weld yr olwg od oedd arni.

'Iawn? Yndw! Sgin i . . . sgin i amsar i ffonio adra?' gofynnodd yn ffrwcslyd, yn ymwybodol fod ei llais hefyd yn swnio'n rhyfedd.

'Ma'r *vicar* yma, Ruth. Ma pawb yn disgwyl.'

'Ia, iawn siŵr. Sorri, Steve.'

'Does yna ddim byd yn . . . yn bod, oes?'

Be fedrai hi ddeud? Sut oedd dechrau tywallt yr holl stori am Emlyn a hanes penboeth, nwydus yr hyn fu rhyngddyn nhw unwaith, yn enwedig â Steve druan ar fin mynd i angladd ei dad ei hun?

'Na, dim byd fedar ddim aros,' meddai, gan deimlo'i dychymyg yn pwyso rhifau ffôn adra'n ffrantig. Gwenodd arno, a chymryd y llaw oedd yn cael ei hestyn iddi.

Roedd 'na fwy o bobol nag oedd hi wedi'i ddisgwyl yn y lolfa, ac roedd hi'n falch o hynny gan ei fod yn rhoi cyfle iddi doddi i mewn i'r cefndir, a phrosesu yn ei meddwl be oedd hi newydd ei ddarllen am Emlyn. Roedd Steve a Greg yn sefyll wrth ymyl Susie, a'r ddau'n gafael ym mraich eu mam tra oedd y ficer yn llywio'r gwasanaeth. Doedd ganddi hi, Ruth, ddim rôl, diolch byth. Yr eiliad yma fedrai hi ddim gweld ymhellach na'r peryg posib roedd Math ynddo ar hyn o bryd; ceisiodd beidio gadael i'r geiriau 'ddim eto' fod yn gynffon i'w meddyliau.

Sylweddolodd nad oedd y ffaith mai emyn Saesneg oedd yn cael ei ganu o ddim help iddi rannu galar pawb arall. Roedd 'na rywbeth cynnes, cyfarwydd yn yr emynau Cymraeg – rhywbeth oedd yn peri i rywun gael ymdeimlad o gydlawenhau neu gyd-dristáu, yr elfen dorfol yna oedd mor anodd i deulu ond eto mor hanfodol mewn angladd. Ac eto, rywsut, roedd Ruth yn ddiolchgar o fedru teimlo ar wahân – o leia roedd hynny'n rhoi cyfle iddi gael trefn ar ei meddyliau.

Roedd y pennawd wedi'i sgwennu fel'na er mwyn denu sylw, wrth reswm, a golygydd y papur wedi gneud yn siŵr y byddai pob gair yn sgrechian am sylw oddi ar y silff. Roedd y ffotograffydd wedi tynnu llun oedd yn gneud i Emlyn edrych yn wyllt – ei wallt yn fyr (fel roedd o rŵan), ond ei lygaid yn culhau wrth iddo edrych yn filain ar y camera. Doedd hwn ddim yn wyneb newydd i Ruth. Dyma'r wyneb y byddai Emlyn yn ei ddewis erstalwm er mwyn bwrw'i sen ar unrhyw un oedd yn mynd yn groes iddo. Wyneb digyfaddawd, diedifar. Sut nad oedd hi wedi gallu gweld y malais oer yn yr wyneb hwn yr adeg honno? Y cwbl welai hi bryd hynny oedd angerdd penderfynol rhywun oedd yn rhannu'r un weledigaeth â hi.

Wrth ochor llun Emlyn uwchben yr erthygl roedd 'na lun o hogan yn ei hugeiniau hwyr, ei gwallt melyn wedi'i glymu'n ôl, a'i hwyneb yn welw ac yn edrych tua'r llawr. Gwisgai siaced dywyll, ffurfiol. Mae'n rhaid bod y llun wedi'i dynnu adeg yr achos llys. Roedd 'na enw hefyd – 'Rhian' rhywbeth. Gwnâi hynny'r holl beth yn boenus o real. Roedd Emlyn wedi cael ei garcharu bum mlynedd yn ôl am ymddygiad treisgar yn erbyn ei gariad ar y pryd (y Rhian yma, felly), ac am ei dal yn erbyn ei hewyllys yn ei gartre. Roedd 'na sôn hefyd fod Emlyn wedi'i chlymu, ac wedi rhoi mwgwd arni. Roedd tystiolaeth bwerus y ferch wedi bod o gymorth i sicrhau'r ddedfryd sylweddol o garchar a dderbyniodd Emlyn. Ond bellach roedd o â'i draed yn rhydd – wedi'i ryddhau ar barôl, yn rhydd, o dan amodau. Y ffaith ei fod wedi torri'r amodau hynny, wedi diflannu o afael yr awdurdodau heb ddeud ble roedd o – dyna oedd y rheswm dros yr apêl i'r cyhoedd. Roedd llygaid Ruth wedi gwibio at waelod yr erthygl, a'r frawddeg iasol ola oedd yn rhybuddio'r cyhoedd i beidio â mynd yn agos ato gan ei fod yn ddyn peryglus. Cynta'n byd y gallai hi ffonio Cled, cysylltu efo Math . . .

Ond wrth i'r criw ddechrau llafarganu emyn arall yn ymyl yr arch, a hithau'n gweld Steve yn gafael yn dynnach am Susie a phlygu'i ben, gwyddai Ruth y byddai'n sbelan eto cyn y medrai ddianc i gysylltu â neb, heb sôn am fedru gneud rhywbeth mwy ymarferol a bod yn ôl adra efo nhw. Daeth yn ymwybodol o siffrwd yn ei hymyl, a sylweddolodd lle roedd hi. Roedd pawb yn gweddïo. Plygodd hithau'i phen a chau ei llygaid.

35

Doedd Cled ddim yn siŵr iawn pam nad oedd o isio mynd yn ôl i Min y Môr yn syth. Roedd y rheswm gwreiddiol o fod angen awyr iach yn un dilys o hyd, wrth gwrs. Allai o ddim stumogi'r Fairwen hunangyfiawn 'na chwaith, a'r swigan ramantus afreal oedd yn ei hamgylchynu ar hyn o bryd o'i herwydd 'O'. P'run bynnag, po fwya o lonydd y gallai Cled ei roi iddi, cynta'n byd y byddai'n gorffen ei gwaith ac yn ei heglu hi am adra. Ymbalfalodd ym mhoced ei siaced am ei ffôn a'i theimlo yno. Llawn cystal, meddyliodd. Er bod yna ran ohono oedd yn teimlo y dylai Mairwen ddelio ag unrhyw greisis ar ei phen ei hun a gweithio tipyn am ei chyflog, roedd y ffaith fod yr Emlyn 'na o gwmpas y lle yn gneud iddo deimlo y dylai drio bod ar gael i'r sguthan tasa raid.

Cafodd ei hun yn crwydro'n ddigyfeiriad i fyny'r strydoedd oedd yn arwain o'r môr, at y tai oedd yn swatio'n rhesi efo'i gilydd, a thywod wedi'i hysio o'r traeth yn llechu yn y corneli, wrth bostyn giât neu odre wal. Doedd o'n nabod dim ar y rhan fwya oedd yn 'byw' yma erbyn hyn, hyd yn oed os oeddan nhw yma'n barhaol. Roedd y Saeson a'r Cymry roedd o'n arfer eu nabod yma wedi gwerthu neu wedi trosglwyddo'r tŷ i etifedd a edrychai ar y lle fel llecyn i roi ei ben i lawr, yn hytrach na chartre. Coblyn o beth oedd teimlo'i fod wedi'i esgymuno o'i gymuned ei hun. Ar adegau fel hyn roedd y dieithrwch yn ei lenwi bob tamed – teimlad gwag, fflat na allai ei ddirnad yn iawn, dim ond ei fod o'n gwybod i sicrwydd ei fod o yno.

Heb sylweddoli, bron, cafodd Cled ei hun yn sefyll ar y

bompren ym mhen draw Llyn Maelog. Syllodd allan dros wyneb y dŵr – ar liw llwydlas, mwll y llyn mewn cydymdeimlad â'r awyr blwm, a'r corswellt yn sibrwd geiriau cysurlon. Dyma fo yma am yr eilwaith o fewn chydig ddyddiau. Basa rhyw foi clyfar mewn coleg yn medru sgwennu llith am y peth, ma siŵr, meddyliodd. Petai gin unrhyw un ddigon o ddiddordeb ynddo fo i neud y fath beth, hynny ydi.

Eisteddodd fel yr arferai neud, ei goesau'n hongian rhwng y bariau pren. Peth rhyfedd ydi pont hefyd, meddyliodd. Yn cysylltu ond eto'n ddatganiad o arwahanrwydd – y rheswm pam mae angen pont yn y lle cynta. Weithia basa'n rheitiach peidio adeiladu pontydd i gysylltu pobol â'i gilydd, dim ond gadael i bobol fyw fel roeddan nhw i fod i fyw.

'Ma'r bont dala i fod 'na,' roedd y sbrych Emlyn wedi'i ddeud.

Y bont . . . Math ydi'r ffycin bont honno, meddyliodd Cled yn ffyrnig gan gydio mewn carreg gerllaw a'i hyrddio i ganol y dŵr. Syllodd ar y crychu anochel, ac yna ar yr arwyneb wrth i'r llyfnder ddod yn ei ôl. Roedd pob dim yn gneud synnwyr, wrth gwrs – pob dim yn syrthio i'w le yn y jig-so, a Cled yn gwybod ym mêr ei esgyrn pa lun roedd y darnau'n mynd i'w creu, dim ond ei fod o'n ofni cyfadda hynny'n llawn iddo fo'i hun. Roedd o wedi bod ofn gofyn y cwestiwn erioed i Ruth, rhag iddi'i ateb yn onest. Dim rhyfedd ei bod hi wedi bod mor gyndyn i alw'r heddlu y diwrnod o'r blaen, i'w cael i orfodi Emlyn i gadw draw o'r cartre. 'Petha ddim mor hawdd â hynny' – dyna ddudodd hi. Nag oeddan, myn diawl! Clywodd lais y blydi Emlyn 'na'n canu yn ei ben. 'So pethe cweit mor syml â 'na!' Dyna ddudodd hwnnw gynna hefyd, 'te? Air am air yr hyn ddudodd Ruth, bron iawn – jest bod hwnnw wedi'i ddeud o mewn iaith Sowth.

Meddyliodd am y Ruth ifanc yn y cyfnod wedi i Emlyn adael y pentre. Gwrthodai ateb ei alwadau ffôn o, Cled, a Myfi druan yn ei groesawu i'r gegin gefn yn Bod Feurig a siarad am bob dim ond am Ruth dros baneidiau o de poeth. Yn y peidio deud hwnnw roedd hi'n amlwg mai llonydd roedd Ruth isio. Llonydd i lyfu'i chlwyfau. Beryg mai dim isio cyfadda bod y diawl wedi'i thwyllo mae hi, meddyliai Cled ar y pryd . . . Gan bwyll, mi ddechreuodd weld Ruth o gwmpas y pentre ac mi ddechreuodd hi ateb ei alwadau. Dŵad yn ôl i drefn. Wedyn dyma'r beichiogrwydd yn dechrau 'dangos'. Doedd o ddim wedi sôn gair am y peth ar y dechrau – wedi anwybyddu'r chwydd fel tasa fo ddim yno. Ac roedd Ruth hefyd wedi aros tan yn agos iawn i'r geni cyn dechrau crybwyll y peth, a hynny mewn ffordd ffwrdd-â-hi, ddi-ffws.

Emlyn blydi Morgan oedd tad Math – doedd dim dianc rhag hynny. A rŵan roedd o'n ei ôl, ac isio torri calon pawb unwaith eto.

Estynnodd am ei ffôn er mwyn gweld oedd Mairwen wedi bod yn trio'i ffonio. Roedd y ffenest ddu, wag yn arwydd fod y batri'n gwbwl fflat. Ond doedd 'na ddim brys, ac ella'i bod hi'n llawn cystal nad oedd o o fewn cyrraedd neb – yn enwedig Len. Roedd 'na rywbeth yn reit braf mewn bod yn bell yn fan'ma, allan o gyrraedd pawb, ar erchwyn Llyn Maelog yn syllu ar y dŵr ac yn siglo'i goesau i rythm nad oedd neb ond y fo'n ei glywed. Ella mai dyna oedd y drwg efo fo. Wedi bod yn dawnsio i alaw rhywun arall ar hyd y beit. Yn gocyn hitio i'w frawd pan oedd hwnnw'n methu gneud dim arall, yn fwch ddihangol i Len ar ôl i'w wraig ei adael. Ella mai ci bach oedd o wedi bod i Ruth hefyd – rhywun handi y gallai hi ddibynnu arno fo i neud ei bywyd hi'n haws . . .

Safodd ar ei draed. Doedd yr hel meddyliau 'ma'n gneud dim lles. Roedd ganddo fo ddyletswydd i Min y Môr a Math nes bod Ruth yn dŵad adra. Mi benderfynai wedyn ar y ffordd ymlaen.

Bu bron iddo daro i mewn i Math wrth wthio drws Min y Môr ar agor.

'Hei, howld on, Defi John, lle ma'r tân?' meddai'n glên. Gwenodd Math arno, a'i lygaid yn sgleinio.

'Wooooa! Sorri, Cled! Welish i mo'na chdi! Ar frys ydw i, 'li!' Roedd ei lais yn canu, yn ifanc ac fel pluen o ysgafn.

'Dwi'n gweld hynny! Ydi Mairwen 'di darfod?'

'Do, 'di mynd ers rhyw awr. Lle buost ti?'

'Mond am dro, cael awyr iach . . . Be ti 'di bo'n neud?'

'Ffêsbwc,' meddai Math, a chychwyn am y drws.

Ffêsbwc, o ddiawl, meddyliodd Cled. 'Gest ti rwbath i ginio?'

''Nes i fechdan.'

'A lle ti'n mynd rŵan, 'ta, Math? 'Cofn i dy fam ffonio, a finna'm clem lle rw't ti.'

Roedd rhywbeth ynglŷn ag egni a bywiogrwydd Math, y llewyrch newydd yn ei wyneb a'i ymarweddiad, oedd yn gneud i Cled deimlo'n anghyfforddus. Doedd Ruth rioed 'di sôn am unrhyw gariad, a doedd Math chwaith ddim fel petai wedi sbriwsio'n arbennig ar gyfer unrhyw gyfarfyddiad rhamantus.

'Jest allan . . .' atebodd Math, a gwthio heibio.

'Allan i le? 'Cofn 'ddi ffonio . . .'

'Cyfarfod rhywun! Ffrind! Ffonia i . . .' meddai, a rhuban ei lais yn cyhwfan ar ei ôl wrth iddo gychwyn i lawr y stryd. Safodd Cled lle roedd o am eiliad, gan wylio'r ffigwr tal, tenau yn mynd yn llai ac yn llai wrth iddo fo gerdded yn dalog i gyfeiriad y pentre, ei ben yn uchel, hyderus, a'i gerddediad yn sicr.

Prin y cafodd Cled fynd trwy'r drws cyn i un o'r fisitors ddŵad allan ato o'r stafell frecwast. Dyn mawr tal, wedi'i wisgo fel tasa fo'n gefndar i'r frenhines, mewn siaced *tweed* a het hel ceirw, a phluen werdd yn ysgwyd yn y drafft. Doedd Cled ddim wedi'i gyfarfod o neithiwr nac wrth frecwast bora 'ma. Daeth yn glir yn syth nad un o'r 'Home

Counties' oedd hwn.

'You're the manager of this inn, ain't ya?' Esboniodd Cled nad fo oedd y rheolwr fel y cyfryw, ond bod y perchennog oddi cartre am ychydig ddiwrnodau – mewn cynhebrwng, ychwanegodd, rhag ofn iddo feddwl bod Ruth yn arfer gadael y lle yn nwylo cowboi fatha fo.

'You should get yourself a desk clerk, or a butler!' meddai'r llanc o Ianc. 'This phone has been going crazy this last hour!'

Damiodd Cled Math a'i fflipin Ffêsbwc, a'r cyrn clustiau 'na oedd yn gneud iddo fod yn fyddar i bob dim o'i gwmpas. Tasa 'na injan dân wedi gyrru drwy'r wal ffrynt, fasa fo'n gwybod dim am y peth. A beryg fod Mairwen yn rhy ddiog i redag i lawr y grisiau o'r lloftydd i ateb y ffôn, hefyd. Doedd wybod faint o fusnes roedd Ruth wedi'i golli o'r herwydd. Teimlodd yn euog yn syth fod ganddo yntau rôl yn hyn, wrth fynd am dro hirach nag oedd o wedi'i fwriadu. Diolchodd i'r Americanwr, a chanodd y ffôn yn y cyntedd unwaith eto. Edrychodd y ddau ar ei gilydd, yna trodd y boi tal yn ei ôl am y grisiau, a'i wên hunanfoddhaus hefo fo.

Cliriodd Cled ei wddw cyn ateb yn ei lais ffôn gorau.

'*Hello. Min y Môr B&B?*'

'Cled! Lle ddiawl ti 'di bod? Dwi 'di bod yn trio dy ffonio di ers tua awr!'

'Mond mynd am dro bach 'nes i. Y tŷ 'ta'r mobeil ffonist ti? Achos o'dd 'yn mobeil i'n fflat, a . . .'

'Y tŷ, y ddau! Ffonish i'r ddau! Gwranda, Cled . . .'

Daeth yn ymwybodol o'r panig gwyn yn llais Ruth.

'Lle ma Math?'

'Newydd fynd allan.'

'''Dio'n *iawn*?'

'Pwy, Math?'

'Ia, Cled!' meddai Ruth yn ddiamynedd. 'Ydi o'n ôl-reit?'

'Siort ora! Edrach yn hapus iawn i mi, deud gwir.'

'Lle aeth o rŵan?'

'Wrthododd o ddeud.'

'Be? Be ti'n feddwl bod o 'di gwrthod deud?'

''Nes i ofyn, ond atebodd o mo'na i.' Melltithiodd Cled na fyddai wedi mynnu bod Math yn egluro'i symudiadau'n gall cyn gadael iddo fo fynd.

'Cled, ydi Emlyn wedi gadal y pentra?'

Teimlodd Cled ei geg yn mynd yn sych, a mymryn o benysgafnder yn dŵad drosto. Cydiodd yn erchwyn y bwrdd bach cyn ateb. 'Pam ti'n gofyn, Ruth? Be sy?'

'Ydi o 'ta be? Cled, ma hyn yn bwysig! Ydi Emlyn 'di mynd?'

'Nacdi, Ruth . . . mae o 'di bod yn aros efo Mairwen. Fuodd o yma neithiwr . . .'

Saib. Un o'r seibiannau hynny lle mae rhywun yn teimlo fel smotyn bach, bach yn y llonyddwch mawr.

'Yli, dwi ar 'yn ffordd adra rŵan. Gychwynnis i jest i awr yn ôl. Ges i fenthyg car Steve.'

'Rŵan?! Ond o'n i'n meddwl bo chdi'n aros tan . . .'

'O, blydi hel, Cled! Ma Math mewn peryg. Ma raid 'ti drio'i ffendio fo i mi. Plis? Plis, Cled. Pliiis . . . !'

36

Roedd hi wedi ailddechrau smwcan bwrw erbyn i Cled gyrraedd yn ei ôl i Min y Môr a'i wynt yn ei ddwrn. Bu o gwmpas y pentref i gyd, o ben lôn stesion i lawr at Lôn Traeth Llydan, ac wedyn yn ei ôl ar hyd glan y môr, gan syllu tu ôl i bob carreg fawr ar y traeth, ac ym mhob pwll fyddai'n ddigon mawr i guddio rhywun. Aeth draw ymhellach, at lôn y Maelog a chyn belled â therfyn y pentref. Roedd o wedi rhedeg eto ar hyd y llwybr pren wrth y llyn ac at y bont fechan, gan rythu i fyny ac i lawr y caeau ponciog a'r twmpathau eithin oedd bellach yn eu mantell hydrefol. Ond doedd 'na ddim golwg o Math yn unlle.

Ar ei ffordd 'nôl, roedd o hyd yn oed wedi cael y brênwêf o gnocio ar ddrws Dylan, hogyn Madge – hogyn roedd Math yn arfer bod yn ffrindia mawr efo fo. Daeth hwnnw i'r drws a rhyw olwg bell, ryfedd yn ei lygaid. Doedd o ddim yn fusnes i Cled holi pam, ond roedd o naill ai wedi bod yn saethu *zombies* ar gêm gyfrifiadurol, neu wedi bod yn trio troi ei hun yn *zombie* hefo rhyw sbliff neu'i gilydd. Nid hwn oedd yr hogyn bochgoch direidus roedd Math yn arfer hel crancod efo fo ar draeth Crigyll erstalwm, beth bynnag, a doedd o o ddim iws heddiw.

Safodd tu allan i ddrws Dylan, a'i feddwl ar ras. Roedd yn dechrau rhedeg allan o syniadau. Lle ddiawl oedd Math 'di mynd? Roedd Cled wedi bod ym mhob man y gallai feddwl amdano yn y pentre a'r cyffiniau. Tasa fo'n credu yn y petha UFO 'ma, mi fasa'n taeru . . .

Yna cofiodd am Math yn ei heglu hi i gyfeiriad Porth

Nobla a Barclodiad y Gawres yn lle mynd i'r ysgol. Os mai fan'no oedd y noddfa iddo fo 'radeg honno, 'wrach mai i fanno roedd o wedi mynd rŵan.

Ymhen dim, roedd Cled wedi mynd i nôl ei gar ac yn gyrru i'r maes parcio bach ger Porth Nobla. Cerddodd i fyny ac i lawr y traeth fel dyn o'i go', cyn mynd ar droed o fan'no ar hyd y clogwyni at y Barclodiad ei hun, ac yna'n ôl ar hyd y llwybr troed at faes parcio Porth Trecastell. Doedd 'na ddim golwg o gar nac adyn. Galwodd Cled ei enw, hyd yn oed, ond yn fwy mewn anobaith na dim arall.

'Maaaath!'

Chwipiwyd yr enw o'i geg a'i hysio oddi wrtho allan i'r môr . . .

Yn ei ôl yn Min y Môr, gwnaeth Cled banad iddo'i hun yn y gegin gefn, gan edrych ar ei fobeil a gweld bod sgrin y ffôn yn dal yn ddu. Wrth ddilyn y gynffon at y plwg, gwelodd ei fod wedi anghofio taro'r swits ymlaen ar y wal yng nghanol y miri gynnau. Damia! Ym mol y ffôn roedd rhif symudol Ruth a phob dim. Doedd ganddo ddim gobaith cysylltu efo hi am sbelan. Nid bod ganddo ddiawl o ddim byd i'w riportio chwaith. Diawliodd ei hun am fod mor ddiymadferth.

Doedd Ruth ddim wedi manylu dim ynglŷn â'r peryg i Math, ond roedd hi'n amlwg fod ganddi ryw wybodaeth newydd. Petai o wedi gwrando ar ei amheuon, a heb ei pherswadio fod y blydi Emlyn 'na'n deud y gwir wrth ffarwelio â'r Metron yn y cartre, fyddai hyn ddim wedi digwydd. A phan drodd y diawl i fyny wedyn efo Mairwen, lle Cled oedd cysylltu'n syth efo Ruth, waeth befo'r amgylchiadau roedd hi ynddyn nhw efo Steve. Yn lle hynny, gwnaeth y penderfyniad o beidio sôn dim am hynny wrthi. Erbyn i Emlyn a fynta gael y sgwrs yna'r bora 'ma wrth ymyl y dŵr, ac i Cled wybod i sicrwydd mai Emlyn oedd tad Math, roedd statws Cled fel gwarchodwr yr hogyn yn absenoldeb ei fam wedi crebachu'n drybeilig . . .

Dadebrodd wrth glywed y drws ffrynt yn agor. Edrychodd yn frysiog ar y cloc. Roedd hi'n tynnu am naw, ac wedi hen dywyllu'r tu allan. Cododd yn drwsgwl o'i gadair, a thuchan fel roedd o wedi dechrau ei neud yn ddiweddar wrth godi.

'Math . . .?'

Yna roedd Ruth yn y gegin, a fynta'n boddi yn ei gwallt a'i choflaid. Roedd 'na ogla gwahanol ar ei dillad – ogla wedi bod i ffwrdd. Pan edrychodd arni, roedd ei llygaid yn wyllt a'r llinellau duon dan ei llygaid yn amlwg yn ei hwyneb claerwyn, ond roedd 'na dân yn ei llais. 'Ti byth 'di'i ffendio fo?'

'Fuos i rownd bob man, Ruth. Rownd y pentra 'ma i gyd . . . ar hyd lan môr . . . draw at Porth Nobla a Cable Bay . . . bob man. Dim sein.'

Safodd Ruth gan anadlu'n gyflym fel cath, fel tasa hi wedi rhedeg milltir i ddŵad yma. Agor sip ei chôt oedd yr unig gonsesiwn a wnaeth i'r ffaith ei bod adra yn ei thŷ ei hun.

'Stedda, Ruth, inni gael meddwl lle arall . . .' dechreuodd Cled.

'Fedra i'm ista, siŵr!' meddai, a dechrau cerdded i fyny ac i lawr y gegin fel tasa hi yn un o'r dramâu llofft capal yr âi'r ddau iddyn nhw 'Mryngwran erstalwm.

'Dwi'n gwbod, Ruth. Am Emlyn . . .'

'W't ti?' Stopiodd Ruth, ac edrych yn syn arno.

'Yndw . . . Mi ddudodd wrtha i 'i hun, fwy neu lai, bora 'ma ar lan môr.'

'Do . . .? Ddudodd o bob dim?' meddai Ruth, a'i llygaid yn fawr mewn anghrydinedd.

'Deud bod gynnoch chi hanas. Bod o'm yn mynd i fedru gadal ichdi fod am bod Math rhyngddach chi . . .'

'Math?!'

'Wel, ia – a ti mewn sefyllfa annifyr, ma siŵr, dwyt? Wrth bod o'n dad iddo fo, ma gynno fo'i hawlia . . .'

'Tad iddo fo? Emlyn yn dad iddo fo? Blydi hel! Ddudodd o *hynny* wrthat ti?'

Tro Cled oedd edrych yn ddryslyd rŵan. 'Wel . . . ella bod o'm 'di deud yr union eiria – ond ffycs sêcs, Ruth, o be welwn i roedd o'n blydi amlwg . . .'

Gwibiodd geiriau Emlyn drwy feddwl Cled. Ei sicrwydd am oed Math, yn un peth – roedd hynny siŵr o fod yn deud rhywbeth – a'r sylw fod 'na bont rhwng Ruth a fynta o hyd, a hithau'n glir fel hoelen ar bostyn i Cled mai Math oedd o'n ei feddwl.

'Wel tydio ddim, iawn? Tydio'm yn blydi tad iddo fo, Cled, a ma Emlyn yn gwbod hynny'n iawn 'fyd! 'Blaw bod o'n trio defnyddio hynna . . . Ydi o 'di siarad efo Math?'

'Math? Naddo, am wn i. Tydi'r ddau rioed 'di taro llygad ar 'i gilydd, hyd y . . .'

'A tydi o'm 'di siarad efo fo ar y ffôn na dim byd?'

'Ddim i mi fod yn gwbod, 'de.'

Roedd Cled ar goll braidd. Cerddodd Ruth at y drws cefn, a'r stribed pren a bachau ar ei waelod oedd yn dal y goriadau. Roedd bwlch mawr ynghanol y stribed, fel dannedd ar goll mewn gwên.

'Lle ma nhw 'di mynd?'

'Be?'

'Goriada'r Punto. Roeddan nhw'n hongian yn fama. Adewish i nhw i chdi rhag ofn i chdi fod angan mynd â Math i rwla, sbario i chdi iwsio dy betrol dy hun. Ti'm yn cofio fi'n sôn? Ond lle ma nhw rŵan – gin ti?'

'Naci, wir. Dwtshish i mo'nyn nhw!'

'Ond chafodd Emlyn ddim cyfla i'w bachu nhw o fama, naddo? Pryd basa fo 'di gallu dŵad i mewn?'

Aeth ias oer o euogrwydd ar garlam trwy Cled. Meddyliodd am Emlyn yn landio neithiwr efo Mairwen, a fynta Cled yn picio i fyny'r grisiau i ddangos y stafelloedd i Mairwen, a gadael Emlyn i lawr yn y cyntedd ar ei ben ei hun. Mater bach fyddai iddo fo fod wedi picio i'r gegin, gweld y goriadau, a'u pocedu cyn i neb fod damed callach.

Roedd hi'n amlwg fod cylch chwilio Cled y pnawn hwnnw

wedi bod yn bitw o annigonol. Gallai'r ddau fod yn unrhyw le. Gallai hyd yn oed Fiat Punto fod wedi cyrraedd cyn belled â Chaergybi erbyn hyn, a mater bach fyddai neidio ar y fferi draw i Dún Laoghaire.

'Mi gafodd o gyfla . . . Sorri, mi gafodd o ffenast o amsar i fod i mewn 'ma, sti. O, blydi hel, Ruth . . .!' Cyn iddo gael cyfle i fedru egluro ymhellach, roedd hi'n sefyll wrth y drws ac yn cau sip ei chôt.

'Ga'n ni fynd yn dy gar di, 'ta.'

'Lle 'dan ni'n mynd? I'r porthladd?'

'Naci, i Berffro! Ty'd!'

'Y? I be 'san ni isio mynd i fanno o bob man?'

'Achos ma i fanno ma Em 'di mynd â Math, Cled. Dwi'n saff o hynny. Ty'd!'

37

Roedd y twyni tywod ar gyrion pentre Aberffraw i'w gweld yn glir wrth yrru ar hyd y brif lôn. Twyndir gweddol wastad a thwmpathau eithin oedd rhan helaeth o'r llecyn, a thwyni wedyn yn codi'n bonciau tywodlyd yma a thraw. Roedd coedwig stad Bodorgan a'i gyfrinachau brenhinol ar y naill ochor, a Llyn Coron ar draws y caeau ar y llall. Doedd dim gwadu naws bendefigaidd y lle – ac roedd hynny, mae'n siŵr, wedi bod yn rhan o'r atyniad eironig i Emlyn.

Bellach, serch hynny, pobol gyffredin – y werin – fyddai'n defnyddio'r lle fwya, ac ambell fuwch yn pori yma a thraw. Defnyddid y twyni eang fel mangre ar gyfer hel cwningod a ffesantod yn eu tymor, gyda chaniatâd perchnogion stad Bodorgan. Gwelid dynion yn brasgamu â gwn yn cael ei ddal fel braich arall yn dynn wrth eu hystlys, a chŵn Labrador neu lamgwn hela'n ffrwydriad o liw yn eu hymyl wrth i'r fintai symud drwy'r gwellt melynwyrdd.

Lle da i guddio rhywbeth oedd y twyni. Lle da i guddio rhywun – a'r rhywun a'r rhywbeth hwnnw'n mynd yn un wrth i lampau blaen car Cled oleuo'r car bach oedd wedi'i barcio ar ymyl y lôn.

''Ma fo'r Punto, yli!'

Ar orchymyn Ruth, diffoddodd Cled y goleuadau'n syth. Arhosodd y ddau am eiliad, gan syllu'n syth i'r düwch o'u blaenau.

'Sut oeddat ti'n gwbod 'sa fo'n dŵad â Math i fan'ma?' gofynnodd Cled.

'Sssh! Sdim isie i Cled wybod, o's e? Cled a'i blydi hang-yps moesol. Bois fel Cled yw'r drwg wedi bod, twel. Moesymgrymu i'n blydi concwerwyr, crafu tin . . . Fydde Cled byth yn deall y frwydr, Ruth. Dere! Dere!'

'Ty'd!' meddai Ruth. 'Sgin ti dortsh?' Estynnodd Cled i'r sêt gefn ac ymbalfalu am y 'dortsh-rhag-ofn' y byddai'n ei chadw yno. Clywodd Ruth o'n symud y switsh, a gwawr wan o olau'n dŵad ohoni cyn i'r tywyllwch ddychwelyd drachefn.

'Cach!' meddai Cled. 'Dwi'm yn iwsio hi'n amal . . .'

Roedd 'na rimyn o leuad yn yr awyr oedd yn cael ei orchuddio bob hyn a hyn gan gwmwl.

'Ty'd, fedrwn ni weld pan fydd 'yn llygaid ni 'di cynefino efo'r twllwch,' meddai Ruth. 'O leia fyddan nhw'm yn 'yn gweld ni, na fyddan?'

Daeth y ddau allan o'r car, ond er iddyn nhw drio cau'r drysau efo cyn lleied o sŵn â phosib, roedd y 'clync' yn dal i swnio fel symbal yn yr aer tywyll.

'Lle 'dan ni'n dechra?' sibrydodd Cled.

'Cau dy geg a dilyna fi!' meddai Ruth, gan obeithio'i bod yn swnio'n fwy hyderus nag y teimlai. Roedd yn rhaid iddi gael Cled i ymddiried ynddi neu mi fasa petha'n mynd yn draed moch; os oedd hi am gael Math 'nôl yn saff, roedd yn rhaid iddi gadw pob panig dan reolaeth. Anadlodd yn ddwfn, a diolch bod yr aer oer yn clirio rhywfaint ar ei phen, yn miniogi'i phenderfyniad.

Aeth y ddau heibio bwlch bychan yn y wal isel oedd rhwng yr arhosfan a'r 'paith', fel byddai Emlyn a hithau'n arfer ei alw. Clywodd Cled yn dŵad ar ei hôl, a stopiodd. Dim byd. Doedd 'na ddim sŵn na symudiad i'w glywed yn unlle – sŵn dim byd byw, beth bynnag, meddyliodd, gan roi'r syniad o'i phen yn syth. Aeth yn ei blaen yn ofalus, un droed o flaen y llall, gan osod pwysau'i thraed yn ysgafn, ysgafn, rhag i'r gwellt caled grensian a chlecian a'u bradychu. Clywsant sŵn car yn dŵad o bell ar hyd y lôn, a thynnodd Ruth Cled i lawr efo hi nes bod y ddau ar eu cwrcwd. Fel hyn byddai hi ac Em, meddyliodd – ar eu cwrcwd yn y twyni rhag ofn i gar sgubo'i oleuni drostyn nhw a'u gweithredoedd. Yn y plygu a'r cuddio roedd hi'n ugain oed eto, yn trio'i gorau i berswadio'i hun fod cuddio dyfais yn y twyni yn syniad call, a cheisio peidio cymryd sylw o ddrwm-drwm-drwm ei chalon yn cyflymu.

'Dwi'n teimlo fatha blydi criminal!' hisiodd Cled yn biwis ar ôl i'r car basio, gan dynnu coler ei siaced ledr yn dynnach am ei war. 'Ti'n siŵr bod 'na bwynt i hyn i gyd, Ruth?'

'Sssh! Ty'laen!' Nid dyma'r lle na'r amser. Digon annelwig oedd y manylion roedd Ruth wedi'u rhannu efo Cled am gefndir troseddol Emlyn, ond roedd o wedi derbyn yn ddigwestiwn ddidwylledd ei brys. Dim ond cynhyrfu Cled ymhellach fyddai manylu, a'r peth ola roedd Ruth isio oedd i Cled fod mewn sefyllfa mor fregus â'i waed yn berwi. Doedd fiw iddi fentro dim byd fyddai'n peryglu Math.

Yn sydyn, gwelsant fflach bychan o oleuni oedd fel petai'n dŵad o gyfeiriad un o'r twyni pella un. Diflannodd y golau cyn pen dim, ac yn ei le, daeth cylch bychan coch blaen sigarét.

Ymbalfalodd Ruth am fraich Cled.

'Welist ti hwnna?'

'Do!'

Car arall yn pasio, a'r ddau'n sgrialu i lawr ar eu cwrcwd unwaith eto. ''Di Math efo fo, d'wad?' sibrydodd Cled, a'i anadl yn boeth ar ei boch.

'Dwn 'im . . . Raid 'ni fynd yn nes, bydd? Ond mi fetia i bod o! Ty'd, fyddwn ni'm yn hir 'wan.'

Roedd pob dim yn gneud synnwyr. I fan'ma y daethon nhw – i fan'ma'n union i gladdu'r ddyfais fach bitw amaturaidd roedd Em wedi darllen amdani mewn llyfrau, cyn bod sôn am y we.

'A gneud be ar ôl 'ni gyrradd?' gofynnodd Cled, a'r oerni'n gneud i'w lais swnio fel tasa fo'n crynu. Atebodd Ruth mo'no fo, dim ond cario mlaen. Un droed o flaen y llall. Un ar ôl y llall. Roedd y mymryn lleuad yn taflu tafod arian main o olau ar wyneb Llyn Coron, a hwnnw'n sgleinio.

Daeth y ddau'n ymwybodol o leisiau: llais dwfn, brathog, a llais arall ysgafn, yn holi. Tawelwch wedyn, cyn i'r coreograffi lleisiol o holi ac ateb ddechrau eto.

Safodd Ruth yn ei hunfan. Math oedd o. Math yn holi, yn ufuddhau, ond yn methu dallt, yn herio ond eto'n ufuddhau, fel dawns. Ngwas i! Ngwas i! Roedd ei thu mewn yn corddi, ei gwddw'n sych a'i llygaid yn llosgi wrth drio craffu trwy'r tywyllwch am olwg o'i wyneb. Teimlodd law Cled ar ei hysgwydd, yn gwasgu. Roedd yntau wedi dallt hefyd. Yn sydyn, cododd y llais yn filain, a sŵn geiriau Em yn taro fel bwledi ar yr awyr oer.

Roedd hi wedi rhuthro mlaen cyn iddi sylweddoli'i bod wedi gneud, a'i llais wedi llamu ar draws yr ehangder cyn iddi fedru meddwl am ei reoli.

'Math! Math . . .!'

38

Roedd Ruth wedi diflannu i'r gwyll.

'Ruth! Ruth?!' clywodd Cled ei lais ei hun yn gweiddi – ond roedd o'n llais tenau, heb wydnwch nac argyhoeddiad. Mae'n rhaid nad oedd Ruth wedi'i glywed, neu ei bod wedi camu mlaen heb wrando arno, i gyfeiriad lleisiau Emlyn a Math. Nid hwn fasa'r tro cynta i Ruth ei anwybyddu . . .

Symudodd Cled ddim gewyn am rai eiliadau. Gallai glywed murmur lleisiau ar y twyni, ond roedd yn amhosib deud pa mor bell oeddan nhw. Roedd ganddo ddewis: symud mlaen yn ara deg, gan obeithio gallu bod o ryw gymorth – yn sicr, doedd 'na ddim enaid byw arall yn gwybod eu bod nhw yno, ddim hyd yn oed Steve. Y dewis arall fyddai ei chychwyn hi'n ôl am y car, a ffonio am help.

Roedd yr hen gryndod gwirion 'na'n dal i redeg yn wyllt fel trydan trwy ei gorff. Yr hen 'sictod 'na'n bygwth eto. Teimlodd am funud ei fod o'n mynd i chwydu'i berfedd yn y fan a'r lle, yn union fel y gwnaeth o o flaen Math y diwrnod hwnnw ar lan Llyn Maelog, pan gyfaddefodd o i Math fod Emlyn yn arfer ei boenydio.

Emlyn. Em. Enwau oedd yn dal i godi'r crîps arno hyd heddiw. Ac acen oedd yn dal i neud iddo deimlo'n grynedig pan fyddai'n ei chlywed ar raglen deledu, gan mai dim ond Emlyn roedd o'n cofio'i gyfarfod erioed oedd yn siarad felly. Dim ond y fo . . .

Traeth Crigyll. Y môr yn llyfu'r traeth yn hamddenol, a goleuadau Rhosneigr yn dechrau cynnau fel cyfres o goelcerthi mewn hen, hen oes.

Cled. Ac Emlyn. A neb arall.

'Hen gêm wirion! Dwi'm isio tynnu 'nillad!'

'Sdim sbort i ga'l 'da ti! Ma Ruth yn iawn bytu ti, Cled. Ti'n boring!'

'Nacdw!'

'Gwna fe, 'de! Tynna nhw bant, dyro hwn dros dy lyged, a sa'n fanna a chyfra i fil . . .'

'Na! Dwi'm isio tynnu nillad!'

'Fydda i'n gweud wrth Ruth bo ti'n hen fabi,'de! Fydd hi ddim moyn whare 'da ti rhagor! Y babi! Ffycin babi!'

'Paid â rhegi, nei di, y basdad?! A tydw i'm yn fabi!'

'Gwna fe,'de! Os na ti'n neud e, ti'n hen fabi! A weda i wrth Ruth . . .'

Doedd dim rhaid i neb berswadio Cled fod 'na elfen greulon, seicopathig yn y boi. Roedd o'n gwbod i sicrwydd fod 'na chwinc ynddo fo ers y noson honno ar draeth Crigyll pan oeddan nhw'n ddeg oed.

Dechreuodd Cled fagio'n ei ôl, yna troi a rhedeg am y car, a'r gwaed yn ei glustiau'n pwmpio digon i gael gwared o gywilydd y sŵn chwerthin gwatwarllyd yn ei ben.

Yna stopiodd, troi a syllu'n ôl ar y düwch oedd fel petai wedi llyncu Ruth yn llwyr.

39

'Math! Math . . .!' Fflachiodd golau tortsh i'w chyfeiriad. Rhedodd Ruth i mewn i'r golau, heb wrando ar lais Cled y tu ôl iddi.

'Mam?' Roedd llais Math yn cario'n glir. 'Mam! Paid! Paid a dŵad yn . . .'

Ond roedd hi'n rhy hwyr. Roedd coesau Ruth fel pistonau yn ei chario tuag at y golau – at Math – ac roedd hi'n ddall i unrhyw beth y tu allan i'r cylch golau hwnnw. Ac yna roedd hi yno, yn sefyll gyferbyn ag Em, gyferbyn â Math. Yn syllu ar Em a'i fraich o gwmpas gwddw Math, yn gneud i Math blygu ei gorff ymlaen. Roedd llygaid Math ar gau, ei wyneb mewn ystum o boen.

'A . . .! Blydi hel! Be dach chi'n . . .?' dechreuodd Math, ac ar yr un eiliad rhuthrodd Ruth yn ei blaen tuag ato.

'Sa lle 'yt ti! Sa fanna!' Roedd geiriau Em yn finiog, yn torri trwy'r awyr. Rhewodd Ruth yn y fan.

'Gad iddo fo fynd, 'ta! Gad llonydd iddo fo!' Synnodd Ruth glywed ei llais mor gryf a gwastad, o feddwl bod ei chalon yn rasio.

'A . . .! Blincin gadwch fynd, newch chi?' meddai Math, a thôn ei lais yn awgrymu ei fod yn flin yn ogystal â bod mewn poen. Am eiliad, tynhaodd wyneb Em, ond yna rhyddhaodd ei afael a llamodd Math i'r ochr a sythu, gan aildrefnu ei hwdi'n iawn amdano. Sylwodd Ruth gymaint talach oedd o nag Em, a rhoddodd hynny gysur rhyfedd iddi. Rhwbiodd Math ei war a rhythu ar ei garcharwr.

'Be oedd isio gneud hynna? Mond Mam 'di hi!'

Dan amgylchiadau eraill byddai Ruth wedi gwenu. Fel roedd hi, roedd hi'n gweddïo na fyddai Math yn dewis y foment yma i gael stranc hormonaidd. Gwibiodd llygaid Ruth dros yr olygfa, gan amsugno pob manylyn. Gwelodd focs metel ar lawr, yn barod i gludo'r hyn roeddan nhw'n chwilio amdano ar y twyni. Yn llewyrch y dortsh, gwelai Ruth raff yn gorwedd fel neidr ar y glaswellt. Daliodd clustdlws Em y golau am eiliad, a sgleinio fel petai hi ar dân.

'Sdim isie i ti fod 'ma, Ruth. Ni'n iawn. Math a fi. Ni fel y bois!'

'Edrach felly, 'fyd!' meddai Ruth – a sylwi am y tro cynta ar y rhaw a'r fforch oedd wedi cael eu taflu o'r neilltu. Wrth iddi hi nesáu, mae'n rhaid.

'O'n i'n poeni, Em! Sgen ti'm syniad! Ddim yn gwbod . . . Ddylia bo chi 'di . . .'

'Ond i beth o't ti'n becso, Ruth? O't *ti* bant 'da dy sboner newydd, on'd o't ti?'

'Mewn cynhebrwng, Em! Mewn blydi cynhebrwng!'

Syllodd arni am funud, a Math i'w weld yn symud o un droed i'r llall yn anghyfforddus. Difarodd Ruth yn syth ei bod wedi codi'i llais. Y peth ola roedd hi isio'i neud oedd gwylltio Emlyn. Ond, yn lle hynny, roedd o'n gwenu.

'O'n i'n gwbod byddet ti'n ffindo ni. Gwbod y byddet ti'n cofio,' meddai, a'i lais yn llyfnach, yn colli ei fin.

''Dio'm yn rwbath hawdd i'w anghofio, nacdi, Em?' meddai Ruth yn ofalus, yn ymwybodol y byddai Math yn dŵad i wybod be oedd wedi cymryd lle yn y gorffennol yn yr union fan yma. 'Siŵr iawn bo fi'n cofio . . .'

Fflachiodd Emlyn ei dortsh i'w llygaid a'i dallu, a chododd hithau ei breichiau i'w hamddiffyn ei hun rhag y golau llachar. Symudwyd y dortsh i oleuo'r ddaear unwaith eto.

'Ni'n dyall 'yn gilydd yn well na neb, on'd y'n ni, Ruth? Ti a fi . . . Sneb arall yn twtsh â ni, o's e?'

'Oeddan ni'n agos iawn, doeddan?' meddai Ruth. O gornel ei llygad, roedd hi'n dal yn ymwybodol o Math yn

sefyll yn chwithig yno. Pam nad oedd o'm jest yn ei heglu hi
o 'na?

'Dyall 'yn gilydd, on'd o'n ni, Ruth?'

'Dallt 'yn gilydd,' meddai hithau fel carreg ateb.

Roedd 'na saib wedyn, a'r byd i gyd yn dal ei wynt.

''Na pam o'n i'n ffaelu dyall, t'bod – pam o't ti'n pallu ateb
'yn llythyre fi. Pallu dod at y ffôn wedyn pan o'n i'n ffono
Bod Feurig, pallu . . .'

'Arhosa i efo chdi am chydig, os leci di, Em. Sdim pwynt
i'r tri ohonan ni fod yma, nago's? Rwbath rhyngthach chdi
a fi 'di hyn, 'de?' Yna trodd at Math. 'Dôs di 'nôl at y car, yli.
Fydd Em a finna'n iawn yn fan'ma. Wela i di'n munud . . .'

Roedd hi'n ceisio gneud i'w llais swnio mor ddidaro â
phosib, rhag i Math synhwyro'r islais o banig. Fentrai hi
ddim edrych yn hir iawn i'w wyneb.

'Ffono a ffono . . . o'n i'n gwbod fod Myfi'n gweud celw'dd
'tha i. Bradwr o'dd hitha 'fyd. Gweud celw'dd drosto ti!'

'Oi! Gadwch chi Nain allan o hyn!' meddai Math yn
amddiffynnol, ond doedd Em ddim fel petai o'n ei glywed.

'Pam droiest ti dy gefen arna i, Ruth, gwed? Pam 'nest ti
'na? Ar ôl popeth!'

'Math,' medda Ruth eto, ond efo mwy o bendantrwydd
rŵan. 'Dos o'ma, Math! Dos i'r car!'

Clywodd Ruth sgrech aderyn yn codi o'r brwyn a
amgylchynai'r llyn yn y pellter, ac yn sglentio mynd ar hyd
wyneb y dŵr. Hyrddiodd chwa o wynt rhewllyd o rywle, a
thynnodd Math ei hwdi'n dynnach fyth amdano.

'Na! So ti'n mynd i unlle . . .' meddai Emlyn wrth Math,
ac roedd yr oerni 'nôl yn ei lais.

'Ond i be ti'n 'i lusgo fo i fan'ma, Em? Ma hi'n dechra oeri,
sna'm sens bod neb allan yn sefyllian radag yma o'r
flwyddyn.'

'Ti'n real mam, on'd yt ti?' meddai Em yn ddilornus. Yna
ychwanegodd, 'Pan ma fe'n dy siwto di.'

'Em!'

220

''Da Math jobyn o waith i neud 'da fi man hyn – on'd o's e, Math?'

'Ond am be 'dan ni'n chwilio, eniwe? Ddudoch chi 'sach chi'n egluro pob dim!'

'Bydd digon o amser i egluro popeth.'

'Ond ma gin i hawl i ga'l gwbod!'

'Math! Taw wir!' meddai Ruth.

'Ti'n caru dy wlad, on'd 'yt ti, Math?'

Distawrwydd.

'Yndw, ond . . . Be sgin hynny i neud efo . . .?'

'Caru'r iaith 'fyd, on'd 'yt ti?'

'Yndw . . .' meddai Math yn ddryslyd. 'Ond . . .?'

Dyna pryd dechreuodd Em ganu.

'Tra môr yn fur i'r bur hoff bau . . .'

Ddywedodd neb 'run gair wedyn, dim ond gadael i'r llais suddo'n ei ôl i'r tir. Gallai Ruth synhwyro oglau mwg simne yn dŵad o gyfeiriad Hermon – mwg main tân cynta'r hydref yn ymlwybro tuag atyn nhw yn llonyddwch y nos.

'Isio cyfarfod 'y nhad o'n i, dyna'r cwbwl! Roeddan ni 'weld yn dŵad mlaen yn iawn ar Ffêsbwc. Jest ar yr adag iawn i mi, deud gwir. Tshiampion! Cŵl!'

O, Math . . . meddyliodd Ruth, a thynerwch tuag ato'n sgubo drosti fel ton. Ac yna, ar yr un amrantiad, bron, meddyliodd: Ffêsbwc?

'A rŵan bo Mam 'di cyrradd, dach chi . . . dach chi 'di mynd yn od i gyd! A cau deud 'tha i pam dach chi 'di'n llusgo fi i . . .'

'Ca' dy ben!'

'Be?' syfrdan gan Math.

'Ca' dy ben, y bygyr bach, a neud fel wy'n weud!'

Gallai Ruth ddychmygu llais Em yn sgubo ar draws y gwastadedd unig, ar draws y caeau. Ddudodd 'run ohonyn nhw air am funud, dim ond gwrando ar ei eiriau'n diasbedain. Ac wedyn, fe ddigwyddodd popeth mor sydyn. Cyn i neb sylweddoli be oedd wedi digwydd, roedd Math wedi cythru am Emlyn ac wedi peri iddo fo golli'i gydbwysedd a simsanu ar ei draed fel dyn meddw, ac yna'r eiliad nesa roedd y coreograffi gwallgo'n golygu bod Emlyn â'r llaw ucha, a Math ar ei liniau o'i flaen, a'i ben wedi'i dynnu'n ôl gerfydd ei wallt. Roedd y dortsh wedi'i thaflu o'r neilltu yn y sgarmes, ond mae'n rhaid bod cwmwl wedi symud oddi ar wyneb y gewin o leuad y foment honno, achos gwelodd Ruth rywbeth yn sgleinio yn erbyn gwddw Math. Teimlodd dro yng ngwaelod ei bol wrth iddi weld mai llafn cyllell oedd o.

'Na!' meddai a rhoi ei llaw dros ei cheg fel tasa hi'n trio mygu'r gair rhag dŵad allan a'i bradychu. Ond daeth y gair 'Na!' eto o rywle a chymerodd ychydig eiliadau i Ruth sylweddoli nad hi oedd yn ei ynganu.

'Naaaa!'

Roedd Cled wedi llamu o'r tywyllwch y tu ôl i Emlyn, ac wedi cydio fel cranc yn ei wddw a'i lusgo'n ôl nes iddo hanner baglu ar hyd y llawr, wysg ei gefn. Gwelodd Ruth y gyllell yn llithro i'r brwgaitsh. Yn reddfol, cythrodd am Math, ond roedd o wedi diflannu i'r twllwch. Gwelodd Ruth y dortsh ar y llawr a gafael yn honno, fel rhyw fath o amddiffyniad a chysur.

Erbyn hyn roedd Cled wedi syrthio'n ei ôl hefyd, ond ymhen eiliadau roedd wedi llwyddo i droi corff Emlyn fel mai fo, Cled, oedd â'r llaw ucha eto. Gwasgodd ei ddwylo am wddw'r llall a thaflu'i ben yn ôl yn erbyn y ddaear galed. Dechreuodd Emlyn duchan a thagu, ei ddwylo'n crafangu am rywbeth i gydio ynddo. Ebychodd Ruth. Roedd Cled yn mynd i'w ladd! Yna dechreuodd Em boeri ac ysgyrnygu fel ci, a'r ewyn gwyn cynddeiriog yn tasgu o'i wefusau llaith.

'Basd . . . basdad!' meddai'r naill neu'r llall – neu'r ddau. Roeddan nhw wedi mynd yn un yn eu cynddaredd.

'Stopiwch! Blydi hel, be dach chi'n neud? Stopiwch!' meddai Ruth – a heb feddwl, ceisiodd fynd rhyngddyn nhw, i drio tynnu Cled i ffwrdd. Gwthiodd Cled hi o'r neilltu, ond gan na fedrai reoli nerth ei ergyd, aeth Ruth am yn ôl a syrthio'n bendramwnwgl ar ei chefn.

Daeth ymyrraeth Ruth â'r ddau ddyn at eu coed am eiliad. Symudodd Cled ddim o'i safle uwchben yr Emlyn llorweddol, ond tynnodd ei ddwylo'n anfoddog oddi ar ei wddw. Trodd y ddau eu hwynebau tuag ati, eu llygaid yn tanio ac yn sgleinio.

Roedd yr aer yn llawn o sŵn anadlu trwm, llafurus.

'Stopiwch! Stopiwch gwffio! I mi! Plis!' meddai Ruth.

Hyd yn oed y munud yma, roeddan nhw'n swnio'n eiriau od i'w ddefnyddio, geiriau fyddai'n fwy cyfforddus ar iard ysgol yn hytrach nag wrth ymresymu efo dau ddyn gwyllt ar dir anial yn y tywyllwch. Ond stopio wnaeth y ddau. Cododd Cled yn ara a thynnu Emlyn i fyny efo fo gerfydd ei sgrepan, gan ddal ei afael yn dynn ynddo. Wynebai'r ddau Ruth bellach. Gafaelodd Cled ym mraich dde Emlyn a'i thynnu tu ôl i'w gefn. Gwingodd Emlyn.

'Gollwng o, Cled!' meddai Ruth.

'Ffwc o beryg!' poerodd Cled, a thynhau ei afael. 'Dwi 'di disgwl . . . rhy . . . blydi hir am hyn, dallta!' A hyrddiodd ben-glin yn egr yn erbyn gwaelod cefn Emlyn i atgyfnerthu'i eiriau, gan neud i bennau gliniau Emlyn sigo. Anadlai Cled yn drwm wrth siarad. 'Dyna chdi . . . honna i ddechra, yli . . . am . . . y tro 'na roist ti harnish i mi ar y twyni, er mwyn i mi fynd adra . . . i chdi ga'l Ruth i chdi dy . . . hun – y basdad!'

'Ond o't ti . . . yn boen, Cled!' meddai Emlyn, gan anadlu'n drwm. 'Dilyn ni bytu'r lle fel ci bach!'

'A dyna chdi honna . . .' meddai Cled a rhoi pen-glin arall iddo ar gefn ei goesau y tro hwn, gan beri i Emlyn syrthio i'r llawr ar ei liniau mewn ystum o ymbil am faddeuant. 'Am 'y nhrin i 'tha ffwl ar draeth Crigyll y tro hwnnw! Am neud 'y mywyd i . . .' Roedd Cled yn tagu wrth siarad, 'Am neud . . . am neud 'y mywyd i'n uffarn, yli!'

'Cled!' meddai Ruth eto. 'Rho'r gora iddi! Plis! I mi!'

'Paid, Cled!' Trodd y tri wrth glywed llais Math, a'i weld yn camu tuag atynt. Roedd o'n gafael yng nghyllell Em, ei fysedd hirion cymalog wedi cau'n chwithig amdani, fel tasa hi'n wynias. 'Paid, Cled,' meddai eto. ''Dio'm werth o!'

Dadebrodd Cled o'i gynddaredd orffwyll y munud y gwelodd o Math. Gollyngodd freichiau Emlyn ag ystum o sarhad, a chamu 'nôl oddi wrtho. Safodd y pedwar ohonyn nhw heb ddeud gair, yn edrych y naill ar y llall i gyfeiliant anadlu trwm y ddau ddyn.

Yna meddai Ruth, yn ofalus, gan geisio anwybyddu'r cryndod oedd yn treiddio trwy'i chorff,

'Rho'r gyllall 'na i mi, plis, Math.'

'Ma'n iawn, Mam . . . Dwi'n gwbod be dwi'n neud . . .'

'Nagw't!' gwaeddodd Ruth, ac yna, mewn llais mwy cymedrol, 'Rho hi i mi rŵan. Plis.'

Edrychodd Math ar Cled, a nodiodd hwnnw'i ben. Yn anfoddog, cerddodd Math at Ruth a throsglwyddo'r gyllell iddi'n ofalus. Gafaelodd Ruth yn yr handlen bren, a theimlo oerni gwaelod y llafn efo'i bawd.

'Diolch. Rŵan, ewch chi'ch dau at y car. Fydd Em a finna ar eich hola chi mewn dau funud.'

'No wê! Dwi'm yn gadal chdi ar ben dy hun efo hwn . . .!' dechreuodd Math, ond ysgwyd ei phen wnaeth Ruth. Roedd hi angen dau funud efo Emlyn – y ddau funud gonest ola gâi'r ddau efo'i gilydd byth, sylweddolodd, cyn i'r byd ddŵad rhyngddyn nhw unwaith eto.

'Plis! Jest dau funud! Cled?'

'Glyma i'r uffar i fyny gynta efo hwn!' meddai Cled, gan estyn am y rhaff oddi ar lawr.

'O, dyro'r gora iddi, Cled! Ddim mewn ffilm cowbois ydan ni!'

Chwarddodd neb.

'Dau funud dwi isio,' meddai Ruth wedyn. ''Na'r cwbwl. Dau funud.'

''Na i ddim twtsh 'no ti, wy'n addo!' meddai Em, ac roedd tôn ymbilgar yn ei lais.

'Gin i ma'r gyllall!' meddai Ruth. 'A paid â meddwl am funud na wna i mo'i hiwsio hi tasa raid!'

Sgubodd golau car heibio ar hyd y lôn yn y pellter. Daeth chwa rynllyd arall o wynt, a lapio'i hun amdanyn nhw. Yn ara, amneidiodd Cled, ac yna dechreuodd Math ac yntau gerdded i gyfeiriad y car. Edrychodd Cled yn ei ôl ar Ruth am eiliad, a gwyddai hi o'r edrychiad hwnnw na fyddai'n mynd ymhell iawn, ond o leia roedd o'n ddigon call i roi cyfle iddi hi gael sgwrs efo Em. Dim ond y hi a fo.

O gornel ei llygad, gallai weld llaw Cled yn taro cefn Math yn bwrpasol mewn ystum o frawdoliaeth, a Math yn gneud yr un peth yn ôl, yn drwsgwl braidd. Pan edrychodd Ruth ar Em, roedd yntau'n edrych ar y ddau'n diflannu i'r tywyllwch.

Gafaelodd yn dynnach yn y gyllell. Daeth i eistedd fel ei bod ar yr un lefel ag Em, gan gadw'i phellter yn ofalus. Roedd y graith ar ei wyneb yn ddyfnach, ei wyneb yn llwyd a blinedig. Rhedai ffrwd dywyll o waed o'i drwyn i lawr i'w geg.

''Na fe, 'te!' meddai Em, fel tasa fo wedi gorffen rhyw orchwyl. Roedd o'n dal i anadlu'n drwm, a chwmwl ei anadl yn wyn ar ddüwch y nos.

''Na fo be?'

'Bydd y moch 'ma whap, on' byddan nhw?'

Edrychodd ar Ruth am gadarnhad am eiliad, a nodiodd hithau'i phen.

'Oedd raid i fi, 'yn doedd? Oedd 'yn mab i gen ti, Em! O'n i'm yn gwbod be . . .'

'Fydden i ddim 'di anafu fe, t'bod.'

'Fedrwn i'm mentro . . .'

Syllodd Emlyn arni am eiliad, ei lygaid wedi culhau. Yna ymlaciodd. 'Na . . . fi'n galler dyall 'na, sbo . . .'

Daeth cysgod o wên ar draws ei wyneb am ennyd, cyn diflannu.

'Fydden nhw 'ma cyn i fi ddod o hyd 'ddo fe! Mas fan hyn yn rh'wle ma fe . . .'

''Sa chdi'm 'di cael hyd iddo fo beth bynnag, sti, Em. Mi guddion ni fo'n rhy dda, 'do?'

'Y paith. 'Na beth o'n ni'n galw'r lle, ti'n cofio? Lle gwych i gwato bom os fu 'na un erio'd!'

'Chwara plant, Em. 'Sa fo byth 'di gweithio, sti.'

'Fydde fe 'fyd! O'n i 'di whilo fe lan mewn llyfre! So ti'n cofio? Cyn bod sôn am y blydi we!'

'Dipyn o *Blue Peter* oedd hi, 'de? Trap dal llygod rhad o Woolworth, batri, dipyn o *fertiliser* . . .!'

'Weles i rio'd hwnna ar *Blue Peter*, achan!' meddai Em, a lledwenodd y ddau ar ei gilydd am eiliad. 'Ma dy olion bysedd di hyd-ddo fe 'mhobman, dala i fod. Fydde fe 'di rhacso dy fywyd bach teidi di.'

'Dyna oedd pwynt hyn i gyd, ia? Dial?'

'Falle . . .' Yna ychwanegodd, 'Os nad . . .'

'Os nad be, Em?'

Cymerodd Emlyn gipolwg swil arni, cyn syllu draw at Lyn Coron.

'Os na fydde gobeth ailgynne tân o'r math arall, falle . . .?' meddai, mewn llais isel.

'Ddoi di ddim o hyd iddo fo 'ŵan, sti, Em,' meddai Ruth eto, a gadael i arwyddocâd y geiriau symud rhyngddyn nhw am eiliad, cyn suddo i'r ddaear. Dechreuodd Emlyn dynnu'n wyllt ar y gwair wrth ei draed, chwynnu a thynnu fel petai ei fywyd yn dibynnu arno.

'Sdim byd 'da fi i golli nawr, 'ta beth, o's e?' meddai Emlyn o'r diwedd, ond doedd 'na ddim arlliw o hunandosturi yn ei lais.

'Dwi'n gwbod, Em. Dwi'n gwbod be nest ti i'r hogan arall 'na. I Rhian.'

Teimlai Ruth yn od yn ynganu ei henw. Edrychodd Em

arni, ac yna edrych i lawr eto ar ei draed, gan godi'i ysgwyddau.

'Ydi dy ryddid di'n werth cyn lleiad â hynna i chdi, Em?'

Cymerodd Emlyn rai eiliadau i'w hateb.

'Sdim rhyddid 'da ti pan ti ar parôl, 'ta beth, Ruth fach. Ma nhw'n whilo amdano i ers diwrnode. Fi 'di pisho ar 'yn tships tro hyn!'

'Ond ma gin ti gyfla, does, Em? I ennill dy ryddid yn y diwadd . . .'

'Sdim shwt beth â rhyddid i ga'l! Ni gyd yn gaeth dan y gyfundrefn goc 'ma sda ni, jest fod y rhan fwya'n rhy dwp i sylweddoli 'ny.'

'Efo fi ti'n siarad rŵan. Gollwng y propaganda, wir Dduw!'

Atebodd Em mohoni, dim ond dal i chwynnu, ond yn llai egnïol erbyn hyn. Roedd yn weithred roedd Ruth wedi'i gweld ganddo droeon o'r blaen. Droeon . . . Rhoddodd y gyllell i orwedd ar y llawr wrth ei hymyl.

Ddywedodd yr un o'r ddau air am rai eiliadau, dim ond gwrando ar sŵn anadlu'r naill a'r llall.

'Mae 'na adega da 'di bod 'fyd, 'toes, Em?' mentrodd Ruth. 'Ca'l hwyl, chwerthin, syrthio mewn cariad . . .'

'Cariad!' meddai Em, a tharo cefn ei sawdl yn egr yn erbyn y ddaear galed, gan gladdu'i geg am funud yn llawes ei gôt. Pan gododd ei ben eto, roedd ei lais yn graciau i gyd, a'i wefus isa'n crynu.

'Hwnna . . . hwnna odi'r carchar mwya sy'n bod, twel!'

Yn ddirybudd, teimlodd Ruth dynerwch mamol anesboniadwy yn golchi drosti.

'O, Em!' meddai, 'Em, Em, Em . . . be sy 'di digwydd i chdi, d'wad? Be ddiawl sy 'di digwydd i chdi?'

Ac yna roedd o'n beichio crio fel hogyn bach, fel yr hogyn bach penfelyn hwnnw oedd yn chwarae ar ei ben ei hun ar lan y môr. Wrth benlinio'n ei ymyl a'i wasgu ati, yn betrusgar i ddechrau, ac yna'n dynn, dynn, gallai Ruth weld y golau glas yn dŵad yn nes ar hyd y lôn syth.

40

Anelodd Steve drwyn y car at fynedfa Plas Heli fel tasa fo wedi gneud hynny rioed. Ar ôl dŵad o hyd i le i barcio, eisteddodd y ddau yn y car am gwpwl o eiliadau, heb symud.

'Iawn?' gofynnodd Steve.

'Yndw. Hollol iawn. Ty'd.'

Roedd y digwyddiadau ar y twyni ddwy noson yn flaenorol wedi gadael eu hôl arni mewn ffordd ryfedd. 'Profiad trawmatig', yn ôl y blismones fach ifanc a fynnodd aros efo hi wedi i Emlyn gael ei hebrwng i orsaf yr heddlu yng Nghaergybi. Trawmatig . . . oedd, ma siŵr. Tasa Ruth wedi darllen am y peth yn y *Daily Post* chydig ddiwrnodau wedyn, mi fyddai hithau wedi ysgwyd ei phen a meddwl tybed be oedd y fam a'r mab wedi mynd trwyddo yn y tywyllwch ynghanol nunlle, hefo boi oedd wedi torri amodau ei barôl, ac ar ffo. Ond stori rhywun arall fasa honno. Roedd ei stori hi'n wahanol. Dim ond Em oedd o yn y diwedd, a dim ond Ruth a Math a Cled oedd y cymeriadau eraill.

Gwacter oedd yr unig beth a deimlai hi rŵan. Gwacter.

'Be wyt ti isio i mi ei galw hi?'

'Myfi. Myfi ma pawb 'di'i galw hi rioed. Finna 'fyd, weithia.'

'Fel Susie,' meddai Steve, a'i wyneb yn cymylu fymryn wrth ddeud enw'i fam.

Hwn fyddai'r tro cynta iddi gyflwyno Steve i Myfi. A Myfi

iddo yntau – nid bod hynny'n mynd i gael fawr mwy o effaith nag ychydig grych ar wyneb dŵr llyn niwlog Myfi.

Pan gyrhaeddon nhw'r stafell, roedd 'na ddyn mewn côt dywyll yn eistedd ar fraich ei chadair, a'i gefn at y drws. Yr eiliad cyn iddo droi rownd ac i Ruth ei nabod, sylwodd ar law ei mam wedi nythu yn llaw fawr y dyn, fel deryn.

'Len!' ebychodd Ruth, wrth iddo droi a sefyll, a thynnu'i law oddi wrth law Myfi – fel dau gariad wedi cael eu dal yn caru lle na ddylian nhw ddim. Edrychodd Myfi o'i chwmpas yn ffwndrus, yn chwilio am ei law yn ôl. Fe'i cafodd hi, a gwelodd Ruth hi'n ymlacio drwyddi wedi'r ailgydio.

'Dim ond picio draw i weld sut oedd hi, Ruth . . .' meddai Len yn betrus. Sylwodd Ruth ei fod o'n edrych yn wahanol, yna ceisiodd fygu gwên wrth sylweddoli nad oedd hi wedi'i weld allan o'i fest nac allan o'r tŷ ers blynyddoedd. Roedd arogl chwerw-felys *aftershave* sawl Dolig yn ôl yn llenwi'r stafell ac yn llethol i ffroenau Ruth, ond doedd ei Mam ddim fel petai'n poeni dim.

'Steve 'di hwn, Len. Mam, dyma Steve 'di dŵad i'ch gweld chi.'

'Steve. Steeeeve . . .' meddai Myfi, yn mwynhau blas yr enw ar ei thafod, fel tasa fo'n dda-da newydd. Gwenodd yn ddel arno.

'Pleased to meet you, Steve. And where do you hail from?' meddai Len, mewn acen a godwyd o'r teli-bocs sanctaidd yng nghornel y gegin gefn.

'Yn Rhosneigr dwi'n byw rŵan,' meddai Steve, dan wenu.

'Ac yn siarad Cymraeg yn well na chi a fi, Len!' meddai Ruth, er mwyn trio lleddfu rhywfaint ar embaras y ffugbarchusrwydd.

'Fowr o job bod yn well na fi, mechan i. Cymraeg dre sgin i, 'de?!'

'Cymraeg dre!' meddai Myfi, a giglan yn ddireidus, fel petai'r ymadrodd yn cosi rhywbeth yn ei chof.

'Cymraeg tshiampion,' meddai Ruth, ac aeth pawb yn

dawel eto am ennyd cyn i Myfi dorri ar draws y distawrwydd.

'Dy dad,' meddai, a'i llais fel llais hogan. Edrychodd Ruth ar y trênyrs gwyn newydd roedd rhywun wedi'u rhoi am draed Myfi, a'r careiau lliw leim yn rhialtwch drwyddyn nhw. Roedd ei choesau dryw bach yn tyfu allan o'r sgidiau fel coesau dau flodyn mewn potiau rhy fawr.

'Dy fam reit dda heddiw, i weld . . .' meddai Len, gan besychu, a symud pwysau ei gorff o un droed i'r llall. 'Dwi am ddŵad . . . yn amlach i edrach amdani, dwi'n meddwl. Yndw'n Duw.' Yna ychwanegodd, 'Trio codi o'r tŷ dan draed y Cled 'cw, 'de. Lle bo ni'n dau'n mynd ar benna'n gilydd . . .'

'Dy dad,' meddai Myfi eto, ac edrych ar Ruth ac yna ar Len, ac yna'n ôl ar Ruth.

'Tad Cled, 'te Mam?' meddai Ruth. 'Tad Cled 'di Len . . .'

Dim ond edrychiad bychan oedd o. Rhwng Len a hithau, Ruth. Edrychiad sy'n digwydd mewn amrantiad, ond sy'n cario yn ei sgil flynyddoedd o guddio, o gogio.

Roedd hi'n hawdd gweld Cled a Math o'r traeth, gan mai nhw oedd yr unig rai oedd yn stwnshian efo cwch. Roedd Cled wedi cael benthyg un o'r tractors 'na efo olwynion coch – tractor na welodd 'run ffarmwr wrth ei lyw ers blynyddoedd – er mwyn cael tynnu'r *Ledi Neigr* i'w hendre dros y gaea. Cofiodd Ruth yn sydyn am y freuddwyd roedd hi wedi'i chael neithiwr amdani'n plymio'n noeth i'r dŵr yn y bae bach, a'r morlo'n sbecian arni. Byddai raid iddi drio'i gorau i fynd eto tra medrai hi – cyn iddi hithau orfod cilio'n ôl o'r dyfroedd tan y gwanwyn.

Roedd blas hallt ar ei gwefusau wrth iddi lithro'i thafod drostynt. Doedd heli'r môr byth yn bell iawn oddi wrthi. Eisteddai Steve a hithau ar ymyl y llithrfa, yn gwylio Cled a Math. Cled oedd y fforman, wrth reswm, a Math i'w weld yn dilyn ei orchmynion yn reit ddi-lol. Sylwodd Ruth fod

Cled yn rhoi tasg glir i Math ei chyflawni, yn ei drystio i neud joban gyflawn heb fusnesu efo fo.

Daeth awel fain o rywle, a chlosiodd Ruth a Steve at ei gilydd; rhoddodd hithau'i phen i nythu yn y gilfach gynnes rhwng ei wddw a'i *fleece*.

'Ti'n meddwl eu bod nhw isio help?' meddai Steve, ond heb ddechrau symud o gwbwl, fel petai o'n gwybod be oedd Ruth yn mynd i'w ddeud.

'Ma nhw'n tshiampion fel ma nhw, ddudwn i!' meddai Ruth.

'"Tshiampion . . ."' meddai Steve yn gellweirus o ystyriol. 'Mmm . . . Ydi hwnna'n air Cymraeg, tybed, Ruth?'

'*Mae* o yn Sir Fôn! Fydd raid ti gael mwy o'r gwersi preifat 'na gin i eto, dwi'n gweld!'

'Edrych mlaen yn barod!' medda fo, heb droi'i ben, ond gallai Ruth deimlo'i foch yn ymestyn mewn gwên, a dychmygu sut yr edrychai ei wyneb y munud hwnnw. 'Sôn am wersi, Ruth, ti'n meddwl fydde Math a cwpwl o ffrindie yn hoffi cael gwersi syrffio efo fi? Trwy'r Gymraeg, falle?'

'Gei di ofyn. Ella basa fo wrth ei fodd, sti. Mae o'n syniad ffantastig!'

'Iawn,' meddai Steve, dan wenu. 'Iawn, mi wna i. A sôn am ffantastig . . .'

Plygodd ati a'i chusanu'n ysgafn a thyner. Aeth ias o bleser drwyddi, a rhoddodd ei phen yn ôl ar ei ysgwydd.

Ymhen hir a hwyr roedd y *Ledi Neigr* yn ddiogel, yn sownd yn y tractor bach. Taciodd Cled i fyny'r traeth tuag atyn nhw, gan adael i Math ddringo i sêt y tractor er mwyn ei yrru ar hyd y traeth ac yna i garej Cled ym mhen arall y pentre. Roedd cael gneud hynny'n amlwg yn rhan o'r fargen, meddyliodd Ruth.

'Bore da o waith, Cled?' meddai Steve.

'Dim yn ddrwg, 'de. Storm sy ynddi heno 'ma, felly dwi'm am fentro'i gadal hi ddim hirach yn y dŵr. Ma hi'n haeddu'i seibiant dros y gaea rŵan, chwara teg iddi.'

'Dwi am fynd i lawr i gael gair efo Math,' meddai Steve, a chyn i Ruth ei ateb, bron, roedd o'n llamu'n braf ar hyd y tywod i gyfeiriad Math a'r tractor. Gwyliodd Ruth o'n mynd, gan edrych â phleser ar symudiad ei gorff lluniaidd.

Daeth Cled i eistedd wrth ei hymyl, gan edrych ar y ddau ar y traeth.

'Llongwr tir sych 'di hwnna, 'fyd,' meddai Cled yn bryfoclyd. Rhoddodd Ruth bwniad iddo.

'Be o'dd gin Math i ddeud 'tha chdi, 'ta?'

'Dim llawar o'm byd, sti. Y *Ledi* sy'n bwysig i'r ddau ohonan ni heddiw.'

'Ia, 'de?'

Syllodd y ddau dros y traeth. Cled dorrodd ar y distawrwydd.

'Dwi 'di gorffan clirio'r geriach o Bod Feurig, 'fyd, Ruth. Coblyn o olwg 'no, ond ma'r cops 'di ca'l pob dim oeddan nhw angan. Ma'r gweddill yn y sgip.'

''Swn i'm 'di medru wynebu . . .'

'Na, wn i, yli.'

Ennyd arall o ddistawrwydd.

'Diolch 'ti, Cled.'

'Am be, d'wad?'

'Am hynny, ac am ddŵad â Math draw 'ma. Neith les 'ddo fo.'

'Ffisig gora un, be bynnag sy'n rong yn y byd, yli.' Cymerodd Ruth gipolwg ar Cled a gweld bod golwg hiraethus, bron, ar ei wyneb.

'Fydd o'n iawn, ti'n meddwl? Math, 'lly? Fydd o'n iawn, d'wad, Cled?'

'Sgin i'm dowt am hynny, Ruth. Fydd o'n rêl boi, sti. Rhwng y tri ohonan ni – a fo, 'de?' Y tri ohonan ni a fo, meddyliodd Ruth, a theimlo rhyw gynhesrwydd.

'Mi ddudodd Math rwbath wrtha i gynna 'fyd, sti. Wel, ddim deud yn union, ond holi,' meddai Cled.

'Holi be?'

'Am ei dad o.'

Trodd Ruth oddi wrtho a chymryd diddordeb mawr yng nghareiau ei sgidiau.

'Fydd hi'n sgwrs fydd raid iti'i cha'l efo fo ryw dro. . .' meddai Cled.

'Bydd, wn i. Diolch 'ti,' meddai Ruth ar ei draws. Doedd hi ddim isio bachu ar yr abwyd yna, ond roedd o'n deud y gwir. Mi fyddai'n rhaid iddi ddeud hanes ei ffling efo'r Gwyddel hirwalltog ryw dro, debyg, a hynny'n reit fuan. Stori gitâr ar draeth liw nos, a dau'n cofleidio ger marwydos o dân.

'Dwn 'im 'di'r boi o gwmpas lle 'ta be, os. . .' mentrodd yntau.

'Cled!' meddai Ruth, mewn llais oedd yn deud bod y sgwrs yma ar ben.

Diwrnod tynnu pethau allan o'r dyfroedd tymhestlog oedd heddiw. Diwrnod i roi pethau'n ôl.

Nodiodd Cled ei ben, yn dallt.

Yna'n sydyn, roedd Cled yn ôl ar ei draed, yn gafael yn ei dwylo ac yn ei thynnu hi ar ei thraed.

'Hei! Be ti'n neud, y ffŵl?' protestiodd.

'Iawn 'ta, mêt!' meddai Cled. 'Os ti'n meddwl bo chdi'n ca'l eistedd ar dy din yn fan'ma a gwaith i'w neud, gei di feddwl eto, yli! Mond un ledi sydd 'na ffor'ma, a honno sy ar gefn y trêlar 'na 'di honno!'

Arhosodd Ruth yn ei hunfan am ennyd, cyn gwenu, a dilyn ei hanner brawd i lawr at y traeth.

Diolch . . .

– i Eirian Evans, Prawf Cymru, am ei chymorth gwerthfawr yn gwirio ambell ffaith

– i Mam am ei chymorth yn cadarnhau sawl enghraifft o dafodiaith Môn

– i Fenter Iaith Môn a chwmni Pellennig Cyf.

– i Bethan Gwanas am bob help

– i'm teulu a'm ffrindiau am eu ffydd a'u cefnogaeth.